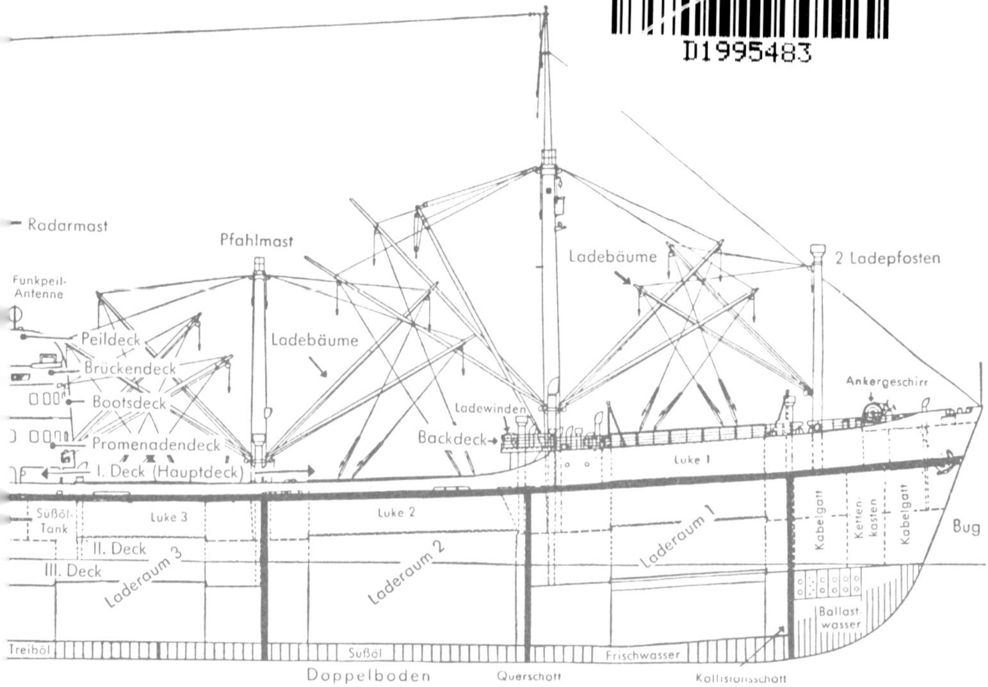

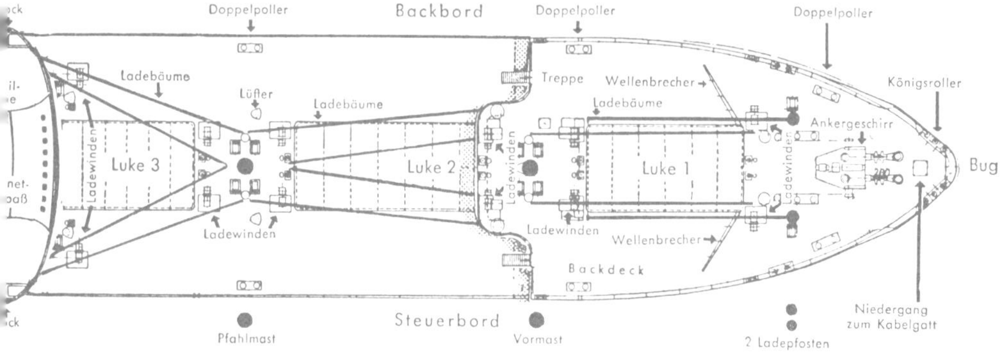

„MASCHINENRAUM" u. a. Jeder Raum war (und ist) sinnvoll genutzt – selbst der „DOPPELBODEN", welcher das Schiff bei Beschädigung des Schiffsbodens vor Wassereinbruch schützt (für Treiböl, Frischwasser, Kühlwasser und – als Ladung – Süßöl)

HANS UND ERIKA CONSTABEL

HASSLIEBE GROSSE FAHRT

Seeleute aus aller Welt kennen „Willkomm-Höft", wo noch heute die Schiffe über Lautsprecher und mit „Flaggengruß" sowie NATIONALHYMNE begrüßt und vorgestellt werden

Hans und Erika Constabel

Haßliebe Große Fahrt

Briefdialoge dokumentieren
Freud und Leid einer jungen
Seemannsehe

Verlag H. M. Hauschild GmbH, Bremen

Umschlagentwurf: Gernot Braatz, Bremen
Gesamtherstellung: H. M. Hauschild GmbH, Bremen

ISBN 3-929 902-72-9

Die Autoren

Hans Constabel, Jahrgang 1923, wurde in Meldorf/Holstein geboren. Nach Besuch der dortigen Oberschule gehörte er der Kriegsmarine an, bei Kriegsende als Leutnant zur See. Wegen Gefangenschaft und Nachkriegswirren übernahm er zunächst einige Übergangsbeschäftigungen, bis er Ende 1948 seine Laufbahn in der Handelsschiffahrt als Leichtmatrose/Matrose auf deutschen und schwedischen Schiffen begann. Als Nautiker war er Angestellter der „HAMBURG-SÜD", und 1955 legte er in Elsfleth/Weser seine Prüfung zum „Kapitän auf großer Fahrt" ab. Ende 1957 nahm er eine Stelle als Ausbildungsoffizier an der Seemannsschule Hamburg an, bis er Mitte 1959 in die Bundesmarine eintrat. – Der Fregattenkapitän a.D. veröffentlichte diverse Artikel über Marinethemen (Kriegs- und Handelsmarine), wovon insbesondere sein Buch „HOL NIEDER FLAGGE – Ereignisse um ein Standgericht" (authentisch) besondere Beachtung fand. Constabel betätigt sich auch heute noch als ehrenamtlicher Mitarbeiter der Deutschen Gesellschaft zur Rettung Schiffbrüchiger.
Geburtsort seiner Ehefrau Erika, geb. Buchholz, von der in dieser Dokumentation zahlreiche Briefauszüge veröffentlicht sind, ist Caputh bei Potsdam. Vor ihrer Eheschließung lebte sie in Hamburg, Emden und später in Elsfleth/Weser. Sie besuchte das Gymnasium in Brake, bis dies infolge der Kriegs- und Nachkriegsgeschehnisse nicht mehr möglich war. – Nach Absolvierung der Höheren Handelsschule war sie dann als Büroangestellte tätig. Ihr Hobby ist, neben anderen Aktivitäten, die Malerei.
Das Ehepaar Constabel hat zwei Kinder und zwei Enkelkinder.

Einleitung

Unsere nachfolgenden Briefdialoge entstanden 1953–1957, also in der Zeit des sich immer spürbarer abzeichnenden Wiederaufbaus. Sie enthalten, in ständigem Wechsel, eine Vielzahl von Erlebnis- und Situationsberichten sowie Gedankenniederschriften aus jenen Tagen. Während Hans als in der traditionsreichen Seefahrerstadt Elsfleth frischgebackener Schiffsoffizier der HAMBURG-SÜD vielfarbig über zahlreiche, zeittypische Verhältnisse an Bord und in fremden Häfen zu erzählen wußte, sandte Erika, seine junge Seemannsfrau, in gleicher Regelmäßigkeit lebendige Situationsberichte über alle erzählenswerten Freuden und Probleme in der fernen Heimat, unter anderem über lokale Ereignisse, ihren Arbeitsbereich und das Familienglück.
Dabei fügen sich diese vielfältigen Schilderungen zwangsläufig mosaikartig zu einem „overall-picture" zusammen. Der Leser wird feststellen, daß sich viele Verhältnisse im Verlauf der vergangenen vierzig Jahre wesentlich verändert haben, sei es nun positiv oder negativ. Um hinsichtlich dieser Feststellung bessere Vergleichsmöglichkeiten zu bieten, wurden im zweiten Teil des Buches etliche Teilaspekte vergleichend „unter die Lupe genommen". Eine Vielzahl von Bildern und Dokumenten trägt zum Verstehen bei. Zeiten des, meist kurzen, Beisammenseins, über welche natürlich keine Briefe existieren, wurden durch verbindende Zwischentexte beschrieben. Vorkommnisse, die sich in ähnlicher Form ständig wiederholten, werden in den Briefauszügen natürlich nicht zu oft zitiert. Das gilt zum Beispiel, neben dem ständigen „durch die Laderäume kriechen" oder „Sterne schießen" usw. drüben und „Büroarbeit" und „Familienfreuden" hüben, auch für unsere verständlicherweise immer wiederkehrenden Liebes- und Sehnsuchtsbeteuerungen ... Bitte, betrachten Sie manche der beschriebenen persönlichen Erlebnisse als Beispiel für die Erlebnisse vieler anderer Ehepaare unseres Alters, die Derartiges in ähnlicher Weise erlebten.
Sie werden unter anderem manches über kleine Dinge des Lebens lesen, an denen wir uns damals erfreuten. Dabei drängt sich zwangsläufig ein Vergleich zu unserer aller heutigen Situation auf, wo wir hier durchweg im Überfluß leben, dies aber kaum noch wahrzunehmen scheinen!
Und nun fühlen Sie sich in jene „fünfziger Jahre" zurückversetzt, und erleben Sie mit uns, was ein verliebter, frischgebackener Steuermann und seine junge Seemannsfrau so alles zu berichten wußten. Am Ende dieser Lektüre werden Sie verstehen, weshalb man die „Große Fahrt" hassen und dennoch lieben kann. Wenn wir damals nach langer Reise endlich wieder in den Hafen einliefen, dann machte überall der typische Satz die Runde: „Wenn wir erst in Hamburg sind, dann mustere ich ab!" ... Doch einige Tage später, beim erneuten Auslaufen, fanden sich fast alle wieder tatenfreudig an Bord ein!

„Wir liegen vor Rio auf Reede"

Wie alles anfing

Rio, 17.IX.1954 (Hans)
Wir liegen mit der BABITONGA vor Rio de Janeiro auf Reede und warten darauf, daß für uns ein Kaiplatz frei wird. Das Wetter ist fabelhaft, und die Hitze gerade noch zu ertragen. Leider besteht kaum die Möglichkeit, an Land zu fahren, da die Agentur kein Boot stellt. Man müßte sich also schon selbst eines mieten. Das kostet am Tage 50,– Cruzeiros und abends 200,– Cruzeiros = ca. 17,– DM. Unter diesen Umständen ist die ganze Besatzung an Bord geblieben, nur unser Elektriker, der lange Alfons Grevenitz, war gestern an Land, um die Kameraden auf der SANTA RITA zu besuchen, die ebenfalls hier in Rio liegt. Die meisten halten ihren Mittagsschlaf. Ich selbst habe es vorhin auch versucht, aber es ist mir einfach zu heiß. Außerdem läßt es mir keine Ruhe, seit ich einen Entschluß gefaßt habe: Ich möchte „unsere Geschichte" niederschreiben! ...

Die detaillierten ersten Seiten der dann folgenden Liebesstory seien hier nur kurz zusammengefaßt:
Wir hatten uns kennengelernt, verliebt und schließlich verlobt, wollten allerdings mit der Heirat warten, bis ich die Steuermannsprüfung hinter mir hatte. Erika wollte sich währenddessen in einem schwedischen Haushalt betätigen, um sich bezüglich einer derartigen Aufgabe „fortzubilden und zu bewähren" und um mich bei den Prüfungsvorbereitungen nicht zu sehr „abzulenken". Aber wie die dann folgenden,

Die Seefahrtschule in Elsfleth (jetzt durch Neubau ersetzt)

am 17.IX.1954 niedergeschriebenen Schilderungen zeigen, kam schließlich doch alles ganz anders:
Zum Weihnachtsfest fuhren wir von Elsfleth nach Meldorf, wo wir unter anderem auch das Wohnungsamt aufsuchten. Unser Plan ging dahin, daß wir uns für die Ankensweg-Wohnung im elterlichen Hause vormerken lassen wollten in der Hoffnung, dort nach der ersten Reise als jungvermähltes Paar einziehen zu können. Aber so leicht war die Sache eben gar nicht. Wir mußten nämlich erfahren, daß wir als Verlobte praktisch keinerlei Wohnungsanspruch hatten und die ganze Angelegenheit somit ein recht hoffnungsloses Unterfangen sein würde . . . Was tun? Heiraten! So kam es, daß wir kurzerhand den Entschluß faßten, uns noch vor Erikas Schwedenreise standesamtlich trauen zu lassen. Erika telefonierte mit den Eltern, und wenige Tage später waren schon die Papiere da und hingen wir bereits „im Kasten". Ein großes Fest wollten wir nicht feiern . . . Es sollte ja vorläufig nur standesamtlich sein . . . und eben nur wegen der Wohnung . . . Eine „reine Formsache"! Ja, genauso hatten wir es uns vorgestellt und in diesem Sinne auch mit den Elsflethern gesprochen . . . So begann denn der entscheidendste Tag unseres Lebens! Gemeinsam mit unseren Vätern gingen wir zum Standesamt. Eigentlich sollte ja alles nur „rein formell" gemacht werden, so hatten wir gebeten. Aber Herr Schröder machte es ganz wunderbar und sehr, sehr feierlich. Als wir schließlich unser „Ja-Wort" sprachen und unsere Namen eintrugen, taten wir es mit Glückstränen in den Augen, und selbst unsere Väter konnten vor Rührung kaum sprechen! Zu Hause verlebten wir dann gemeinsam einige vergnügte Stunden.

Vor der Prüfung: Lernpause mit Gesang

Viele Nachbarn und Bekannte gratulierten uns, obwohl wir das ja eigentlich gar nicht haben wollten ... Schließlich ging es uns de facto „nur um die Wohnung". Dann kam unsere „Hochzeitsnacht"! Du schliefst mit Papa als „Anstandswauwau" in dem einen Zimmer, während ich ganz allein nebenan schlief oder, besser gesagt, mich bemühte zu schlafen ... Es war eben eine „ganz besondere Hochzeitsnacht!" ... So hieß es denn eines Tages Abschied nehmen. Ich fuhr wieder nach Elsfleth zurück, wo ich mich mit Hochdruck auf die Prüfung vorbereiten mußte, und Du bliebst in Meldorf, um von dort aus direkt nach Schweden zu fahren, wenn die Paßgeschichte in Ordnung war.

Wie es dann weiterging, darüber werden uns die vielen Briefe berichten, die Erika und Hans sich zusandten ...

Elsfleth, 8.1.1953 (Hans)
... Du, ich halte es jetzt doch für richtig, wenn ich die Sache mit der Hamburg-Süd weiter verfolge. Man hat mich vorgemerkt für die SANTA INÉS, die etwa Mitte März fertig sein soll. Allerdings ist vorläufig von keiner Seite eine bindende Erklärung abgegeben worden. Man machte mir die größten Hoffnungen, und ich will demnächst meine Bewerbung abschicken. Müßte zwar als 4. Offz. anfangen, aber die Hamburg-Süd baut jetzt mächtig auf, und man sagte mir, daß ich in kurzer Zeit mit einer Beförderung rechnen könnte. Unter diesen Umständen möchte ich dort doch mein Glück versuchen ... Es wird schon alles gut werden, meine liebe Erika. Die Hauptsache ist, daß ich regelmäßig zu Hause sein kann! ... In der Schule wurde mir von allen Seiten zur Hochzeit gratuliert, und sie freuen sich mit uns.

Nach Bremerhaven zur Seeamtsverhandlung

5.II.1953

... Nun dauert es nur noch einige Tage bis zu Deiner Abreise, falls die Fahrkarte rechtzeitig da ist. Mitunter denke ich, es kommt wieder etwas dazwischen, aber wir wollen ruhig mit dem neuen „Programm" zufrieden sein und uns freuen, wenn alles so verläuft, wie wir es uns vorstellen ... Ich lege Dir eine Abschrift meines Schreibens an das Wohnungsamt bei und bin gespannt, wie nun alles verlaufen wird. In Gedanken träume ich täglich von unserem „eigenen Herd". Es muß doch einfach himmlisch werden! ... Mein Magen ist in Ordnung ... Inzwischen hat auch er sich mit unserer – leider aus unserer Sicht unabwendbaren – Trennung abgefunden.

Klippan/Schweden, 16.II.1953 (Erika)

Obwohl ich erst einen Tag hier bin, habe ich schon unendlich viel zu schreiben! Der Zug (ab Flensburg) war ganz schön besetzt, aber ich bekam trotzdem noch ein nettes Abteil.

Erika: Gut in Schweden angekommen

Überall lag hoher Schnee – es sah herrlich aus! Um 7 Uhr mußten ich umsteigen. Ich brauchte meine Koffer nur ein kleines Stückchen zu tragen, um die Fähre zu erreichen ... Um 10.40 Uhr war ich in Kopenhagen, dort hatte ich 3/4 Stunde Aufenthalt. Da Vetter Hermann mir in Flensburg zehn dänische Kronen gegeben hatte, konnte ich dort essen und mir einen Gepäckträger leisten (Würstchen = 1,75 Kr. u. Gepäckträger 1,50 Kr.). Um 1/4 vor 13.00 Uhr war ich in Helsingør – der Gepäckträger brachte mich bis auf die Fähre, und eine halbe Stunde später war ich in Hälsingborg angekommen. Zum Bahnhof mußte man vom Anleger aus 20 Minuten laufen, was weniger schön war. Ein Schwede bot sich an, meine Koffer zu tragen, allein wäre es für mich zu schwer gewesen. Dieser Schwede hat hier ein Fuhrunternehmen und ist fast jede Woche in Deutschland. Er liebt die Deutschen mehr als seine Landsmänner. Gegen meinen Willen gab er meine Koffer auf, bestellte uns im Bahnhof Kaffee und Torte und rief dann auch noch bei Nytzens für mich an. (Er bezahlte das alles aus seiner Tasche, da ich keine schwedischen Kronen hatte.) Mir war die ganze Sache doch recht unheimlich, was jedoch völlig unberechtigt war. Herr Nytzen wollte mich um 1/2 3 Uhr abholen kommen, kam aber wegen einer Panne 1/2 Std. später. Um 3.00 Uhr hielt dann draußen ein wunderbarer, weißer Wagen – damit wurde ich abgeholt. Herr N. war sehr nett und ist auch ganz sympathisch. Im Wagen saßen seine Frau und die kleine Tochter. Nachdem wir 36 km zurückgelegt hatten, war das Ziel erreicht. Das Haus ist sehr schön und groß. Zu meinem größten Schreck sind fünf (!!) Kinder da. Der Sohn ist 18 Jahre – drei Töchter 16, 15 und drei Jahre und der Kleinste ist 1 1/2 Jahre. Der Sohn ist in Stockholm und eine Tochter in Hälsingborg, sie kommt nur über das Wochenende. Es ist furchtbar: Den ganzen Tag ist Heulerei. – Nun aber will ich erstmal das Haus beschreiben: Also unten sind Büroräume und das Zimmer des Sohnes. Erste Etage: Frederiks (1 1/2 J.) Zimmer, Frau Nytzens Schlafzimmer, ein Salon, ein Musikzimmer, Wohnzimmer, Eßzimmer und Küche. Zweite Etage: Nähzimmer, Herrn N. Schlafzimmer, das Schlafzimmer der beiden Töchter und mein Raum. Das gibt Arbeit! Allerdings kommt zweimal in der Woche eine Putzfrau. Mein Zimmer ist ganz niedlich und klein: eine Couch, die ich mir nachts als Bett umbaue, daneben steht ein kleiner Schrank mit Radio und Lampe. Neben dem Bett ist ein eingebautes Bord, hier steht das Bild von meinem lieben Hans. Zwei Sessel, ein kleiner Tisch mit kleinem Stuhl, Sekretär und Frisiertisch. Hier könnte man sich wohlfühlen. Die Leute sind wirklich sehr nett . . . Ich muß in der Küche essen. Sie sagte mir das in einem netten Ton und hoffte, daß ich nichts dagegen hätte . . . Ich bekomme kaum einen Bissen herunter – es schmeckt mir einfach nichts. Hoffentlich gewöhne ich mich bald daran . . . Außerdem muß ich ein hellblaues Kleid mit weißem Kragen und weißer Schürze tragen. Ich finde das entsetzlich – habe mich eben nach Feierabend gleich umgezogen, ich konnte es einfach nicht mehr länger in diesen Sachen aushalten. *23.II.1953* . . . Heute habe ich wieder einen arbeitsreichen Tag hinter mir. 1/4 nach 6 Uhr aufgestanden, zehn Minuten vor 7 Uhr in die Waschküche gegangen, um die weiße Wäsche in die Maschine zu tun, so daß sie in einer Stunde fertig gewaschen ist. Toll, kann ich Dir sagen. Man braucht nicht mehr mit der Hand zu waschen. Dann brachte ich Herrn und Frau N. um 7 1/2 Uhr Tee in ihr Schlafzimmer mit geröstetem Brot und einer Grapefruit. Anschließend die kleine Annika (drei Jahre) abgefüttert . . . um zehn Minuten vor 8 Uhr mußte ich Kakao bereit haben für Christin (15 Jahre), und anschließend habe ich etwas zu mir genommen . . . Dann Waschmaschine abgestellt, Wäsche fünfmal automatisch gespült und aufgehängt. Jetzt kam die bunte Wäsche, in der Zwischenzeit Lena Kakao ans Bett gebracht – sie hat zehn Tage Ferien. Abgewaschen, bunte Wäsche gespült und aufgehängt und dann nochmals die Waschmaschine gefüllt. Bis ich damit fertig war, zeigte die Uhr etwa 10 1/2. Dann Frederikes Zimmer geputzt pp und anschließend für 12.00 Uhr Essen zubereitet. Um zehn Minuten vor 1 Uhr habe ich gegessen und war um 2.00 Uhr mit der Küche fertig (geputzt und abgewaschen). Anschließend habe ich sämtliche oberen Räume geputzt, die Treppen gereinigt und alles abgestaubt . . . Schließlich noch einige Kleinigkeiten für um 20.00 Uhr erledigt, denn heute haben N. hier mit einigen Bekannten französische Lektion. Dann mußte ich das Essen zubereiten für 5.00 Uhr. Es gab Spinatsuppe mit einem Ei dazu. Um 1/2 7 Uhr war ich mit allem fertig. Eigentlich habe ich bis 7.00 Uhr „Dienst", aber ich habe die Küche schon immer früher fertig . . . Kannst Du verstehen, daß ich dann abends nach dieser für mich ungewohnten Arbeit sehr müde bin? . . . Frederik sitzt fast den ganzen Tag in seinem großen Zimmer allein, er kann durch ein Holzgitter auf den Flur sehen und schreit dann ständig durch das ganze Haus . . . Die eine Tochter half mir am Sonntag sogar beim Abtrocknen! . . . Meist sehe ich die zwei mit Lockenwicklern im Haar herumlaufen!

Elsfleth/Meldorf, 15.III.1953 (Hans)
Zuerst einmal tausend Dank für Dein Glückwunschtelegramm! Hast mir eine riesige Freude damit bereitet. Mutti Buchholz fuhr extra mit dem Rad zu Logemanns Gasthof und gab es dort ab. Du hättest mal mein strahlendes Gesicht sehen sollen! Alle nahmen viel Anteil an meiner Freude. Nun ist also alles in Ordnung. Die „Steuermannsfeier" verlief ganz nett. Auf die Wagenfahrt hatten wir ja verzichtet. Wir feierten mit Georg Baake und allen anderen Lehrern sowie mit Herrn Trautmann, jedoch ohne Damen. Das war mir nur lieb, denn sonst wäre mir die Einsamkeit noch mehr zum Bewußtsein gekommen. – Während der Feier wurde mir das Geschenk für uns überreicht: Messer, Gabel, Löffel und Teelöffel – alles mit Widmung: „Klasse A 5 III". Ich habe mich gleich in unserem Namen recht herzlich bedankt . . . Gestern morgen fuhr ich dann ab in Richtung Hamburg! . . . Nach Erledigung aller Formalitäten mußte ich zum Schneider, der bei mir Maß nahm. Bekomme Mantel (250,– DM), Mütze und Uniform geliefert, den Rest muß ich leider selbst bezahlen, doch verschafft die Reederei mir Erleichterungen. Am Dienstag soll ich an Bord sein, und am 25. laufen wir aus!

Klippan, 15.III.1953 (Erika)
Unbeschreiblich ist meine Freude darüber, daß Du alles überstanden hast, und ich möchte Dir nochmals von ganzem Herzen gratulieren! Schon um 1/4 vor 12 Uhr erreichte mich diese schöne Nachricht – das war ein Glück, denn sonst hätten wir bestimmt angebrannten Fisch essen müssen . . . Besonders interessiert mich natürlich, wann Du an Bord sein mußt! Hoffentlich geht die Reise schnell los, damit wir uns recht bald wiedersehen können . . . Gestern waren wir auf Biaskot bei einem deutschen Mädel und anschließend bei einer befreundeten Familie eingeladen. Als wir Heimatlieder sangen, überfiel mich doch die Sehnsucht nach Dir, und das Heimweh war so stark, daß ich eine Weile nach draußen ging . . . Am Freitag war ich bei dem „kyrkoherden" (= „Pastor". Erika wollte sich in Schweden konfirmieren lassen, da sie sich später evangelisch trauen lassen wollten). Es war furchtbar uninteressant. Er setzte sich hin, las uns (Helga und mir) die Zehn Gebote und einen Liedertext auf Deutsch und Schwedisch vor und gab uns dann zum nächsten Freitag drei Gebote und einen Liedertext zum Lernen auf. Er ist schwerhörig und ein sonderbarer Mann. Als ich ihn bat, uns allein konfirmieren zu wollen, war er jedenfalls damit einverstanden. Das war natürlich sehr nett. So soll unsere Konfirmation also im Mai sein, so daß dann unserer kirchlichen Trauung nichts mehr im Wege steht!

An Bord Hamburg, 17.III.1953 (Hans)
Nun bin ich schon seit heute mittag an Bord. Es ist gleich Mitternacht, und ich habe zusammen mit dem II. Offizier bis eben gearbeitet (Laderäume ausgemessen und berechnet). Sitze jetzt in meiner Kammer, die einfach „enorm" ist . . . Die übrigen Offiziere waren schon vor dem Kriege bei der HAMBURG-SÜD und gefallen mir alle sehr gut. Glaube schon, daß ich mit ihnen klarkommen werde! Trotzdem bin ich vorsichtig mit meinen Äußerungen . . . Solange wir in Hamburg sind, nimmt die Arbeit kein Ende. Für uns dauert der Tag 18–20 Stunden, wie die Kameraden mir sagten. Aber das macht mir nichts. Es wird nachher geregelter, und ich fühle

MS SANTA INÉS

mich hier sehr wohl! Wie froh bin ich, nun endlich wieder Geld verdienen zu können! Das ist ja schließlich die Voraussetzung für all' unsere Pläne. – Um 7.00 Uhr ist wieder Dienstbeginn. Sei bitte nicht böse, wenn ich in den nächsten Tagen nicht so oft und ausführlich schreibe. Ich werde es mitunter einfach nicht schaffen können ... Schicke vorläufig monatlich 250,– DM auf unser Konto. *18.III:* Der heutige Tag verlief im Vergleich zu gestern verhältnismäßig ruhig. Dienstbeginn 7.00 Uhr. Ich bekam vom I. Offz. die Aufgabe, im Kartenhaus (wo die Seekarten und Instrumente liegen und wo die navigatorischen Berechnungen durchgeführt werden) Ordnung zu schaffen. Dort wimmelt es von neuen Büchern, Instrumenten, Tabellen usw. usw. – Mir machte die Sache viel Freude. Werde – mit Unterbrechungen – noch einige Zeit damit zu tun haben. Um 10.00 Uhr war Rettungsbootsmanöver und Feuerlöschübung. Die Boote wurden zu Wasser gelassen und anschließend wieder an Ort u. Stelle gebracht. Nachher hatte ich weiter im Kartenhaus zu tun, und um 12.00 Uhr war Mittag. Anschließend wieder Kartenhaus. Gegen 15.00 Uhr fuhr ich mit der Barkasse an Land. Unser Schiff liegt nämlich an den Pfählen – dicht bei der Howaldt-Werft. Das ist ein ganzes Stück von Hamburg entfernt. Einmal die Stunde fährt ein Verkehrsboot, das kostet eine Mark ... Freitag bekomme ich die Uniform. Bin allerdings jetzt auch schon „uniformiert" – ich trage eine blaue Hose, Schlips und Kragen, Khakijacke und Mütze ... Für den Rest muß ich selbst aufkommen ... Die anderen Offiziere sind alle mindestens zehn Jahre älter als ich. Komme aber bestens mit ihnen zurecht! Hier herrscht ein sehr „vornehmer Ton". Du solltest mal sehen, wenn wir in der Messe essen! Der Steward steht schon immer hinter einem und paßt genau auf, ob man auch genug hat ... Das Schiff ist einfach enorm! ... Meine Kammer wird auch immer luxuriöser. Heute bekam ich sogar

Hamburger Hafen: Mit der Barkasse an Land

eine prima Stehlampe und einen Papierkorb. Die Kammer hat keine Bullaugen, sondern ein großes Fenster. Ein blitzsauberer Aschenbecher ist natürlich auch da. Warm- und Kaltwasser. Über dem Waschbecken Glasplatte, Spiegel und extra Beleuchtung. Außerdem eine Lampe an der Decke und eine Lampe in der Koje. Ferner befinden sich in der Koje ein Bücherbord und ein weiteres kleines Bord, auf dem Dein liebes Bild steht ... Ach – ich wollte ja noch mehr von der Kammer erzählen. Also die Koje ist erhöht – etwa ein Meter. Darunter sind Schubladen. Vor der Koje hängt ein Vorhang, außerdem einer vor der Tür. Natürlich sind vor den Fenstern auch Gardinen sowie zusätzlich eine Jalousie. Bettzeug und drei Handtücher, darunter ein großes, prima Badetuch, bekomme ich geliefert. Alle Gardinen, Vorhänge, die Couch und der Stuhlbezug sind kastanienbraun getönt. Die (zwei) Teppiche sind blau ... Fünf Meter von meiner Kammer ist ein WC. Das Offiziersbad liegt ein Deck tiefer. – Ja, es ist schon ein Luxus!

Klippan, 17.III.1953 (Erika)
Heute mußtest Du also schon an Bord sein – dann warst Du ja nur ganz kurz in Meldorf gewesen ... War erst um 20.30 Uhr mit der Arbeit fertig, da Frau N. ja nicht da ist. Höchstwahrscheinlich werden Herr und Frau N. mit dem Sohn Anfang April nach Italien fahren für drei Wochen.

20.III.1953 Hamburg, an Bord (Hans)
... Habe mich hier inzwischen schon recht gut eingelebt. Es ist doch ein sehr wohltuendes Gefühl, wenn man bei der Seefahrt endlich den Eindruck hat, wieder Mensch zu sein. Dann macht die viele Arbeit doch wenigstens Spaß! Hier ist täglich hoher Besuch an Bord. Wir laden schon ständig: Zement, drei Lokomotiven, fünf Traktoren und unendlich viel mehr verschiffen wir nach Südamerika. Morgen machen wir an der Überseebrücke fest, und am Sonntag werden wir mit vielen Ehrengästen an Bord eine Probefahrt machen ... Das wird einen schönen Menschenauflauf geben morgen! Schon jetzt werden wir täglich von Schiffen der „Hafenrundfahrt" umkreist. – Gestern hatte ich ja Nachtwache. Da habe ich mich lange mit dem Wachkapitän unterhalten. Er heißt Petersen, hat auch in Elsfleth Examen gemacht und „in der guten alten Zeit" mit Frau Gebken getanzt. Während des Krieges war er Kapitän der WILHELM GUSTLOFF und erlebte als solcher den grauenhaften Untergang dieses Schiffes mit. – Der III. Offizier ist wohl Mitte 40. Er macht seit langer Zeit seine erste Reise mit. Während der Kriegsgefangenschaft studierte er Jura – sein Staatsexamen machte er später in Deutschland. Außerdem betätigt er sich mit bestem Erfolg als Exportkaufmann. (Ist „Seesteuermann auf großer Fahrt" [A5] und „Kapitän auf großer Fahrt" [A6]). Unser II. Offz. war während des Krieges lange als Navigationslehrer an der Marineschule Flensburg-Mürwik tätig, jedoch nicht zu meiner Zeit. Er ist weit über einen Kopf größer als ich – ebenso der III. Der I. ist eine Seele von Mensch, und ich glaube sicher, daß wir gut miteinander klarkommen werden! Auch der Kapitän scheint ganz in Ordnung zu sein. Es herrscht überhaupt ein Ton an Bord, wie ich ihn sonst bei der Seefahrt nie kennengelernt habe. Natürlich muß ich erst abwarten, wie sich alles einspielen wird, doch bin ich äußerst zuversichtlich! Nun noch unser Reisefahrplan (kleine Verschiebungen können natürlich eintreten): Hamburg ab 26.III., Bremen ab 28.III., Amsterdam ab 31.III., Antwerpen ab 31.III. – „Drüben" laufen wir an: Pernambuco, Bahia, Vitoria, Rio de Janeiro, Santos, Itajai, Montevideo, Buenos Aires ... Sonnabend, 19.30: Inzwischen liegt unser Dampfer an der Überseebrücke. Es wimmelt nur so von Gästen an Bord. Man darf gar nicht aus der Kammer herausgehen, dann kommen auch schon die ersten Neugierigen, um einem ein „Loch in den ..." zu fragen.

Klippan, 24.III.1953 (Erika)
Herr N. bat mich, in sein Büro zu kommen. Er wollte meine Personalien haben wegen Verlängerung meines Aufenthaltes. Hat er es nicht eilig damit? Auf dem Formular stand: „Auf wie lange Zeit wird die Verlängerung des Aufenthaltes beantragt?" Was meinst Du, was Herr N. geschrieben hat? „Beantragt auf ein Jahr!" Ob er wohl wirklich glaubt, daß ich solange hierbleibe? ... Vor einigen Tagen, als ich Deinen

Absender:

Postkarte

Verlag
H. M. Hauschild GmbH
Postfach 45 02 35
Hans-Bredow-Straße 7

28296 Bremen

Brief zur Post brachte, wurde ich von einem Herrn angeredet, der meinte: „Entschuldigen Sie, Sie sind doch die Dame, die bei Nytzens ist, nicht wahr?“ Ich war ganz erstaunt, ein so gutes Deutsch zu hören, und erfuhr dann, daß der Herr Österreicher ist und hier in Klippan ein großes Modeatelier besitzt. Er hatte schon von mir gehört und mich auch einige Male gesehen, war sehr nett und lud mich auch namens seiner Frau ein. Anschluß könnte man hier genug bekommen, sie sind ja alle sehr gastfreundlich, aber mir fehlt einfach das Interesse . . . Vielleicht werde ich jedoch gelegentlich einmal Verbindung mit den Österreichern aufnehmen. Er ist hier überall sehr bekannt, und es wäre nicht unmöglich, daß er N. ein deutsches Mädel vermitteln könnte, welches sich hier in Schweden verändern möchte. Dann würde mir ein Stein vom Herzen fallen, hätte ich doch bei meiner Kündigung gleich einen Ersatz aufzuweisen . . . Kennst Du noch das Lied: „O Haupt voll Blut und Wunden“? Es ist gar nicht so leicht zu lernen. Jeden Abend lese ich noch etwas im „Neuen Testament“, da ich darin ja auch „geprüft“ werde! Wie sehr würde ich in Tante Liesbeths Achtung steigen, wenn sie das wüßte (Baptistin in den USA)!

An Bord (Bremen), 28.III.1953 (Hans)
Die Arbeiter haben gerade Pause – daher schnell ein paar Zeilen an Dich! . . . Wir haben jetzt sehr viel Arbeit, aber es geht mir gut, und ich fühle mich wohl dabei. Am Mittwoch hatte ich Besuch von meinen Eltern. Es war alles sehr nett. – Gestern früh gegen 6.00 Uhr passierten wir Elsfleth. Ich gab mit dem Typhon Signal (drei lange Töne) und sah mit dem Glas ganz deutlich, wie Mutter vor der Haustür stand und mit einem großen weißen Tuch winkte . . . Morgen früh laufen wir aus nach Amsterdam. Ich lege den Fahrplan bei, er stimmt natürlich nur ungefähr. Kleine Verzögerungen von ein bis drei Tagen sind möglich . . . Es war dort in Hamburg sehr weit vom Schiff bis zum nächsten Briefkasten. Hin- und Rückweg dauerten fast eine Stunde. – Nun muß ich mich wieder an Deck sehen lassen, denn die Arbeiter kommen!

An Bord, 30.III.1953
In ein bis zwei Stunden haben wir nun schon den zweiten Hafen unserer Reise erreicht. Fahren jetzt auf dem Kanal nach Amsterdam. Von meinem Fenster aus kann ich die schöne holländische Landschaft sehen. Es ist zwar alles Flachland, ähnlich wie bei Elsfleth und Meldorf, aber mit fabelhaften Straßen, wunderhübschen Häusern und vielen Kanälen. Draußen regnet es, und der Wind pfeift. Aber das macht uns ja jetzt nichts mehr aus. Während der Fahrt durch die Nordsee hat sich unsere SANTA INÉS auch gut gemacht, so daß man kaum etwas von dem Sturm merkte. Leider konnte ich dieses Mal nicht „tuten“, als wir an Elsfleth vorbeikamen. Das Typhon war gerade nicht in Ordnung, und unser Elektriker mußte den Schaden beheben. Trotzdem haben sie uns anscheinend gesehen, denn mit dem Glas konnte ich deutlich erkennen, wie bei Gebkens mit einem großen weißen Tuch gewinkt wurde. Auch bei Pohls auf dem Balkon glaubte ich mehrere Leute zu sehen . . . Du möchtest gerne wissen, wann ich Wache habe. Das ist von 4–8 und von 16–20 Uhr. Allerdings komme ich mit dieser Arbeitszeit natürlich längst nicht aus. Bisher waren es mindestens 12 Stunden. Aber ich fühle mich weiterhin sehr wohl dabei, und mir macht alles sehr viel Freude! Wenn wir nachher „über den großen Teich“ fah-

Klar zur Laderaumkontrolle

ren, müssen wir unsere Uhren täglich zurückstellen. Dann stimmt unsere Zeit also nicht mehr mit der europäischen Zeit überein, und wenn Du Dich nach getaner Arbeit müde ins Bett legst, steht bei uns noch die Sonne am Himmel. 21.00 Uhr: Inzwischen liegen wir schon einige Stunden in Amsterdam an der Kaje. Es wird fleißig geladen, die ganze Nacht durch. Ich selbst habe dieses Mal aber keine Nachtwache. Bin auch seit 4 Uhr früh auf den Beinen . . . Wir sollen morgen gegen Abend nach Antwerpen auslaufen. Die Reise dorthin dauert etwa 12 Stunden. Anschließend geht es weiter nach Las Palmas, wo wir jedoch nur einige Stunden zur Ölübernahme bleiben. *3.IV. (Karfreitag)*: In meinem Kalender steht am heutigen Tage „Stillfreitag". Davon haben wir hier in Antwerpen allerdings nichts gemerkt. Wir laden seit gestern ununterbrochen, Tag und Nacht. Ich selbst habe an beiden Tagen von 6.00–22.00 Uhr praktisch dauernd „herumgewühlt". Wir sollen wahrscheinlich am Ostersonntag von hier auslaufen. Falls es knapp werden sollte mit der Zeit, wird auch Ostern weitergearbeitet, da wir es eilig haben. Man macht sich keinen Begriff davon, was wir alles laden. Es sind tausenderlei Sachen. Der arme Ladungsoffizier (II. Offz.) kommt praktisch überhaupt nicht zur Ruhe, und wir alle sind „hundemüde" . . . Draußen regnet es alle fünf Minuten. Ich war bis auf die Haut naß, als ich vorhin in meine Kammer kam. War die ganze Zeit an Deck, kroch von einem Laderaum in den anderen usw. usw. Man muß praktisch überall sein. Jetzt hat der III. Offz. bis morgen früh Wache, aber der II. Offz. ist auch noch auf den Beinen. Wenn wir unsere Überstunden zusammenzählen, so kommen wir auf 20–30 Pfennige pro Stunde. Ein Matrose bekommt 1,40 DM, aber wir Nautiker kriegen ja Überstundenpauschale. Na ja, ich rede nicht sehr viel davon und tue meine Arbeit. Die Hauptsache ist, daß wir unser Heim recht bald gemütlich einrichten können!

... was wir alles laden

Klippan, 5.IV.1953 (Erika)
Jetzt bist Du auf der Fahrt nach Las Palmas und wirst sicherlich ganz enttäuscht sein, keine Post von mir vorzufinden. Auch ich bin sehr ärgerlich darüber, denn Jan, der Sohn von Nytzens, schleppte den Brief tagelang mit sich herum, und heute, da es zu spät ist, dachte er wieder daran. Er besucht in Hälsingborg die Fahrschule und versprach mir, den Brief dort einzustecken. So ist es, wenn man sich auf andere verläßt ... Gestern abend war die ganze Familie ausgeflogen, und ich habe auf die Kinder geachtet. Leider heulten sie schon um 9 Uhr und mußte ich meine ganzen schwedischen Redekünste anwenden, um wieder Ruhe ins Haus zu bekommen. Sobald ich mich jedoch aus dem Zimmer schleichen wollte, ging die Heulerei wieder los. So saß ich bis nach 1 Uhr nachts bei den Kindern und freute mich, als N. nach Hause kamen. Bin gspannt, ob ich dafür Überstunden bezahlt bekomme. Über meinen Verdienst bin ich natürlich sehr enttäuscht. Herr N. kam am 1.IV. zu mir mit der Steuertabelle und rechnete folgendes vor: Verdienst: 125,– Kronen. Kost und Logis = 130,– Kronen, macht zusammen 255 Kronen. Bei 255,– Kronen betragen die Steuern 35,– Kr., so daß ich 125 Kr. minus 35 Kr. = *90 Kronen* ausbezahlt bekom-

Salon der SANTA INÉS

me. – Das ist bestimmt nicht viel, aber es ist ja leider nicht zu ändern. – Vor einigen Tagen war hier in der Fabrik ein kleiner Brand. Um 22.00 Uhr kam die Feuerwehr, und die Menschen strömten herbei. Ein Arbeiter hatte seinen Arbeitsanzug über einen elektrischen Herd gelegt, und ein Herr, der auf den Zug wartete, sah durch die Fenster der Fabrik das Feuer, schlug die Scheiben ein, und somit konnte das Feuer noch rechtzeitig gelöscht werden. Andernfalls wäre das aber auch ein gewaltiger Brand geworden, da dort unheimliche Mengen Holz lagern und gleich nebenan das Kohlenlager ist!
Dieses ist nun schon innerhalb ganz kurzer Zeit der dritte Brand hier. – Anstatt Mittwoch hatte ich am Karfreitag meinen freien Nachmittag, da lud Jan mich zu einer Autotour ein. Ich muß sagen, es war einfach herrlich! Hier ist wirklich eine wunderschöne Gegend mit Seen, Wäldern und Hügeln. Klippan hat drei Kirchen, eine große Papierfabrik – es soll die älteste der Welt sein – und eine große Brauerei, Lederfabrik und die Möbelfabrik von Nytzens. Ich glaube, das sind wohl die größten Unternehmen hier ... Dieser Brief wird Dich nun erst in Pernambuco erreichen. Wie weit sind wir dann voneinander getrennt! Es ist wirklich nur gut, daß ich soviel Arbeit habe, sonst würde das Getrenntsein noch schwerer, denn sobald ich einmal in Ruhe nachdenken kann, ist alles noch schlimmer.

Auf See, 5.IV.1953 / Ostersonntag (Hans)
Eben habe ich meine Wache hinter mir ... Unser Minenlotse, der uns morgen früh gegen 4.00 Uhr bei Dover verläßt, wird diesen Brief mitnehmen und in Deutschland einstecken. Wir sind heute kurz nach Mittag aus Antwerpen ausgelaufen. Die nun

beginnende Seereise wird uns etwas mehr Ruhe bringen. Unsere ganze Besatzung atmet erleichtert auf ... Ich schrieb Dir schon, daß ich ab April monatlich 250,– DM auf unser Konto überweise. Es wird aber noch allerhand hinzukommen, denn bisher habe ich praktisch gar nichts verbraucht. Wir bekommen außer Heuer und Überstundenpauschale 25,– DM Bordgeld. Das reicht für meinen persönlichen Bedarf. Außerdem kriegen wir von den Lieferanten in Südamerika noch kleine Anerkennungen in Form von Geld, Kaffee pp. – Verfüge also bitte nach Deiner Rückkehr so über das Geld, wie Du es für richtig hältst! Wie freue ich mich auf unser Heim! *7.IV. (Biscaya)* ... Draußen ist es recht stürmisch und regnerisch. Unser Schiff nimmt zwar etwas Wasser über, aber sonst merkt man außer der Schaukelei nicht viel. Morgen hoffen wir, die spanische Küste zu erreichen. Dann wird es auch langsam wärmer ... Viel Schlaf habe ich noch immer nicht bekommen. Der Kapitän sorgt dafür, daß ich dauernd reichlich beschäftigt bin – auch während der Freizeit. Aber dadurch lerne ich ja. Heute habe ich auch einige Male mit dem Sextanten die Sonne geschossen, Funkpeilungen gemacht und unendlich viel mehr. Es klappte bisher alles sehr gut, und ich komme auch mit dem „Alten" fein zurecht, obwohl er äußerst genau und empfindlich ist und von allen Offz. mit Vorsicht genossen wird. Er bekommt ja Passagieressen und hat mir schon verschiedentlich Kuchen oder Obst geschenkt. Heute kriegte ich sogar seine Portion Abendbrot und *mußte* alles aufessen! Kann mich jetzt kaum noch bewegen, so „übersatt" bin ich – und das bei der ewigen Schaukelei, die mir aber Gott sei Dank nichts ausmacht ... Einmal hat der „Olle" mich allerdings mächtig heruntergeputzt. Wir hatten nämlich bis Antwerpen einen „Blinden Passagier" an Bord, wofür ich die Schuld kriegte. Dieses Mal habe ich sämtliche Ecken und Winkel drei Stunden lang durchstöbert und war sogar im Mastkorb. Wie leicht kann man ein Versteck übersehen! Na, jeder von uns bekommt mal seinen „Segen". Das gibt sich bei ihm sehr schnell. Zwei Tage später gab er mir sogar von sich aus offiziell „Raucherlaubnis" für die Brücke. Das ist bei einem „Brückenmoses" sonst nicht gerne gesehen. Aber er meinte, ich sei ja kein „dummer Junge" mehr. *Mittwoch, 21.00 Uhr:* Inzwischen ist wieder ein Tag vergangen, und ich bin vor lauter Arbeit nicht darum gewahrgeworden. Vorhin passierten wir das „Cap Finisterre" an der Nordwestküste Spaniens, und jetzt steuern wir direkt die Kanarischen Inseln an. In etwa 3 1/2 Tagen sind wir wohl dort. Hatten durch den Sturm der letzten Tage etwas Zeit verloren ... Inzwischen ist es 22.00 Uhr geworden, ich wurde auch noch wieder auf die Brücke gerufen. Träum süß, mein Schatz, ich bin immer bei Dir! *10.IV., Freitag, 13.30 Uhr:* Leider kam ich gestern nicht dazu, diesen Brief weiterzuschreiben.

Heute hoffe ich, bis zum Wachbeginn etwas Ruhe zu haben. Bei Euch in Schweden ist es jetzt 17.30, und Du hast gleich Feierabend. Wie ist wohl das Wetter bei Euch? Hier haben wir den ganzen Tag herrlichsten Sonnenschein. Alles läuft mehr oder weniger „leicht bekleidet" herum, und einige Passagiere haben schon in unserem Schwimmbad gebadet. Wir tragen natürlich Uniform, d. h. ab Las Palmas werden wir ganz „in Weiß" auf der Brücke erscheinen. Morgen abend sind wir voraussichtlich dort. Allerdings dauert es wie gesagt nur wenige Stunden, bis wir wieder auslaufen. Ich freue mich schon ganz riesig auf Deine Post! Leider fürchte ich, daß sich keine Zeit finden wird, Deine Zeilen gleich von Las Palmas aus zu beantworten, denn wir haben während des kurzen Aufenthaltes unendlich viel zu tun. Auf jeden Fall aber werde ich am Schluß dieses Briefes den Empfang Deiner Post kurz bestätigen ... Mit den anderen Offz. komme ich auch weiter gut aus. Sie sind alle verheiratet und streben nur für ihr Zuhause. Das ist sehr gut so, denn aus diesem Grunde kommt keiner auf den Gedanken, „Saufgelage" abzuhalten. Ich selbst komme gut mit meinem Bordgeld, was es ja zusätzlich gibt, aus und hoffe also, noch allerlei mitbringen zu können für unser Heim! Vielleicht kaufe ich auch in Südamerika einige Lebensmittel wie Fleisch, Butter und Zucker für Dich ein. Das ist dort viel billiger, so daß uns z. B. die Butter einschl. Zoll nicht teurer werden würde als in Deutschland die Margarine. Wäre das nicht fein? Auch Zucker soll nur halb so teuer werden. Wäre es nicht schön, wenn ich gleich einen ganzen Vorrat mitbringen würde? Kaffee bekommen wir ja angeblich von den Lieferanten geschenkt, allerdings ungeröstet ... Von meinem Fenster aus sehe ich direkt auf das Wasser. Man erkennt weit und breit kein Schiff. Wir sind ganz allein – mitten auf dem Atlantik! Und doch hat gerade diese Stimmung etwas Beruhigendes. Der Blick in die Ferne verbindet mich so ganz mit Dir! Irgendwo dort hinten im Norden gehst Du jetzt Deiner Arbeit nach. Ob Du wohl auch gerade mit Deinen Gedanken bei mir weilst? ... 20.30 Uhr: Gleich muß ich zum Manöver auf die Brücke ... 23.00 Uhr: Leider war nichts für mich dabei. Die Postverbindung nach L. P. soll sehr schlecht sein. Dafür kannst Du ja nichts! *21.IV.1953, 21.00 Uhr (Sonntag):* Seit heute früh um 5.00 Uhr sind wir nun wieder unterwegs. In Las Palmas hatte ich die ganze Zeit Wache. Mußte auch auf „Blinde Passagiere" aufpassen. Außerdem schrieb ich per Schreibmaschine einen langen Reisebericht für den Kapitän, der von L. P. nach Hamburg geschickt wurde. Nach dem Auslaufen sagte der Alte, ich dürfte mich bis 16.00 Uhr schlafen legen. Das fand ich sehr nett von ihm. Eigentlich hätte ich bis 8.00 Wache gehabt und wäre wegen der Sonnenbeobachtungen usw. nicht vor 13.00 Uhr in die Koje gekommen. Als ich um 4 Uhr nachm. auf die Brücke kam, meinte der Kapitän: „Nun haben Sie wohl das erste Mal hier an Bord richtig ausschlafen können." Und damit traf er genau den „Nagel auf den Kopf"! ... Mache Dir bitte keine Gedanken, weil ich dort keine Post erhalten habe. Das ist ja leider so bei der Seefahrt, und es waren noch viele da, die vergeblich auf Nachricht von ihren Angehörigen warteten. Ich hoffe nur, daß es Dir gut geht, meine liebe Erika! ... Wir nähern uns jetzt immer mehr dem Äquator. Das Wetter ist natürlich fabelhaft. Mein Ventilator läuft auf Hochtouren, während ich an Dich schreibe. Dabei bin ich nur mit weißer Hose und Sporthemd bekleidet. Nun will ich endlich mal anfangen, Dir meinen Tagesablauf auf See zu beschreiben: Um ½ 4 stehe ich auf und bin etwa zehn Minuten vor 4 auf der Brücke, wo ich mit dem I. Offz. zusammen Wache habe. Kurz nach 4 trinken wir erstmal einige Tassen Bohnenkaffee und essen frische Brötchen mit Butter dazu (der Bäcker steht schon um 24.00 Uhr auf!). Während der Wache haben wir natürlich dauernd was um die Ohren: z. B. Kurse und Positionslampen kontrollieren und etliches mehr. Gegen 5.00 mache ich Wetterbeobachtungen für das Meteorologische Institut in Hamburg (Wasser- und Lufttemperatur, Windrichtung und -stärke, Barometerstand, Bewölkung u. a. m.). Diese Beobachtungen werden einmal täglich nach Hamburg telegrafiert und dort für die Wetterberichte verwertet ... Kurz vor Sonnenaufgang beobachten wir drei Sterne und bestimmen danach unseren Schiffsort. Das

Äquatortaufe

dauert etwa eine Stunde (Anm.: später weniger . . .). Nachher kontrolliere ich nach der Richtung, in welcher die Sonne steht, unseren Magnetkompaß. Außerdem halte ich Brücke und Kartenhaus in Ordnung. Alles muß sauber sein, die Bleistifte angespitzt, die richtigen Seekarten und Bücher müssen griffbereit sein usw. Wenn dann noch Zeit übrig ist, betätigen der I. Offz. und ich uns in „unserem Reich" als Maler. Das tun wir freiwillig. Es ist eine gute Abwechslung. Wenn um 8 Uhr Wachwechsel ist, kontrollieren wir nochmals nach der Sonne unseren Schiffsort. Um $^1/_2$ 9 trinke ich dann Kaffee, d. h., es gibt bei uns dreimal täglich warmes Essen! . . . *Dienstag, 14.IV., 20.30 Uhr:* Sicher liegst Du längst im Bett. Es ist nämlich nach Eurer Zeit schon nach 23.00 Uhr. Wir stellen unsere Uhren ja täglich zurück. Das ist immer meine Aufgabe. Wir berechnen es nach unserem jeweiligen Schiffsort. Morgens um kurz nach 4 Uhr stelle ich dann sämtliche „Dienstuhren", es sind etwa zehn Stück an der Zahl! . . . Das Wetter ist weiter fabelhaft. Wir sind mal wieder allein auf weiter Flur. Haben heute den ganzen Tag kein Schiff gesehen. Befinden uns jetzt in Nähe der Kapverdischen Inseln. Am Freitag wird wohl die Äquatortaufe stattfinden. Ich will auch daran teilnehmen, würde einfach keinen Spaß davon haben, wenn ich „unberechtigter Zuschauer" sein sollte . . .

Donnerstag, 16.IV., 20.30 Uhr: Wieder einmal liegt eine Wache hinter mir. Schlafen kann ich nicht, denn es ist noch immer 36 Grad heiß! Das Seewasser hat 27 Grad. Morgen soll nun die Äquatortaufe vor sich gehen. Ich bin ja gespannt darauf. Na, eine kleine Abkühlung in unserem Schwimmbad wird bei dieser Hitze sicher ganz gut tun . . . Ich komme weiter gut mit allem zurecht. Neulich erlaubte der Alte sich einen Scherz: Er hatte einen Kuchen mit Salz statt mit Zucker bestreut. Na, ich habe ihm hinterher gesagt, er hätte „prima" geschmeckt! Arbeit habe ich nach wie vor sehr reichlich. Jetzt mache ich z. B. die Überstundenabrechnungen und bearbeite Ladungspapiere. Man gewöhnt sich daran, wenig zu schlafen. Der Schweiß läuft mir nur so von der Stirn, so heiß ist es! Dabei ist es hier noch verhältnismäßig kühl wegen der Seeluft. Wie soll das erst in Südamerika werden?? ... *Freitag, 17.IV., 20.30 Uhr:* Nun habe ich inzwischen die Äquatortaufe glücklich hinter mir. Es war alles sehr nett aufgezogen. Neptun mit „Frau", der „Pastor", ein „Friseur", ein „Polizist" und zwei „Neger" waren bei der Taufe zugegen. Insgesamt waren wir ungefähr 30 Opfer. Es wurden auch viele Passagiere getauft. In einer langen Rede hieß es etwa: „Als erster von der Besatzung kommt unser IV. Offz. an die Reihe usw. ... Wir wünschen ihm, daß er während seiner Freizeit auch ein wenig Zeit für sich selbst hat (!)." Nachher mußte ich mich auf einen Schemel setzen, wurde vom „Barbier" mit grüner Seife eingeseift, bekam zwei widerlich schmeckende Pillen in den Mund gestopft und wurde dann hinten rüber in das Schwimmbad gestoßen. Dort empfingen mich die „Neger", tauchten mich unter und machten mich schwarz. Die ganze Angelegenheit war recht nett und harmlos. Ich bin nachher gleich in die Badewanne gestiegen und habe mich gründlichst gereinigt. Einen „Taufschein" haben wir auch bekommen. ... Jetzt ist Äquatorball mit den Passagieren. Der Alte wollte mich auch absolut mit dabei haben. Aber ich habe keinen Spaß daran. Weshalb soll ich „im Schweiße meines Angesichtes" das Tanzbein schwingen? *Montag, 20.IV., 12.00 Uhr:* Seit heute früh in Pernambuco. Komme vor lauter Arbeit nicht zur Besinnung. In großer Eile ...

Klippan, 18.IV.1953 (Erika)
Es ist furchtbar, sage ich Dir, und das alles, weil ich jetzt schon über eine Woche nichts mehr von Dir gehört habe. Anscheinend hattest Du mich in dieser Beziehung zu sehr verwöhnt, denn ich bekam doch fast jeden zweiten Tag Post von Dir ... Da fällt die Umstellung jetzt doppelt schwer. So hoffe und warte ich Tag für Tag ... Aber warum schreibe ich Dir das alles, denn wenn Du diese Zeilen liest, habe ich sicher schon längst Nachricht von Dir! Hat Mutter Dir auch geschrieben, daß ich vielleicht in Meldorf zu Deiner Schwester Frauke ins Büro kommen kann? Das wäre ja prima, nicht wahr? ... Vom Wohnungsamt ist noch kein Bescheid da. Ob es wohl wirklich klappen wird? ... 1 1/2 Wochen sind Nytzens nun schon fort – mir graut vor ihrer Rückkunft! Sie waren noch keine vier Tage abgefahren, als Frederik auch Masern bekam. Gott sei Dank kam Mormor, die Oma, sofort aus Malmö. Jetzt sitzt sie den ganzen Tag über an seinem Bett, denn sonst schreit er fürchterlich. Mormor und ich verstehen uns prima, wir lachen soviel zusammen, obwohl sie nur Schwedisch spricht ... Im Bett muß ich gleich noch für den Pastor lernen!

Auf See, 23.IV.1953 (Hans)
Nun sind wir seit heute nacht um 2.00 Uhr unterwegs nach Vitoria ... Heute hat es fast den ganzen Tag geregnet. Hier ist ja jetzt „Winter", was sich durch die Regenzeit bemerkbar macht. Aber das bedeutet bei der drückenden Hitze eine wohltuende Erfrischung ... Du meinst in Deinem Brief, ich sei etwas dicker geworden. Na, bei der Kost ... Abends esse ich meistens zweimal, denn der I. Offz. oder der Kapitän verzichtet gewöhnlich zu meinen Gunsten. Heute kriegte ich z. B. „zusätzlich" Taubenbraten mit Erbsen und Wurzeln, Pilzen und Kartoffeln. Hinterher gab es dann nach Ananas. „Prima", nicht wahr? Hoffentlich brauchst Du nicht so viel

„sill“ (= Hering) zu essen. Ich habe den Eindruck, als ob es nicht so doll ist mit dem „Nytzenschen Essen“! Du hast bisher ja nur wenig von leckeren Mahlzeiten berichtet ...

Klippan, 26.IV.1953 (Erika)
Habe nun zu meiner größten Freude Deine lieben Zeilen aus Las Palmas erhalten. Die Postverbindung von den Kanarischen Inseln ist ja wirklich äußerst schlecht, denn trotz der Luftpostbeförderung dauerte es zwei Wochen! Nun bin ich wieder froh, denn ich weiß, es geht Dir gut ... Das Wohnungsamt hat noch nicht über die Wohnung entschieden, deswegen soll ich unbedingt nach Meldorf kommen. Aber das ist mir vollkommen unmöglich, da mein Reisepaß noch in Stockholm ist. Werde gleich dorthin schreiben und um schnellste Bearbeitung bitten! ... Am 16. Mai ist meine Konfirmation, und einen Tag später bekomme ich das Abendmahl ... Wir haben immer soviel für den kyrkoherden zu lernen, daß ich Abend für Abend pauken muß. Aber bald ist es ja geschafft – nur noch drei Wochen! Nytzens sind noch nicht von der Reise zurück – sie wollen noch nach Frankreich!
Die deutschen Mädels wollten mich zum Tanz abholen und hatten vorsorglich schon gleich eine Eintrittskarte für mich besorgt. Sie konnten meine Einstellung alle nicht verstehen und meinten, ich sei noch zu jung, um so treu zu sein, und schließlich würdest Du ja nie erfahren, ob ich hier ausgehe oder nicht ...

Vitoria, 29.IV.1953, 2 Uhr früh (Hans)
Heute habe ich mal wieder Nachtwache, und nachdem ich stundenlang Listen geschrieben habe, möchte ich die Gelegenheit wahrnehmen, um wieder ein wenig mit Dir zu plaudern. Heute mittag sollen wir nach Rio auslaufen, wo wir dann voraussichtlich noch morgen eintreffen ... Nun möchte ich Dir ein wenig von den Ereignissen der letzten Tage berichten. Ich schrieb Dir schon, daß ich beabsichtigte, hier am Sonntag einige Stunden an Land zu gehen. Das habe ich denn auch getan! Man muß ja wenigstens mal die Nase herausstecken, sonst ist man in halb Südamerika gewesen und hat weiter nichts gesehen als Häfen und Kräne. Vitoria ist wirklich eine sehr nette Stadt. Auf Dauer würde ich mich hier allerdings nicht wohlfühlen. Dieses Völkergemisch solltest Du mal sehen: Weiße, Schwarze und Rote sowie sämtliche Mischungen! Ein vernünftiges Lokal findet man hier überhaupt nicht, obwohl die Stadt doch etwa so groß ist wie Flensburg. Na – daran habe ich auch wenig oder gar kein Interesse. Die Frauen sind alle sehr geschmackvoll und farbenfreudig gekleidet, und es sind viele „Schönheiten“ darunter ... Du hättest mal die „feurigen Blicke“ sehen sollen, die mich allerdings herzlich wenig störten. Es war gerade ein katholischer Feiertag, und aus diesem Anlaß zog eine lange Prozession durch die Stadt. Mir kam dies alles höchst sonderbar vor: Vorneweg liefen Jungen, die laufend Kanonenschüsse abfeuerten. Dann folgten ein Kruzifix und darauf der Pfarrer, welcher ununterbrochen lateinische Laute vor sich hinmurmelte. Anschließend folgten die Gläubigen in zwei, etwa 1 km langen Reihen. Es war ein buntes Gemisch von Frauen, Kindern und Männern aller Hautfarben, wie ich es in dieser Form noch nie gesehen habe. Zwischendurch wurden Fahnen und Reliquien getragen. Einige der Gläubigen sangen auch Choräle. Ganz am Schluß marschierte eine Musikkapelle,

die mit mehr oder weniger Dissonanzen Kirchenmusik spielte. Alles in allem betrachtet war es doch ein recht eigenartiges Bild! ... Heute habe ich nun den dritten Tag Nachtwache. Während dieser Zeit habe ich einen Haufen Schreibarbeiten zu erledigen. Außerdem mache ich etwa jede Stunde einen Rundgang durch das Schiff, um zu sehen, ob alles in Ordnung ist. Meine Wache dauert von 18.00–6.00. Heute fing ich allerdings schon um ½ 5 nachmittags an, denn hier an Bord wurde ein großes Fest veranstaltet, zu dem viele prominente Persönlichkeiten eingeladen waren. Diese Gäste mußte ich in „Weiß" an der Gangway (Landgang) in Empfang nehmen. Na, viel geredet habe ich dabei nicht ... Ich sagte immer nur mit freundlichem Lächeln: „BUENAS TARDES" (Guten Abend) und komplimentierte sie dann in den Salon hinein. Hat alles ganz gut geklappt! – Mir fällt zwischendurch gerade ein, daß ich in Deutschland ein ganzes Monatsgehalt extra erhalten werde! Bei der HAMBURG-SÜD wird zweimal im Jahr doppeltes Monatsgehalt gezahlt! Ist das nicht prima? Nun kommen wir auf jeden Fall mit „unserer Kalkulation" gut hin. Sollst sehen: In einem Jahr haben wir unsere Wohnung prima eingerichtet! ... Vor einer Stunde sind wir nun mit Kurs Rio ausgelaufen. Draußen regnet es mal wieder, aber das ist mir immer ganz angenehm und besser zu ertragen als die drückende Hitze! ... So – ich muß auf die Brücke. *30.IV., 14.00 Uhr (Donnerstag):* Nun liegen wir in Rio vor Anker ... Leider auch dieses Mal keine Post dabei. Die Kameraden trösten mich damit, daß es schon oft vorkam, daß jemand während der ganzen Reise keine Post bekam, obwohl seine Angehörigen nach allen Häfen geschrieben hatten. Die Hauptsache ist nur, daß es Dir gut geht! *1. Mai, 23.30:* Welch eine riesige Freude! Heute erhielt ich Post von Dir und von Meldorf! Beide Briefe wurden uns von einem HAMBURG-SÜD-Schiff von Santos entgegengeschickt. Da hast Du also auch so lange auf meine Post warten müssen. Wir wollen nun nie wieder ungeduldig sein und uns zu viele Gedanken machen! *5.V.1953, Santos:* Wir sind nun seit heute früh in Santos, liegen aber noch auf der Reede vor Anker. Morgen früh laufen wir ein und beginnen mit dem Löschen. Hoffentlich geht es recht schnell! Der Kapitän fürchtet, daß es mindestens eine Woche dauern wird. Hier regnet es nämlich um diese Jahreszeit fast den ganzen Tag, und da wir Zement für Santos geladen haben, können wir dann nicht löschen ... *6.V.:* Da fällt mir gerade ein, daß unser Funker, Herr Moser, mir auf der Reise von Rio nach Santos ein Telegramm von Richard Thorwart, meinem Elsflether Klassenkameraden „Sepp", übergab. Er fährt mit seinem Schiff jetzt ebenfalls in dieser Gegend herum und wird wahrscheinlich heute hier in Santos eintreffen. Dann werden wir uns wohl besuchen, d. h. viel Zeit haben wir beide nicht ... Nun hätte ich noch eine Bitte: Kaufe Dir in Deutschland auf jeden Fall gleich eine gute Matratze für die erhoffte neue Wohnung! Für mich ist das vorerst nicht so wichtig, denn ich werde ja während der nächsten Monate wohl nur sehr wenig zu Hause sein können ... Nun noch eine Überraschung: Die Hamburg-Süd hat die nächsten zwei Schiffe in Auftrag gegeben. Es wird also auf keinen Fall lange dauern, bis ich III. Offz. bin. Wäre das nicht prima? Dann kriegen wir unsere Einrichtung noch eher zusammen!

Klippan, 10.V.1953, 19.00 Uhr (Erika)
Eine Woche habe ich jetzt nicht an Dich geschrieben, entschuldige bitte, aber ich habe hier unendlich viel Ärger und Laufereien, so daß es mir unmöglich war. Außerdem haben Sepp (der Österreicher) und ich jetzt meine beiden Koffer an zwei Abenden herausgeholt. Das brachte auch viel Aufregung, da niemand etwas davon merken durfte. Aber es hat alles tadellos geklappt! – Nun will ich Dir aber einmal ganz kurz von der Frechheit berichten, die Nytzens sich mir gegenüber erlaubt haben. Wenn ich nur daran denke, koche ich vor Wut! Es ist meines Reisepasses wegen, den ich ja zur Verlängerung eingereicht hatte. Täglich wartete ich nun auf den Paß, da ich ja doch wegen der Zusprache der in Aussicht gestellten Wohnung so schnell wie möglich nach Meldorf kommen sollte. Letzte Woche wurde mir die Sache dann doch zu dumm, und so rief ich beim „landsfiskalen" an, wo mir nach langem Suchen gesagt wurde, mein Paß sei schon am *15. April* an mich *per Einschreiben* abgeschickt worden. Mein erster Gedanke war, der Paß sei verlorengegangen. Aus diesem Grund ging ich dann am Mittwoch hier zur Post. Dort lag kein Einschreibebrief für mich, aber sie fanden die Quittung, die mit *meinem Namen* versehen war! Stelle Dir das nur einmal vor, ist das nicht allerhand? So ging ich anschließend gleich zu unserem Prokuristen ins Kontor, der mir sonst stets alle Post aushändigt, und verlangte sofort meinen Paß. Er überreichte ihn mir ohne Umschlag, hatte also sogar noch den Brief geöffnet! Das war aber denn doch zuviel, und ich sagte ihm anständig die Meinung – leider verstand er nur einen kleinen Teil davon. Findest Du nicht auch, daß es eine Frechheit ist, meinen Einschreibebrief anzunehmen, die Quittung mit meinem Namen zu unterschreiben, den Brief zu öffnen und mir den Paß einfach nicht auszuhändigen? Ich bin so empört darüber und nehme fest an, daß Herr N. vor der Reise dem Prokuristen den Auftrag gegeben hat, mir den Paß nicht auszuhändigen. Morgen werden N. wohl von ihrer Reise zurück sein. Dann werde ich darauf bestehen, daß derjenige, der die Sache veranlaßt hat, und derjenige, der so dumm war, es auszuführen, sich bei mir entschuldigen, denn sie haben sich ja wegen Unterschlagung und Urkundenfälschung strafbar gemacht. Mir ist die ganze Sache furchtbar auf den Magen geschlagen. Oh, wenn ich doch erst zu Hause sein könnte! Habe den Paß sofort nach Malmö zum dänischen Konsulat eingereicht und erhielt gestern zwei Fragebögen. Wenn ich den Paß in Händen habe, fahre ich sofort! Habe ja jetzt auch einen Grund für meine so plötzliche Abreise . . . Heute war ich bei Sepp und seiner Frau zum Essen eingeladen. Sie sind rührend und freuen sich mit mir, daß N. nun bald allein sein werden . . . Dazu kommt dann auch noch die Lernerei für den Pastor – es ist furchtbar! . . . Hoffentlich hat es mit der Wohnung geklappt, ich freue mich so auf Meldorf!

Santos, 10.V.1953 (Hans)
Nun liegen wir schon eine ganze Zeit hier in Santos, und noch immer ist die Ladung nicht gelöscht. Wir hoffen, es bis Mittwoch oder Donnerstag zu schaffen. Voraussetzung dafür ist jedoch, daß es nicht regnet. Heute, am Sonntag, wurde auch gearbeitet, aber jetzt, um 19.00 Uhr, ist Feierabend . . . Wenn Du diesen Brief liest, bist Du wohl schon in Meldorf und hast vielleicht auch schon die ersten „Einzugsarbeiten" hinter Dir. Ich glaube, wir werden es uns dort bald himmlisch schön eingerichtet

Nautische Kameradschaft „VISURGIS“

haben! ... Der Abend hier an Bord war recht nett. Es macht doch immer viel Freude, wenn man mit alten Bekannten Erinnerungen austauschen kann! Einige Flaschen Bier haben wir auch getrunken, aber in dieser Beziehung war es eine ganz harmlose Angelegenheit. Jeder spart für Zuhause, und es wäre ja Unsinn, wenn man sich da gegenseitig etwas vormachen wollte. An die „VISURGIS“, unsere Nautische Kameradschaft, haben wir natürlich eine Karte geschrieben, die etwas anders klingt. Herr Friedrichs: „Wir trinken einen kräftigen Fetzen auf das Wohl der Visurgis.“ Sepp: „Eins zwei Suffa“, und ich: „Hoch die Tassen!“ ... Nun will ich noch ein wenig von Land und Leuten erzählen. Viel wird es allerdings nicht, weil ich ja seit Rio noch nicht wieder an Land war ... Ein dolles Bild bietet sich hier in Brasilien, wenn man sich die Straßenbahnen ansieht, das fiel mir schon in Rio auf. Die Menschen hängen wie die Trauben auf den Trittbrettern. Es ist für unsere Begriffe einfach unvorstellbar! Ein Wunder nur, daß so wenig dabei passiert. – Ich schrieb Dir schon, daß es hier um diese Jahreszeit so viel regnet. Man sieht praktisch keinen Menschen ohne Regenschirm auf der Straße. Wenn morgens um 7 die Arbeiter an Bord strömen, so hat jeder von ihnen einen Regenschirm unter dem Arm – ein furchtbar drolliger Anblick! – Ich kann mich mit den Leuten schon ganz gut verständigen. Hände, Füße und ein kümmerliches Mischmasch von Spanisch und Portugiesisch nehme ich dabei zur Hilfe. Es wird aber von Tag zu Tag besser! ... *11.V., 20.00 Uhr:* Wieder ist Feierabend, und wieder ist der Tag unseres Wiedersehens nähergerückt! ... Heute klappte es ganz gut mit dem Löschen ...

Santos: Kein Arbeiter ohne Schirm!

Meldorf, 19.V.1953 (Erika)
Heute sende ich Dir nun die ersten Grüße aus der Heimat. Du glaubst gar nicht, wie glücklich ich bin, wieder in Deutschland sein zu können! Am Sonntag um 6.00 Uhr morgens verließ ich fluchtartig Klippan. Sepp brachte mich per Auto nach Hälsingborg, und ein schwedischer Bekannter von ihm, der ohne Paß nach Dänemark fahren konnte, begleitete mich freundlicherweise bis Helsingør, so daß mir mein Gepäck auch auf dieser Reise nicht zur Last wurde. Bis Montag blieb ich dann in Flensburg bei Onkel Hermann und Familie. Gestern kam ich um 17.00 Uhr in Meldorf an. Ich wurde so rührend empfangen, auch von den Nachbarn! . . . Am Sonnabend bin ich noch in Klippan konfirmiert worden, und nach der Feier packte ich meine letzten Sachen, außer Nytzens Konfirmationsgeschenken, um dann bei Nacht im schlimmsten Gewitter und Regen zu Sepp und seiner Frau zu gehen. Das war alles furchtbar aufregend, und es ist unmöglich zu schreiben, wieviel Schwierigkeiten mir noch gemacht wurden. – Heute waren Mutter und ich nun in „unserer Wohnung". Die Zimmer sind ja ganz nett, aber die Miete ist dafür ja sehr hoch! Anschließend gingen wir dann zum Wohnungsamt, und dort machte Herr W. uns Hoffnungen für Freitag (Sitzungstag) . . . Vielleicht fange ich schon morgen bei Köhns an, in dem Bekleidungsgeschäft, wo Frauke auch im Büro arbeitet. Frauke ist ja jetzt ganz allein, da der Kollege gekündigt hat.

Montevideo, 23.V.1953, 24.00 Uhr (Hans)
Heute erreichten mich zu meiner großen Freude drei liebe Briefe, alle nach Buenos Aires adressiert. Mit wieviel Schwierigkeiten hast Du doch zu kämpfen gehabt! Wie

froh bin ich, daß ich Dein Telegramm erhalten habe, denn sonst würde ich jetzt noch immer in Unruhe sein. Es ist ja einfach unerhört, was die Leute sich da erlaubt haben! Hättest Du das angezeigt, dann wären sie ganz schwer bestraft worden. Aber weshalb wollen wir uns hinterher noch so doll darüber ärgern, die Hauptsache ist schließlich, daß Du inzwischen wieder heil zu Hause angekommen bist! . . . Es ist nur gut, daß Du in Meldorf bist, denn sonst würden sie wohl beim Wohnungsamt immer gesagt haben: „Frau Constabel ist ja gar nicht hier!" Vielleicht hat der Kreiswohnungsausschuß nun ja doch ein Einsehen gehabt, das ist meine stille Hoffnung. Verschiedene meiner Kameraden gaben mir den Rat, wir sollten doch einfach einziehen . . . Weißt Du, wenn es wirklich nicht geklappt haben sollte, dann müßten sie uns ja auf jeden Fall mindestens ein Zimmer geben! Das wäre zwar weniger schön, aber wir könnten es auch ganz nett einrichten und uns dort wohlfühlen! . . . Eine große Sorge für uns bleibt ja nun noch die Urlaubsangelegenheit. Ich werde bei „passender Gelegenheit" den Alten bearbeiten, damit er auch von sich aus etwas für uns unternimmt. Was sich irgendwie erreichen läßt, werde ich bestimmt schaffen! Die günstigste Lösung wäre es natürlich, daß ich als III. auf das nächste Schiff käme. Aber wir wollen uns lieber angenehm überraschen lassen und vorläufig mit der ungünstigten Möglichkeit, d. h. einer Woche Urlaub, rechnen . . . Mache bitte mit Wohnung, Stellung usw. alles so, wie *Du* es für richtig hältst! . . . Wie nett finde ich es von Dir, daß Du von Schweden aus nach Elsfleth und Meldorf ein Kaffeepaket geschickt hast! Es ist immer die schönste Freude, wenn man seinen Nächsten eine Freude machen kann. Wieviel Dank sind wir unseren lieben Eltern schuldig! . . . Habe heute wieder Nachtwache. Dafür kann ich dann am Tage schlafen. Als die Post kam, schlief ich auch gerade. Aber dafür ließ ich mich ja gerne wecken!! . . . Nach Eurer Uhrzeit ist es jetzt 8.00 Uhr . . . Ob Ihr wohl einen kleinen Pfingstausflug machen werdet? Ich wünsche Euch recht, recht frohe Feiertage! Bei uns wird auch an beiden Pfingsttagen gearbeitet. Aber das ist mir ja nur lieb, denn um so eher sind wir zu Hause!

Brake, 24.V.1953 (Erika)
Jetzt bin ich schon wieder eine Woche in Deutschland und befinde mich zur Zeit in . . . Brake . . . (Erikas Eltern waren inzwischen von Elsfleth nach Brake umgezogen). Morgen, am 2. Pfingsttag, werde ich wieder nach Meldorf fahren, da Herr Köhn, mein neuer Arbeitgeber, am Dienstag auf mich wartet . . . Hoffentlich kann ich nun bald unsere Wohnung beziehen! Am Freitag sollte Sitzung sein, und ich bin gespannt, wie da entschieden wurde! . . . In meiner neuen Stellung beträgt der Bruttoverdienst = 182,– DM, das werden wohl 158,– DM netto sein. Unbezahlten Urlaub bekomme ich jeweils dann, wenn Du hier bist. Allerdings habe ich erst nur um drei bis vier Tage gebeten, alles andere findet sich wohl, wenn Du erst da bist. . . . Gestern kam Purzel hier unter ein Auto. Er wurde ca. 100 Meter mitgeschleppt und blieb dann wie tot auf der Straße liegen. Er war lange besinnungslos und hat hinten eine große Wunde, am Kopf eine kleine und kann mit den Vorderfüßchen nicht mehr auftreten. Es ist schrecklich, ihn anzusehen, und er muß jetzt den ganzen Tag liegen! *28.V.:* Bin von Brake am 2. Pfingsttag um 14.00 Uhr abgefahren und war um 21.30 Uhr wieder in Meldorf. Am Dienstag trat ich dann meine neue

Stellung an. Es gefällt mir gut, und ich finde es wunderbar, mit Frauke zusammenarbeiten zu können ... Mit Vati und Mutti in Brake besprach ich nochmal die Hochzeitsangelegenheit. Sie möchten die Sache gerne verschieben, bis Du von der darauffolgenden Reise zurück bist, da sie einerseits so wahnsinnige Ausgaben durch den Umzug hatten, andererseits eine große Hochzeit auf die Beine stellen möchten. Ich weiß nicht, wie Du dazu stehst, aber mir wäre es am liebsten, wenn wir die Sache jetzt in Hamburg vom Seemannspastor machen ließen. Dann brauchten wir keinen Menschen zu fragen und könnten anschließend tun und lassen, was wir wollen! ... Nur nicht soviel Umstände – die Zeit ist ja zu kurz, und die wollen wir doch genießen! Es wird sich sicher schon alles bestens regeln ... Wie unsagbar traurig war ich über die Nachricht, daß Du die 14 Tage über nicht immer zu Hause sein kannst. Ja, so ist das Seemannsleben, aber wir wollen froh sein, überhaupt zusammen sein zu dürfen, nicht wahr? Am kommenden Dienstag fällt die Entscheidung über die Wohnung. Es wird schon klappen, daran zweifle ich überhaupt nicht!

Buenos Aires, 30.V.1953 / Sonnabend 0 Uhr (Hans)
Da ich heute wieder Nachtwache habe, will ich die Gelegenheit wahrnehmen, um mal wieder ein wenig mit Dir zu plaudern ... Unser Schiff wird noch immer fleißig beladen, und bis zum 6. Juni bleiben wir hier wie gesagt auf jeden Fall liegen. Unser I. Offz. sagte vorhin, daß es wahrscheinlich noch länger dauern könnte, aber dafür geht es dann in den anderen Häfen um so schneller! ... Ob mein Brief an das Wohnungsamt wohl noch rechtzeitig bis zum 2. Juni ankommen wird? Ich möchte es sehr hoffen und wünsche nur, daß die Leute sich nun endlich mal zu einem positiven Entschluß durchringen! ... Heute habe ich nach meiner Nachtwache nur bis zum Mittag geschlafen und bin anschließend einkaufen gegangen. Habe 30 große Stücke PALMOLIVE-Seife gekauft. Die ist hier sehr billig und wird einschl. Zoll etwas über 30 Pfennige pro Stück kosten. Außerdem kaufte ich fünf Liter Sonnenblumenöl, welches für Speisen sehr gut sein soll. Morgen bestelle ich einige Kilo Dosenbutter und Bienenhonig beim Schiffshändler, und in Santos will ich fünf Kilo Kaffee kaufen, der ja leider sehr viel Zoll kostet ... *Montag, 1. VI., 20.00 = 24.00 Uhr:* Zu meiner großen Freude hat sich inzwischen herausgestellt, daß das Laden doch schneller vor sich geht als ursprünglich angenommen wurde! Wir laufen voraussichtlich doch am 5. oder 6. aus, so daß wir die besten Aussichten haben, wenigstens den neuen Fahrplan einhalten zu können!

Meldorf, 1.VI.1953 (Erika)
Deine lieben Zeilen aus Buenos Aires waren nur vier Tage unterwegs, und ich bin ganz beglückt, so „frische" Nachricht von Dir in Händen zu haben. In fünf Tagen wird nun die Heimreise beginnen, und in einem Monat um diese Zeit werde ich schon vor lauter Aufregung kaum schlafen können ... Diesen Brief möchte ich erst morgen absenden, um Dir vielleicht dann schon über das Ergebnis der Wohnungsamtssitzung berichten zu können. Bin ja gespannt, was dabei herauskommt ... Was Du jetzt wohl machst? Vielleicht kreuzen sich unsere Gedanken ja gerade? ... Dienstag: Soeben bin ich vom Wohnungsamt gekommen. Die Sitzung war erst um 19.30 Uhr beendet. Ich kann es einfach nicht verstehen, denn uns ist die Wohnung

immer noch nicht zugesprochen worden! Es ist furchtbar ärgerlich: Immer werden neue Parteien für die Wohnung vorgeschlagen, nur wir nicht! Nach Möglichkeit wollen sie uns jetzt eine andere Wohnung geben – es ist jedoch momentan keine da! Frl. Grothusen hat jetzt eine Beschwerde laufen, sie will niemanden außer uns hineinlassen. Außerdem macht sie die Stadt Meldorf für ihren Mietausfall verantwortlich! . . .

Buenos Aires, 4.VI.1953/19.00–23.00 (Hans)
. . . Nun habt Ihr auch über unsere kirchliche Trauung gesprochen. Es freut mich sehr, daß Du ganz dieselben Ansichten hierüber hast wie ich, meine liebste Erika. Auch ich möchte auf keinen Fall die wenigen Tage, die uns nach dieser Reise geschenkt werden, mit Feiern und Besuchen verbringen. Deshalb wäre eine Trauung in der Seemannskirche auf jeden Fall das beste! Wenn ich schon in Bremen Urlaub bekommen sollte, ließe es sich vielleicht auch dort machen, und von beiden Familien könnte jemand dabei sein. Anschließend könnten wir einige Stunden fröhlich beisammen sein, und dann würden wir am späten Nachmittag in unser neues Heim (?) fahren. Was meinst Du zu dieser Lösung? Ich könnte mir alles wunderschön und sinnvoll vorstellen! An die Verwandten und Bekannten würden wir dann von Meldorf aus eine kurze Anzeige schicken bzw. entsprechend schreiben. Sie werden bestimmt Verständnis dafür haben, daß wir unter solchen Umständen kein großes Fest feiern wollen! Ich bin davon überzeugt, daß diese Feier im engsten Familienkreis viel andachtsvoller sein kann als ein rauschendes Fest! Ich bin so froh, daß wir uns auch in dieser Beziehung völlig einig sind! Die endgültige Entscheidung über diese Frage lege ich nun ganz in Deine Hände! Wir wollen unsere Hochzeit so feiern, wie Du es am liebsten möchtest! . . . Das halbe Schiff ist ungefähr schon beladen! Es geht mir weiterhin gut . . . Freue mich, wenn ich am Abend meine Ruhe habe und gehe die meiste Zeit Nachtwache. Gestern abend waren hier etliche Botschafter der verschiedensten Nationen an Bord. Da stand ich mehrere Stunden in Uniform an der Gangway, um die Herrschaften in Empfang zu nehmen. Sonst merken wir von derartigen Festlichkeiten nicht viel. Der „Deutsche Club“, der hier kürzlich auch ein Fest startete, hatte nicht einmal den Kapitän eingeladen . . . Na, mir soll das alles egal sein. Wenn man hier Wert darauf legt, „privat“ – z. T. von sehr wohlhabenden Familien – eingeladen zu werden, dann braucht man praktisch nur „Ja“ zu sagen. Aber das verpflichtet gleich wieder zu Gegendiensten, und deshalb will ich erstmal ruhig abwarten. Einige Kameraden haben täglich ihre Kammer voll Besuch. Das kostet auch eine ganze Menge Geld, und sie freuen sich, wenn sie endlich mal ihre Ruhe haben! . . . Meinen nächsten Brief schicke ich nun um den 10. herum von Montevideo aus ab. Bis dahin sind wir uns schon ein Stück näher.

Meldorf, 5.VI.1953 (Erika)
Gerade habe ich meinen Brief an den Pastor in Schweden beendet. Es wurde aber auch höchste Zeit, hatte er doch so nett für uns gepredigt und seine freie Zeit geopfert! . . . In der Wohnungsangelegenheit gibt es noch nichts Erfreuliches mitzuteilen, leider. Gestern war ich bei Herrn Wichmann und klagte ihm nochmals mein Leid. Wir sollten bei einer Frau Kellermann in der Grabenstraße ein großes Zimmer mit

Küchenbenutzung bekommen, das wurde mir dort angeboten. Herr Wichmann wollte das Zimmer mit mir besichtigen. Darauf habe ich aber verzichtet, und ich glaube, so auch in Deinem Sinne gehandelt zu haben. Die Lage des Hauses ist furchtbar – direkt einer Wirtschaft gegenüber, und außerdem gefällt mir das Haus auch absolut nicht –, ich würde mich dort todunglücklich fühlen! Küchenbenutzung bringt auch nur Ärger mit sich, so daß dieses Angebot überhaupt nicht in Frage kommt. Meinst Du nicht auch? Die Wohnung bei Frl. Grothusen sollen wir anscheinend nicht haben, weil sie zu teuer ist . . .

Buenos Aires, 7.VI.1953 (Hans)
Unsere Abfahrt von hier ist nun endgültig auf Dienstag, den 9. Juni, festgesetzt. Die Rückreise wird wohl recht schnell gehen, denn der größte Teil unseres Schiffes ist schon beladen, und es bleibt also nicht mehr viel Platz für die anderen Häfen übrig. Schicke Deine nächste Post bitte nach Rio. Dort werde ich sie wohl noch rechtzeitig erhalten. Dann kommen nur noch Bahia, Las Palmas, Antwerpen und Rotterdam, bis ich endlich wieder bei Dir sein darf . . . Gestern habe ich bis 11 Uhr abends gearbeitet, da wir noch Felle (gesalzen) luden. Der Kram riecht wie die Pest, und es ist kein Vergnügen, dabei im Laderaum herumzukriechen. Bin nachher gleich in die Badewanne gestiegen. Am heutigen Sonntag wird hier nicht gearbeitet, so daß ich mal richtig ausschlafen konnte. Habe erstmal meine Sachen aufgeräumt, die Wäsche für unsere „chinesische Wäscherei" sortiert und Strümpfe eingeweicht. Ich will sie heute noch waschen (es sind schon eine ganze Menge!) . . . und dann muß ich Überstunden für die Besatzung schreiben. Es ist besser, wenn man immer alles auf dem laufenden hat, denn sonst wird es nachher zu viel . . . Ich komme auch weiter mit allen Vorgesetzten und Kameraden sehr gut zurecht . . . Nach Möglichkeit will ich ja schon ab Bremen Urlaub nehmen, damit wir von dort aus direkt nach Hause fahren können. Entscheiden wird sich das alles bis Antwerpen, denn dort werde ich wohl auch erfahren, ob ich in Deutschland ein Schiff überschlagen kann!

Meldorf, 10.VI.1953, Aufgen. Seefunkstelle SANTA INES um 15.22
Constabel SANTA INES via DAN
„Prima Wohnung Österstraße = Erika"

Montevideo, 10.VI., 18.00–22.00 (Hans)
Es ist geschafft! Hurra! . . . Ich bin ganz aufgeregt vor Freude, und viele meiner Kameraden haben daran Anteil genommen! . . . Natürlich bin ich jetzt riesig gespannt, wo die Wohnung liegt pp. Auf jeden Fall wollen wir es uns dort ganz prima einrichten, nicht wahr? Wir müssen doch wirklich sehr dankbar sein, daß sich nun doch alles zu unseren Gunsten entschieden hat. Die Aussichten waren schon sehr gering geworden . . . Mit dem Urlaub habe ich auch gute Hoffnungen. Der I. Offz. hat die Sache unserem Alten vorgetragen. Dieser hat sich alles in Ruhe angehört „und nicht gebrüllt", was nach Ansicht des I. das beste Zeichen dafür ist, daß er der Sache „wohlwollend gegenübersteht"! . . .

Meldorf, 10.VI./Mittwoch, 10.30 (Erika)
Inzwischen wird Dich wohl mein Telegramm mit der erfreulichen Nachricht erreicht haben, und Du bist sicher genau so glücklich wie ich darüber! Die Wohnung ist einfach toll, und ich bedaure nur, daß Du sie erst in ca. einem Monat bewundern kannst. Gerade eben waren Frauke und ich noch einmal in der Österstraße bei Herrn Tiedemann und erfuhren, daß die Miete nur 20,– DM betragen soll, ist das nicht prima? Dann sparen wir immerhin 25,– DM monatlich und haben außerdem eine viel, viel schönere Wohnung. Sie besteht aus einer ganz süßen Küche mit Waschbecken und Herd, einem Wohnzimmer und einer Abseite, die hell und groß ist, so daß man darin schlafen kann. Alles ist gut in Ordnung, so daß wir für Malerarbeiten keinen Pfennig auszugeben brauchen, abgesehen vielleicht von dem „Schlafgemach". Das Wohnzimmer hat zwei Fenster und eine ganz helle Tapete. Ich glaube, daß wir uns dort wohlfühlen werden. Frau Tiedemann ist vor ca. sechs Wochen gestorben, so daß dadurch diese Räume abgegeben werden müssen. Außer Herrn Tiedemann wohnen noch die Eltern von Klaus Busch in dem Haus. Ich bin fest davon überzeugt, daß wir uns gut verstehen werden. – Bis wir unsere Möbel haben, bekommen wir von Frau Busch zwei Sessel, Tisch und Stühle, da sie diese Sachen sonst in die Abseite stellen muß . . . Am Sonntag waren Frauke und ich mit Mißfeldts per Auto nach Brunsbüttel gefahren. Bei strahlendem Sonnenschein beobachteten wir dort die Schiffe, tranken in der Strandhalle Kaffee und fuhren dann unter lautem Singen wieder nach Hause . . . Es war wirklich ein schöner Tag, jedenfalls was ich als schön bezeichne, wenn Du nicht dabei bist.

An Bord, 14.VI.1953, 9.30–13.30/Sonntag (Hans)
Nun sind wir schon wieder zwei Tage unterwegs und werden morgen in Santos eintreffen. Inzwischen wirst Du hoffentlich meinen sofort aus Montevideo abgeschickten Brief erhalten haben. Es ist alles wie ein wunderbarer Traum, nicht wahr? . . . Wie ist wohl das Wetter bei Euch? Ob Ihr schon mal gebadet habt? Wir fahren jetzt ja auch wieder in die Wärme. In Buenos Aires und Montevideo war es zeitweise sehr ungemütlich. Hier scheint die Sonne wieder, und in wenigen Tagen werden wir es vor Hitze nicht aushalten können . . . Ich will diesen Brief morgen weiterschreiben. Muß jetzt seitenlange Überstundenabrechnungen und Ladungsaufstellungen machen. Um 12.00 Uhr machen wir dann wie üblich unsere Mittagsbeobachtung, und um 16.00 Uhr muß ich wieder auf Wache . . . *16.VI.:* Mir fällt gerade ein, daß ich seit mehreren Tagen nicht mehr rauche. Habe in dieser Beziehung ja schon oft „gute Vorsätze" gehabt, doch hoffe ich sehr, es jetzt wirklich zu schaffen! . . . Vater sollte sich man ein gutes Beispiel daran nehmen, aber er macht ja vorsichtshalber gar nicht erst den Versuch . . . Hier in Santos kriegen wir ungefähr 20 Passagiere an Bord. Insgesamt sollen es etwa 35 werden. Viele von ihnen sind in Zoll- oder Lotsenkammer u. a. m. untergebracht. Habe schon daran gedacht, ev. meine Kammer zu vermieten und mit einem Kameraden zusammenzuwohnen. Das würde ein gutes Stück Geld einbringen! . . .

Meldorf, 15.VI.1953/Montag, 20.00 Uhr (Erika)
Gestern waren Frauke und ich in Westerland und kamen abends ganz braun und be-

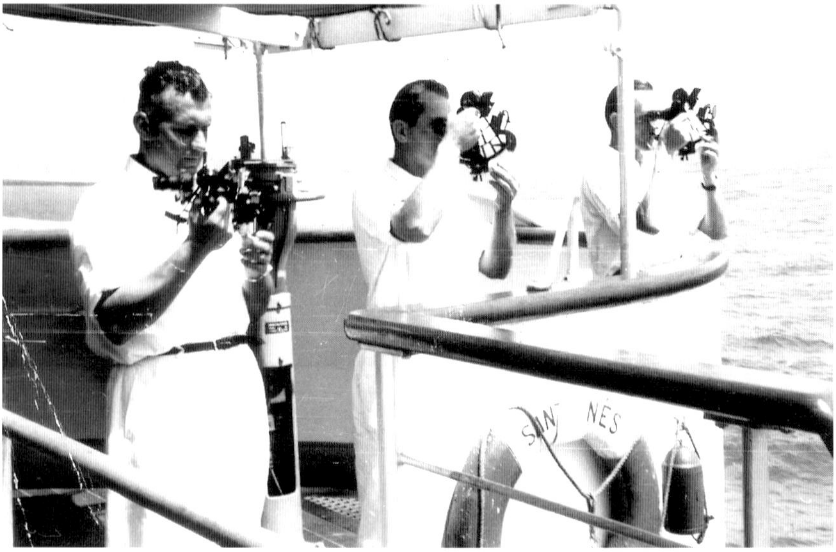

Die übliche „Mittagsbeobachtung"

stens aufgelegt nach Hause. Es war herrlich, und ich habe immer nur gewünscht, Du hättest bei mir sein können. Morgens sind wir mit einem „Samba-Expreß" (8.00 Uhr) gefahren und waren gegen 22.00 Uhr wieder in Meldorf. 7,50 DM kostete die ganze Fahrt, das war doch billig, nicht wahr, und wir haben uns dabei so erholt und recht viel Energie für die Bürozeit sammeln können ... Am 24. können wir einziehen! Alle Sachen sind schon beim Maler bzw. Tischler, und ich glaube, Du wirst entzückt sein, wie schön alles ist! Mehr sollst Du jetzt noch nicht darüber erfahren, laß mir bitte die Freude, Dich damit zu überraschen! ... Hier steht schon alles Kopf wegen unseres Umzuges. Überall liegen Sachen, da der Kleiderschrank ausgeräumt werden mußte usw. ...

Rio de Janeiro, 19.VI.1953, 12.00–16.00 (Hans)
Wie wunderbar hast Du es abgepaßt mit Deinem lieben Brief nach Santos! Stelle Dir nur vor: Ich erhielt ihn nur drei Stunden vor der Abfahrt! ... Weißt Du, als ich heute früh von meiner Wache kam, konnte ich vor lauter Aufregung gar nicht schlafen! Ich habe dann mehrere Male Deine Zeilen gelesen und strahlte dabei vor lauter Glück! Nun fängst Du also wirklich an, unser Nest einzurichten. Die Lieben in Meldorf werden Dir auch gerne mit Rat und Tat zur Seite stehen ... Ich weiß, wo das Haus liegt, denn ich habe dort ja mal Lichtzähler kontrolliert. An die Zimmer kann ich mich natürlich nicht so genau erinnern. Auch ich glaube, daß Herr Tiedemann und Herr und Frau Busch sehr nette Menschen sind, mit denen wir bestimmt bestens auskommen werden! ... Nun sind wir schon gleich in Rio. Die ersten Felsen kann ich von meinem Fenster aus sehen. Leider ist das Wetter heute sehr ungemütlich. Es regnet und ist diesig draußen. So kann man von der „schönsten Stadt der Welt" kaum etwas sehen. Gleich werden wir auf der Reede ankern. Dann

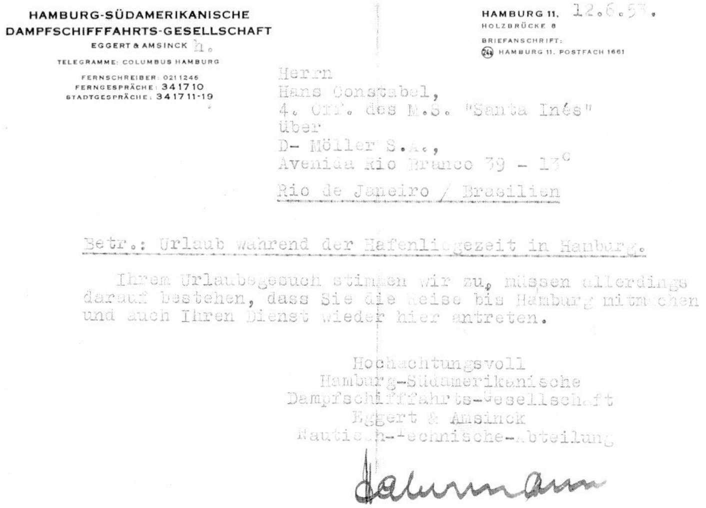

HAMBURG-SÜDAMERIKANISCHE
DAMPFSCHIFFFAHRTS-GESELLSCHAFT
EGGERT & AMSINCK h.
TELEGRAMME: COLUMBUS HAMBURG
FERNSCHREIBER: 0211246
FERNGESPRÄCHE: 341710
STADTGESPRÄCHE: 341711-19

HAMBURG 11, 12.6.53.
HOLZBRÜCKE 8
BRIEFANSCHRIFT:
(24a) HAMBURG 11, POSTFACH 1661

Herrn
Hans Constabel,
4. Off. des M.S. "Santa Inés"
über
D- Möller S.A.,
Avenida Rio Branco 39 - 13°
Rio de Janeiro / Brasilien

Betr.: Urlaub während der Hafenliegezeit in Hamburg.

Ihrem Urlaubsgesuch stimmen wir zu, müssen allerdings darauf bestehen, dass Sie die Reise bis Hamburg mitmachen und auch Ihren Dienst wieder hier antreten.

Hochachtungsvoll
Hamburg-Südamerikanische
Dampfschifffahrts-Gesellschaft
Eggert & Amsinck
Nautisch-Technische-Abteilung

Urlaubsgenehmigung mit Einschränkung.

kommen Zoll usw. . . . 20.00 Uhr: Weiter kam ich vorhin nicht. Der I. Offz. rief mich zum Manöver auf die Brücke, und jetzt liegen wir an der Kaje. Es wird die ganze Nacht durchgearbeitet, so daß wir gegen morgen mittag schon auslaufen sollen. Da werden wir wenigstens den neuen Fahrplan einigermaßen einhalten können! Hier in Rio fand ich einen Brief von der Reederei vor.
Da wird es also nichts werden mit dem Urlaub ab Bremen, aber ich meine, daß wir auch so ganz zufrieden sein können . . . Nun möchte ich folgenden Vorschlag machen: Komme bitte gleich nach Bremen! Ich werde rechtzeitig ein Telegramm schicken. Du kannst dann ohne Schwierigkeiten mit in meiner Kammer wohnen. Du fährst mit uns nach Hamburg, das machen die anderen Frauen inoffiziell auch, und dort trete ich sofort meinen Urlaub an. Für die Trauung halte ich unter diesen Umständen die Seemannskirche in Hamburg für am günstigsten. Am liebsten so einfach wie möglich, damit uns eine zu große Unruhe erspart bleibt. Aber auf jeden Fall mit unseren lieben Eltern und Geschwistern! Von Hamburg aus würden wir dann direkt nach Meldorf fahren und in unser neues Heim einziehen. Sollte Herr Köhn Schwierigkeiten bereiten wegen Deines Urlaubs, so ließe es sich vielleicht so einrichten, daß Du einige Tage oder Stunden arbeiten würdest, während wir in Meldorf sind. Ich würde dann die Wohnung in Ordnung halten, Essen kochen usw. . . . Schreibe mir bitte nach Antwerpen, wie Du über diese Lösung denkst, liebste Erika . . . In drei Wochen ist es ja schon soweit! . . . Da fällt mir noch ein, daß ich in Santos als Geschenk von der Agentur fünf Pfund Kaffee bekommen habe. Ist das nicht prima? Und die Lieben in Brake und Meldorf kriegen auch etwas ab!

Damaliger Meldorfer Hafen: Kurs Tertius

Meldorf, 22.VI.1953 (Erika)
Nun möchte ich Dir erstmal meine herzlichsten Glückwünsche zum Geburtstag aussprechen und hoffen, daß Dich diese Zeilen in Las Palmas erreichen . . . Gestern fuhren wir mit einem Fischkutter vom Seglerverein aus zum TERTIUS. Es war wunderbar! Um 9.00 Uhr morgens sind wir ausgelaufen, und gegen 18.00 Uhr waren wir wieder zurück. Herr Z. war auch mitgefahren – er und seine „Genossen" waren bei der Rückfahrt „Bierleichen". Wir haben viel darüber lachen müssen! Besonders amüsierten wir uns jedoch, als Herr Z. vollkommen angezogen ins Wasser ging. In dieser Aufmachung trug er die Frauen zu den Kuttern, bis er sich nicht mehr halten konnte und mit einem Mädel auf dem Arm ins Wasser fiel . . . Eben waren Mutter und ich schon beim Maler; die Sachen sind ganz prima geworden, und besonders süß finde ich ja den . . . aber nun hätte ich mich wirklich bald verraten . . . das wäre doch zu schade gewesen!
Leider ist noch nicht alles trocken, so daß wir übermorgen nur die Gardinen aufhängen, den Teppich hinbringen und sonstige Kleinigkeiten machen können. Die Abseite habe ich ganz hell streichen lassen, da wir dort ja das Bett, Waschtisch pp aufstellen wollen. Sicher habe ich so auch in Deinem Sinne gehandelt . . . In drei Wochen bist Du bei mir, es ist zu schön, um wahr zu sein!

Auf See, 2.VII.1953/Donnerstag, 14.00–16.00 (Hans)
Welche Freude war es für mich, als ich Euer liebes Geburtstagstelegramm erhielt! Ich malte gerade (freiwillig) auf der Brücke und war nachher so froh, daß ich die ganze Zeit gesungen habe! Vielen herzlichen Dank! Nach meiner Wache mußte ich

zum Kapitän kommen. Er hatte sich meinen Geburtstag notiert und beglückwünschte mich. Wir haben dann noch über zwei Stunden (mit dem I. Offz. und dem I. Ing.) zusammengesessen und bei einigen Gläsern Schnaps geplaudert. Der „Alte" war äußerst nett, und ich habe ihn so das erste Mal „privat" kennengelernt ... Du darfst bestimmt mitfahren von Bremen nach Hamburg! Offiziell ist das bei der SÜD nicht gestattet, aber der Kapitän hat mir ausdrücklich erlaubt, Dich mitzunehmen! Er will „nichts sehen". Ist das nicht nett von ihm? Ich rede hier nicht davon. Die Kollegen nehmen ihre Frauen auch mit, aber es ist doch viel besser, daß der „Alte" eingeweiht ist! ... Wir haben auch während der „Freizeit" sehr viel zu tun, weil bis Hamburg alles in Ordnung sein muß! ... *Sonnabend, 4.VII.:* Endlich in Las Palmas. Hatten viel Wind gegenan. Um 12.00 Uhr geht es weiter.

Meldorf, 8.VII.1953/Mittwoch (Erika)
Heute schreibe ich Dir das erste Mal aus der neuen Wohnung, ist das nicht wunderbar? Frauke und ich wollen heute erstmalig hier schlafen. – Gerade habe ich für Frauke Wasser aufgesetzt; stell' Dir nur vor, wir haben von Onkel Hermann schon im voraus zur Hochzeit zwei Kochplatten geschenkt bekommen, so daß diese Angelegenheit auch kein Problem mehr darstellt. Ich bin ja so gespannt, was Du zu unserem neuen Heim sagen wirst! Ob es Dir wohl gefällt? Im Wohnzimmer habe ich einen ganz modernen Deckenkasten als Beleuchtung anbringen lassen, und in der Küche hängt eine niedliche Kugel (Preis zusammen = 37,– DM). Außerdem ist in der Küche Stragula gelegt worden. Ich glaube, das wird Dir auch gefallen ... Dieses wird nun der letzte Brief bis zu unserem Wiedersehen sein, ich freue mich so unsagbar darauf! Kaum kann ich den Tag noch abwarten, bis ich Dich in Bremen begrüßen darf!

Antwerpen, 10.VII.1953/Freitag, 20.30 (Hans)
... Nun möchte ich erstmal die Fragen beantworten: Wäre Dir dankbar, wenn Du den schwarzen Anzug und einen passenden Schlips für die Trauung mitbringen würdest. Dann fehlen mir gute Schuhe. Die ich an Bord habe, kann ich nicht länger tragen. Größe 42. Bitte nicht zu teuer. Ich kaufe mir nächste Reise welche in Buenos Aires, dort sind sie preiswerter! Nun nochmals zu unserer Trauung: Es ist ja so schade, daß bei der Seefahrt alles unbestimmt ist. Man kann mit bestem Willen keine festen Pläne machen ... Wir werden zwischen Freitag und Sonntag voraussichtlich in Bremen eintreffen. Ein bis zwei Tage später sind wir dann in Hamburg. Es ist alles vom Wetter und von vielen anderen Umständen abhängig. Eine Trauung in Bremen wird ja leider nicht möglich sein, da ich dort nicht genügend Freizeit habe und wir voraussichtlich nur einen Tag da sind. Uns bleibt also weiter nichts übrig, als den Zeitpunkt unserer Trauung kurz vor unserer Abfahrt aus Bremen festzusetzen und unsere Lieben in Brake und Meldorf sowie den Seemannspastor telegrafisch zu benachrichtigen. Als gemeinsamen Treffpunkt schlage ich die Seemannskirche in Hamburg vor, da es Stunden in Anspruch nehmen würde, wenn unsere Lieben erst an Bord wollten! Wir rufen dann von der SANTA INÉS aus an, sobald das Schiff festgemacht hat. In der Seemannskirche ist ein netter Aufenthaltsraum, wo die Lieben auf uns warten könnten. Nun ist ja leider auch alles davon abhängig,

Wir laufen in den Hafen von Bremen ein

zu welcher Tageszeit wir in Hamburg eintreffen. Sollte es nachmittags sein, so müßten wir wohl einen Tag länger in Hamburg bleiben. Wir könnten dann im Seemannsheim übernachten, das hat mir der Pastor schon im März angeboten, und abends vielleicht nett ausgehen . . . Es wird sich sicher alles viel besser zurechtlaufen als wir annehmen! Ich glaube also, wir müssen wohl oder übel an unserem Plan festhalten, wenn er auch leider nicht hundertprozentig ideal ist . . . Am Montag laufen wir von hier nach Rotterdam und Amsterdam aus. Donnerstag oder Freitag (bei ungünstigem Wetter vielleicht Sonnabend) hoffe ich dann endlich mein Telegramm abschicken zu können: „ANKUNFT BREMEN . . ." Wird das eine Freude sein!
P.S.: *Möchte keine Trauung in Uniform!*

Und schließlich lief die SANTA INÉS in Bremen ein. Über die in den dann folgenden Tagen zu dokumentierenden Ereignisse existieren natürlich keine Briefe, aber Hans hat, wie erwähnt, am 17. September 1954 auf der Reede von Rio alles zur Erinnerung niedergeschrieben in „Unsere Geschichte". Hier sein Bericht: Eines morgens war es nach fast viermonatiger Reise endlich soweit, daß wir mit der INÉS in den Hafen von Bremen einliefen, und wenige Stunden später konnten wir uns freudestrahlend in die Arme schließen! – Von dort aus schickten wir Telegramme weg: nach Brake, nach Hamburg (Pastor) und nach Meldorf. Der Termin mußte natürlich recht plötzlich festgesetzt werden, weil wir ja vorher nicht wußten, wann die INÉS in Hamburg ankommen würde. – Dann hieß es „Leinen los", und wir fuhren

Seemannskirche Hamburg

mit unserem stolzen Schiff weserabwärts. Leider mußtest Du Dich ja immer in der Kammer verstecken, aber es war rührend, wieviel Verständnis Kapitän Heins und Herr Klemm für uns hatten! Die meiste Zeit konnte ich Dir „dienstlich" Gesellschaft leisten, weil ich allerhand schriftliche Arbeiten erledigen mußte! Schließlich, am späten Sonnabendnachmittag – passierten wir Lührings Werft, während Du in der Kammer sitzen mußtest. – Kaum waren wir in der Nähe, als ein Motorboot auftauchte. Und wer stand darin? Vater und Mutter Buchholz. Vater rief uns mit der Flüstertüte laut entgegen: „Ist Constabel an Bord?" Natürlich antwortete ich gleich, und wir winkten uns gegenseitig zu. Dann kam die nächste zu erwartende Frage: „Wo ist Erika?" Die Braker wußten ja nicht, daß das Mitfahren offiziell verboten war ... Was sollte ich nun antworten? Ich rief: „Die fährt nach Hamburg!" – Dann waren wir vorbei, und ich eilte zu Dir, um über alles zu berichten ... Weiter ging die Fahrt, weserabwärts und elbeaufwärts. Zwischendurch brachte unser Steward uns laufend alle möglichen Leckereien ... Ach – das war eine unruhige Seefahrt! Morgens um vier mußte ich auf Wache. Wir hatten Nebel und gaben laufend laute Nebelsignale ... Nachher gingen wir sogar vor Anker ... Was sollte nur aus unserer kirchlichen Trauung werden? Du warst mit mir zusammen aufgestanden

Ein paar glückliche Tage

und schriebst für mich einen Kapitänsbericht ab, den ich Käpt'n Heins „nicht gut genug geschrieben hatte" ... Schließlich ging die Fahrt doch weiter. Bei Schulau schlichen wir zu unserem Funker in die Kammer und hörten uns die Begrüßung an, und morgens so gegen zehn waren wir schließlich in Hamburg fest ... Es dauerte keine halbe Stunde, da waren schon die lieben Braker und die lieben Meldorfer bei uns an Bord. Welch eine Freude, aber auch welch ein Gewühle in unserer kleinen Kammer! Dabei mußten wir uns doch noch waschen und umziehen! Aber es ging alles wunderbar, und auch mit der Kirche wurde es noch geregelt. Unser Telegramm war nämlich gar nicht angekommen – wahrscheinlich zur katholischen Kirche gegangen ... So fuhren wir schließlich mit der Taxe zur Seemannskirche. Beim Zoll hieß es anhalten, denn ich hatte einen großen Koffer mit Lebensmitteln mitgebracht. Doch schließlich und endlich kamen wir doch bei der Seemannskirche an.

Wir wurden dem Pastoren vorgestellt, und er nahm uns mit in sein Zimmer, um sich vorher ein wenig mit uns zu unterhalten. Dann begaben wir uns alle gemeinsam in den kleinen Andachtsraum, wo auch schon verschiedene Neugierige auf uns warteten. Der Pastor sprach wirklich rührend, und so liefen uns mal wieder die Freudentränen die Wangen herunter, als wir uns beim Geläute des Michel die Treue gelobten. – Nach unserer Trauung fuhren wir alle zum Bahnhof Altona, wo wir oben im Restaurant noch einige Stunden fröhlich beisammensaßen. Es paßte alles wunderschön, denn wir hatten dort einen Raum ganz für uns allein. Dann schließlich hieß es Abschied nehmen – die „Buchholzens" fuhren in Richtung Brake, und wir

anderen setzten uns in den Westerländer Zug. Es ergab sich „durch Zufall", daß wir getrennt saßen, d. h. wir „Jungvermählten" saßen in einem anderen Abteil als die übrigen Constabels. Na – und dann haben wir die ganze Fahrt über nur herumgeschmust und uns nicht durch die übrigen Mitfahrer stören lassen ... muß das ein Schauspiel gewesen sein! ... Endlich in Meldorf angekommen, zogen wir gemeinsam in die Österstraße, in unser neues Heim! Es war ein feierlicher Augenblick, als ich zum ersten Male unser Reich betreten durfte! Wie liebevoll war alles eingerichtet. Es duftete überall von Blumen, und voller Stolz konnte ich alles betrachten: die puppige Küche mit dem schönen Blick zum Garten, Abwaschtisch, „Behelfsküchenschrank", elektrische Kochplatten, Kommode, Küchenstuhl und Hocker – unsere „himmlische Schlafkammer" mit (einem ...) Bett, Nachttisch nebst -lampe, Kommode ... – Und wie wunderschön war unser Wohnzimmer! Es waren zwar meist geliehene Möbel, aber wir waren doch unendlich stolz darauf, nicht wahr?
Eine Toilette befand sich unten im Hause in der „Waschküche" (da wir uns den „Luxus" eines Nachtgeschirrs noch nicht erlaubt hatten, war das nicht immer gerade angenehm). Aber wie unendlich reich kamen wir uns vor! Der wunderschöne Hochzeitsurlaub verlief dann viel, viel zu schnell, und dabei hatten wir mit bestem Willen noch nicht mal Zeit, die „notwendigsten Anstandsbesuche" zu erledigen! Unser einziger „Luxus" war es, daß wir einigermaßen lange ausschliefen. Ansonsten waren wir in der Tat laufend beschäftigt.
Kurz und gut: Wir hatten neben dem „Geschmuse" reichlich um die Ohren, und als es Abschied nehmen hieß, wußten wir weder, wo unsere Zeit, noch, wo unser Geld geblieben war, denn Letzteres hatte sich unmerklich „durch Kleinigkeiten verzehrt".
„Zeitdruck-Veranstaltungen" der geschilderten Art waren (und sind zum Teil auch heute) für Seeleute nichts außergewöhnliches. Aber wir waren glücklich über diese *gemeinsam* verlebte Woche, in dem Bewußtsein, daß wir die Hochzeitstage viel schöner erleben durften als die zahlreichen jungen Menschen während des Krieges, bei denen es nur zu einer „Ferntrauung" gereicht hatte ... Und im Nu begann die zweite Reise zum fernen Süden, die vier Monate dauerte ...

Hamburg (an Bord), 27.VII.1953 (Hans)
... Schon zwei Stunden in Hamburg. Die Sache mit dem III.-Gehalt (ab 20.VII.) hat der Kapt. schon für mich in Ordnung gebracht. An Bord erwartete mich außerdem eine Gratifikation, die man mir „ausnahmsweise" zugebilligt hat ... Sei tapfer, ich bin es auch.

Meldorf, 28.VII.1953 (Erika)
Ich hoffe, daß Dir die viele Arbeit über manches hinweghilft, wie es auch bei mir der Fall ist. Wie furchtbar war es, als ich gestern in die leere Wohnung kam ...

An Bord (Sonntag, 21.00) 2.VIII.1953 u. a. (Hans)
Gerade eben kamen wir an Brake vorbei. Die ganze Familie stand vor dem Haus, und jemand leuchtete mit einer Lampe. Ich habe natürlich gleich entsprechend geantwortet, denn der „Alte" schmunzelte und sagte von sich aus, ich dürfe Signal ge-

ben. „De ganze Verwandtschaft", meinte er dann ... Und gestern sagte er: „Ik bin jo nun gespannt, wann de ersten Constablers ankomt"! Bei Lührings begrüßten Werner (Erikas Bruder) und Horst Pohl uns von einem Ruderboot aus durch lautes Pfeifen. Ich glaube, sie waren ganz begeistert von ihrem Besuch hier an Bord in Bremen. War mit den Jungens sogar in der Maschine, im Proviantraum und oben auf dem Schornstein! Vielleicht haben sie ja jetzt auch „Appetit auf die christliche Seefahrt" bekommen? *Amsterdam, 5.VIII.1953, 3 Uhr früh:* Den Fahrplan habe ich noch nicht. Den kannst Du jetzt auch vorläufig selbst abschätzen. Entfernungen in Seemeilen, Reisedauer bei der letzten Reise usw. – alles steht auf den Zetteln bzw. in dem kleinen Büchlein, was ich Heinz Siebels mitgab. Rechne bitte mit 12,5 Seemeilen Durchschnittsfahrt pro Stunde (nicht 13,5!), dann kommt es ziemlich genau hin und stimmt besser als der Reedereifahrplan. Habe wieder Nachtwache. Augenblicklich ist Pause. Sonst könnte ich mir es auch nicht erlauben, jetzt im Ladekontor zu sitzen und an Dich zu schreiben. Wir laden die ganze Nacht in vier Luken. Da gibt es viel zu bedenken, und ich muß meine Augen überall haben, denn ich habe ganz allein Wache, und wir kriegen die verschiedensten Ladungen. Aber ich freue mich, daß man mir soviel Vertrauen entgegenbringt ... Jetzt wird wieder gearbeitet, und ich muß an Deck! *Auf See, 10.VIII.1953:* Mir fällt gerade ein: Ich habe hier an Bord ein „Bord-Toto" ins Leben gerufen. Einsatz = 1,– DM. Es ist der Zeitpunkt vorherzusagen, an dem in Las Palmas der Lotse an Bord kommt. Fast alle sind jetzt „Feuer und Flamme". Sogar die Passagiere machen mit. Bis heute abend müssen die Tippzettel abgegeben sein. Bin ja gespannt ... Man muß ja etwas Abwechslung in den Laden bringen. Wenn ich jetzt mittags den Zettel mit der Durchschnittsfahrt am „Schwarzen Brett" befestige, bin ich von Neugierigen umgeben. *12.VIII:* Leider kam ich neulich nicht mehr zum Schreiben, denn der Alte hatte mir so allerhand „Nebenbeschäftigungen" beschafft, wie Listen schreiben, Kurse ausrechnen u. a. m. ... Während ich diesen Satz schrieb, waren schon wieder zwei Mann in meiner Kammer: Unser III. Offz., welcher wissen wollte, wo ich eine Tabelle über die „Relative Luftfeuchtigkeit" liegen hatte, und der IV. Ing., der eine Frage wegen der heutigen Durchschnittsfahrt stellte. Hoffentlich werde ich jetzt jedenfalls einen Augenblick in Ruhe gelassen, damit ich endlich mal weiterschreiben kann! ... Werden morgen am frühen Nachmittag in Las Palmas sein. Dauernd wird man von „Toto-Teilnehmern" gefragt, wann wir wohl dort sind ... Also es sind insgesamt 54 Tippscheine abgegeben worden, davon ungefähr die Hälfte von Passagieren. Oft wird der Wunsch geäußert, daß wir von Las Palmas bis Pernambuco wieder tippen. Aber mir war es ja nur um die Anregung zu tun, denn ich kann mich auch so genug beschäftigen.

Meldorf, 11.VIII.1953 (Erika):
Als ich gestern nach Hause kam, lag auf der Treppe Dein lieber Brief aus Antwerpen. Das war natürlich eine Überraschung, und ich danke Dir vielmals dafür. Es freut mich, daß Du wohlauf bist, nur Dein weniger Schlaf beunruhigt mich. Ich will gern mal auf einen Brief von Dir verzichten, wenn ich weiß, daß Du Dich dafür einmal richtig schön ausschlafen konntest! ... Aus dem Fahrplan entnahm ich, daß Du fahrplanmäßig am 11.XI. in Hamburg sein wirst. Das wäre genau in drei Monaten!

Entfernungstabelle

	SEEMEILEN
Hamburg — Feuerschiff Elbe I	76
Elbe I — Bremerhaven	44
Bremerhaven — Bremen	33
Bremen — Weserfeuerschiff	64
Weserfeuerschiff — Vlissingen	290
Vlissingen — Antwerpen	47
Antwerpen — Dover	137
Dover — Quessant	308
Quessant — Las Palmas	1310
Las Palmas — Rio de Janeiro	3545
Las Palmas — Fernando Noronha . . . 2120	
Fernando Noronha — Recife . . . 340	
Recife — Salvador . . . 390	
Salvador — Vitoria . . . 476	
Vitoria — Rio de Janeiro . . . 275	
Rio de Janeiro — Santos	200
Santos — Montevideo	880
Santos — Paranaguá . . . 136	
Paranaguá — São Francisco do Sul . . . 44	
São Francisco do Sul — Itajaí . . . 40	
Itajaí — Florianopolis . . . 36	
Florianopolis — Rio Grande . . . 372	
Rio Grande — Montevideo . . . 320	
Montevideo — Buenos Aires	110

1 SEEMEILE = 1,852 km

. . . Heute, Freitag, komme ich nun erst wieder zum Schreiben. Hatte bis eben Besuch von Herrn Tiedemann, dem 92jährigen Hausbesitzer. Er brachte mir den Versicherungsschein, und ich bin froh, daß Du diese Angelegenheit geregelt hattest. Der einmalige Beitrag beträgt 7,30 DM und alle weiteren = 6,90 DM jährl. Das ist bestimmt nicht zu teuer, nicht wahr? –
. . . Wegen der wunderhübschen Aussicht habe ich mich heute in die Küche gesetzt. Ich denke dabei an die Tage unseres Zusammenseins, als wir hier gemeinsam saßen und Kaffee tranken usw. – Wie schön war das doch, und wie unendlich glücklich fühlte ich mich! Wie freue ich mich, daß morgen Sonnabend ist. Dann können Frauke und ich wenigstens an den Hafen fahren, denn das Wetter ist fabelhaft . . . Ob Du wohl auch so schönes Wetter hast?

Auf See, 16.VIII.1953 (Hans):
Hoffentlich hast Du nun inzwischen auch meine Post erhalten. Leider bietet sich ja für mich in den wenigsten Fällen die Möglichkeit, die Briefe selbst zur Post zu bringen. So übergab ich sie in Bremen dem Lotsen, in Amsterdam einem Herrn von der Stauerei, in Antwerpen dem Zahlmeister und in Las Palmas unserem Agenten. Ich möchte nur wünschen, daß nichts verbummelt worden ist! . . . Neulich unterhielt ich mich längere Zeit mit dem III. Offz., der ja auch jung verheiratet ist. Er hat eine gute Partie gemacht und besitzt jetzt ein riesiges Haus und eine fabelhafte Wohnung mit allem Drum und Dran. Im Verlaufe des Gespräches meinte er dann, daß wir eigentlich zu beneiden seien, denn er hätte so gar nichts, worauf er sich richtig freuen könnte, weil ja schon alles da sei. Ja – wir wollen auch gar nicht mit ihm tauschen, nicht wahr? . . . *20.VIII.1953:* Wir haben recht starken Wind gegenan, und das Schiff schüttelt sich tüchtig. – Gestern war die Äquatortaufe. Ich hatte während dieser Zeit ganz allein Wache, das kommt jetzt auch schon sehr oft vor. Herr Moser mußte den „Pastor" spielen. Er schimpfte wie ein Rohrspatz, weil ich dieses „ehrenvolle Amt" auf seine Kosten „abgewimmelt hatte". – Bevor er die Rede halten mußte, wurde er vom Alten zu etlichen Gläsern Schnaps eingeladen, so daß er richtig „niedlich beschwipst" war . . . Da fällt mir gerade wieder eine sehr witzige Bemerkung von ihm ein! Er meinte neulich mal: „Wenn du noher erst Koptein büst, dann hest dat beter . . . Brukst blots de Büx antotrecken und hest dien Geld all verdent" . . . In meiner Kammer wimmelt es von allen möglichen Papieren, die ich noch bearbeiten muß. Aber es geht mir gut, und bei der vielen Arbeit verfliegt die Zeit im Nu! *24.VIII.1953:* Wie oftmals, sang Herr Klemm (I. Offz.) während der heutigen Abendwache. Da meinte doch Käpt'n Heins im Scherz: „Dat is doch'n komischen Menschen – hett een Hus vull Kinner (fünf) und singt doch den ganzen Dag." . . . Wenn der Alte gut gelaunt ist, dann halten wir uns oft den Bauch vor Lachen!

Meldorf, 19.VIII.1953 (Erika)
. . . Ich tippe jetzt auch . . ., und falls wir wirklich das Glück haben sollten, eine ganz große Summe zu gewinnen, so wäre es mein sehnlichster Wunsch, sofort zu Dir zu kommen und mit Dir zusammen die Reise fortzusetzen. Also – falls ich auf einmal per Flugzeug dort lande, bekomme bitte keinen großen Schrecken! . . . Stell Dir nur vor: Tante Liesbeth hat für uns 20 Dollar abgeschickt! (= 80,– DM). Ich

schlage vor, dafür Bettwäsche zu kaufen, denn die müssen wir ja auch haben. Für 80,– DM bekommen wir (abzüglich 10 %) vier Bettbezüge bester Qualität! ... Von unserem Konto brauchte ich nichts abzuheben, werde zusehen, Christiansens Rechnung noch von meinem Gehalt bezahlen zu können. Alle übrigen Schulden habe ich bezahlt. Somit könnten wir Dein Geld für die Möbel verwenden! ... *31.VIII.* Gestern kam Giesela Maaßen, um unsere Wohnung zu besichtigen. Sie war begeistert und wünschte sich auch ein so niedliches Heim. Sie hatte sich vor der Hochzeit ein Schlafzimmer gekauft, was sie jetzt noch bis Februar abzahlen muß. Ist das nicht furchtbar? Kein zweites Mal würde sie solche Anschaffungen auf Teilzahlung kaufen! ... Was meinst Du übrigens dazu, wenn ich vorschlage, gleich drei Sessel und eine Couch zu kaufen? Eigentlich wäre ich dafür, weil wir ja später nie mehr einen zu unserer Garnitur passenden Sessel dazukaufen könnten ...

Rio de Janeiro, 29.VIII.1953 (Hans)
Herr Moser und ich werden gleich einen gemeinsamen Spaziergang machen. Die Kapitänsberichte, Überstunden pp sollen mir mal für einen Tag gestohlen bleiben, damit ich wenigstens etwas zu sehen bekomme ... Wie gerne würde ich jetzt mit Dir einen Bummel durch Rio machen. *1.IX.1953:* In etwa zwei Stunden werden wir in Santos sein, und in einigen Wochen werden wir schon die Heimreise antreten! Dann mußt Du Ärmste schon bald anfangen, meine Strümpfe zu stopfen ... Quäle Dich bitte nicht zu doll damit ab! Ich bin vorläufig gut versorgt und werde mir in Meldorf einige Paar Nylon-Strümpfe kaufen. Das tun die Kameraden auch, und sie kommen die ganzen vier Monate damit aus. Inzwischen ist es Mittwoch früh 1 Uhr geworden. Wir liegen vor Santos auf Reede, und ich habe seit Mitternacht Wache. Da wir gutes Wetter haben, ist es eine ruhige Angelegenheit, und ich kann die Chance wahrnehmen, diesen Brief weiterzuschreiben. – Gegen 11.00 Uhr gehen wir an die Kaje und beginnen am Nachmittag mit dem Löschen. Für Santos haben wir genau 3460 t Ladung. Da während der Nacht nicht gelöscht werden soll, rechnen wir mit einer täglichen Arbeitsleistung von 300–400 t, so daß wir fast zehn Tage (...) hier liegen werden. Dann geht es weiter nach Paranagua, wo wir Zement löschen und auch etwa eine Woche liegen werden. In Florianopolis bleiben wir wohl nur einen Tag. Dann kommt noch Montevideo, und etwa am 25. September werden wir in B'Aires sein.
Du, ich habe mir etwas „geleistet"! Unsere „Kompetenzen" müssen wir ja hier an Bord verbrauchen, und da habe ich mir beim Friseur einige Flaschen Haarwasser gekauft, womit ich mein Haar jetzt täglich „einschmiere". Bei der letzten Volkszählung habe ich schon ein Haar mehr festgestellt ... Es geht doch nicht, daß Dein Mann eines Tages mit Glatze herumläuft ... *12.IX., Paranagua – Reede:* Herr Klemm (I. Offz.) ist an Land, und Herr Martens ist mit unserem Motorboot unterwegs und macht einen Ausflug mit den Passagieren. Falls wir morgen noch nicht löschen sollten, werde ich mit einem Teil der Besatzung eine Bootsfahrt machen. Ich hatte dem Kapt. diesen Vorschlag gemacht, und er war gleich damit einverstanden.

Meldorf, 12.IX.1953 (Erika)

. . . Im Radio ist herrliche Tanzmusik – zu gerne würde ich einmal danach tanzen, z. B. jetzt diesen wunderbaren Tango – aber leider, leider bist Du nicht da. Vertrösten wir uns bis November, bis dahin ist es ja nicht mehr lange . . . Morgen fahren Mutter und ich nach Schülp, um die herrlichen Blumenanlagen einmal zu bewundern . . . *Meldorf, 3.X.:* Heute erzählte mir eine Bekannte, deren Mann auch immer so lange fort ist, sie wären sich beim Wiedersehen immer so sehr fremd und brauchten eine ziemliche Zeit, um wieder warm zu werden. Das war doch eigentlich bei uns nicht der Fall, nicht wahr? . . . Aber weißt Du, ich denke mit *großem* Schrecken an unser Wiedersehen! Ja, Du hast recht gelesen! Es ist so! – Denn bis dahin müssen ja eigentlich die Strümpfe gestopft sein. Häßlich, nicht wahr? Mit solch schlechten Gedanken beschäftigt sich Deine Frau! . . . „28.IX. an Buenos Aires" las ich heute in der Zeitung. Damit wäre also die Endstation erreicht, und bin ich gespannt, ob der Aufenthalt wirklich nicht mehr als acht Tage dauerte . . . Ich weiß nicht, ob Du schon gehört hast, daß jetzt laufend Transporte aus Rußland mit deutschen Kriegsgefangenen kommen. Ist das nicht wunderbar? Vor einigen Tagen kamen die Namen von drei Meldorfern durch das Radio, davon war der eine, ein Herr Hermann, im Schweigelager und der andere, Herr Herwig (früher Ankensweg), zu 25 Jahren Zwangsarbeit verurteilt. Letzterer ist jetzt 9½ Jahre von zu Hause weggewesen und heute, am Geburtstag seiner Frau, hier eingetroffen! Ganz Meldorf ist voll davon, und auch ich freue mich mit all' diesen Glücklichen!

La Plata (Eva Péron), 5.X.1953 (Hans)

Den ersten Abschnitt unserer *Heimreise* haben wir nun schon hinter uns! Sind seit gestern in La Plata. Leider ist das Wetter heute sehr schlecht. Es regnet fast den ganzen Tag, so daß mit dem Laden noch nicht viel geschafft wurde. Etwa am 7. Oktober werden wir in Montevideo sein, von wo es dann weiter geht nach Santos . . . Dort werden wir natürlich wieder, wie vorige Reise, „jede Menge" Kaffee laden, und da es sich hierbei um eine recht wertvolle Ladung handelt, zählen wir die Säcke zur Kontrolle auch selbst mit. Ich hätte nie geglaubt, daß diese, eigentlich doch recht eintönige Beschäftigung („tally") so schwierig sein könnte. Man darf sich dabei auf keinen Fall ablenken lassen, denn dann verliert man den „Zahlenüberblick". Es geht mir gut. Auch in dienstlicher Hinsicht geht alles seinen gewohnten Gang. Als wir neulich so lange in Paranagua liegen mußten, war der Alte furchtbar schlecht gelaunt und bullerte bei jeder Gelegenheit los. Seit wir wieder auf der Heimreise sind, kann man jedoch wieder mit ihm reden. Neulich hat er Herrn Moser von sich aus den Rat gegeben, sich eine Anstellung an Land zu suchen. Das Leben an Bord wäre doch nichts, wenn man Frau und Kinder zu Hause hätte, hat er gesagt. Moser hat natürlich noch nichts von seinen diesbezüglichen Absichten verraten, aber der Alte wird auf jeden Fall vollstes Verständnis dafür haben, denn auch er möchte lieber heute als morgen an Land gehen! . . . Hier in Argentinien feierten die Leute gestern ihr „Frühlingsfest". Vorläufig merkt man allerdings noch nicht viel vom Frühling. *Santos, 13.X.1953:* Morgen früh um 6.00 Uhr werden wir an den Kaiplatz gehen und mit dem Laden beginnen. Zu unserem größten Leidwesen mußten wir erfahren, daß unser Fahrplan jetzt wieder „über den Haufen geworfen ist". Wir müssen hier wahr-

Hans zählt in Santos Kaffeesäcke, sein Klassenkamerad „Ali“ lädt an der afrikanischen Küste Baumstämme

scheinlich eine ganze Woche liegen, bis wir endlich die Weiterreise antreten können, da der größte Teil des Kaffees noch nicht an Ort und Stelle ist. Auch hat sich jetzt herausgestellt, daß wir Bahia doch noch anlaufen sollen. Dabei kann man wirklich zuviel kriegen ... Trösten wir uns mit dem Gedanken, daß Du jetzt sicher eine Woche länger Zeit haben wirst für die „Strumpfreparatur“ ... Leider werde ich diesesmal höchstens mit drei Tagen Urlaub rechnen können – wahrscheinlich werden es sogar nur zwei Tage sein. *Auf See, 29.X.:* Gestern passierten wir den Äquator, so daß wir uns also jetzt auf der nördlichen Halbkugel befinden! Augenblicklich regnet es in Strömen, und es ist dabei drückend warm (ca. 30 Grad). Morgen haben wir das Regengebiet passiert und können bis Las Palmas noch mit einigen sonnigen Tagen rechnen. Hinter L. P. beginnt dann der Spätherbst sich bemerkbar zu machen, und wir müssen uns wieder an das heimatliche Klima gewöhnen (endlich!). Ich bin jetzt ganz braun verbrannt! Hoffentlich wird sich die Bräune bis Meldorf halten ... Muß jetzt gleich auf die Brücke zur Berechnung unseres Mittagsortes. Hinterher befestige ich dann – wie täglich – eine kleine „HSDG-Flagge“ („Hier suche Dein Glück!“) an der Erdkarte, damit Passagiere und Besatzung sich ein ungefähres Bild machen können, wo wir uns befinden ... Geldlich werden wir es mit Couch und Sesseln bestimmt schaffen können, zumal ich inzwischen von Herrn Klemm (I. Offz.) erfahren habe, daß wir aller Voraussicht nach unser Weihnachtsgeld bereits einen Tag vor der nächsten Ausreise bekommen werden. Das ist ein Monatsgehalt (ohne die 90,– Überstundengeld) – also abzüglich der Steuern etwa 250,– DM!

Meldorf, 22.X.1953 (Erika)
Bin ganz erstaunt und erfreut, daß die Verspätung nur so gering sein soll! Was mich jedoch tief erschüttert, war die Nachricht, daß Du höchstwahrscheinlich nur zwei oder drei Tage zu Hause sein darfst. Wie furchtbar ist doch das Seemannslos, aber wir müssen trotzdem zufrieden sein und wollen uns erstmal auf das Wiedersehen freuen! Es dauert ja „nur noch" drei Wochen bis dahin. Und wenn Du diese Zeilen in Händen hast, dann sind es nur noch zwei Wochen! ... Seit einer Woche haben wir nun unseren neuen Ofen, und ich muß sagen, er sieht prima aus, und das Zimmer wird dadurch eigentlich noch wohnlicher! Ich hatte gleich einen Maurer bestellt, und als ich Sonnabend nach Hause kam, war alles fix und fertig. Kohlen waren auch schon da, so daß ich nur noch einzuheizen brauchte. Das Zimmer wird recht schnell warm, und das ist ja schließlich die Hauptsache! *5.XI.:* Habe gestern Deine beiden Briefe aus Rio und Bahia erhalten, die mich sehr erfreuten. Eigentlich ist es ja bedauerlich, daß Du zuerst Urlaub nehmen mußt, weil Du somit ja praktisch diesesmal überhaupt nicht in den Genuß der neuen Möbel kommen wirst ... Gerade fällt mir ein, daß ich heute Deinen dunkelblauen Mantel zu Mutter nach Brake geschickt habe. Vergesse bitte nicht, ihn mitzunehmen, wenn Ihr dort das Öl löscht. Es ist hier doch schon recht kalt, und Du mußt besonders vorsichtig sein, weil Du ja aus dem „sonnigen Süden" kommst ... Übrigens stand gestern in der Zeitung: „SANTA INÉS 3.XI. an Antwerpen". Ich war natürlich in heller Aufregung, doch mußte ich mir nachher sagen, daß es ein Versehen ist, denn ganz so schnell geht es doch schließlich nicht ... leider!

Bahia, 24.X.1953 (Hans)
Kurze Mittagspause. Laufen in wenigen Stunden von hier in Richtung Heimat aus. Bin wohlauf. Sei bitte so gut und schicke den beigefügten Schein rechtzeitig ausgefüllt an die *Hamburger* Adresse (50 % Bahnermäßigung!). In etwa neun Tagen von Las Palmas aus mehr. *9.XI., 21.00 Uhr:* Morgen früh sind wir endlich in Antwerpen! Haben vorhin auf meiner Wache Dover passiert und sind jetzt bald beim Lotsendampfer. Hoffentlich klappt es nun, daß wir bis zum nächsten Montag in Hamburg sind! Was ich noch sagen wollte: Kriege man keinen Schreck, wenn ich mit Sommermantel und blauem Hut in Meldorf ankomme. Hatte den blauen Wintermantel ja in Meldorf gelassen und dabei gar nicht bedacht, daß ich ihn jetzt eigentlich gut brauchen könnte. Aber so wichtig ist es auch nicht, denn in der Eisenbahn ist es jetzt ja warm ... *Dienstag, 11.00 Uhr:* Stell' Dir vor ... Nun liegen wir hier vor Anker – eine Stunde von Antwerpen entfernt! Bekamen heute früh plötzlich Nebel. Es ist zu ärgerlich! Inzwischen ist es klar geworden, aber wir müssen warten, bis das Wasser hoch genug ist ... Gerade habe ich gegessen und muß jetzt gleich auf die Brücke, um wieder alles klarzumachen. Das kennst Du ja auch schon ... Ein Schlepper ist schon da, und es wird nun wohl gleich losgehen ... *7.XI.:* Ich rechne damit, daß wir etwa am 13. oder 14. in Bremen sind und entsprechend einen Tag später in Brake. So, wie die Dinge jetzt liegen, dürften wir am Montag oder Dienstag in Hamburg eintreffen!

Meldorf, 13.XI.1953 (Erika)
Wenn Du diesen Brief in Händen hast, bist Du schon in Hamburg, brauchst nur noch Dein Gepäck zu packen und bist in ganz kurzer Zeit bei mir! Ach, wie ich mich darauf freue! Da Du ja vor Deiner Abfahrt ein Telegramm aufgibst, werde ich so lange noch ins Geschäft gehen, um keine kostbare Urlaubszeit zu verlieren. Besonders gelegen kommt uns ja der „Buß- und Bettag", nicht wahr? So kann ich höchstwahrscheinlich wohl ab Donnerstag Urlaub nehmen, auch für die gemeinsame Hamburg-Zeit!

... Ein paar Tage Meldorf und Hamburg, worüber natürlich keine Briefe existieren ...

Meldorf, 29.XI.1953 (Erika)
Inzwischen ist nun wieder die rauhe Wirklichkeit an uns herangetreten ... Der „Traum" war viel, viel zu wundervoll! ... Meine Heimreise von Hamburg verlief gut, beim Zoll wollten sie mich allerdings nicht so durchlassen. Zwei Zöllner wollten absolut meine lange Feder, die oben in dem Koffer lag, mit 20,– DM verzollen, andernfalls müßten sie mich dort behalten, um nachforschen zu können, woher die Feder stammt ... Als ich dann erzählte, daß diese Feder an glückliche Stunden mit meinem Mann zusammen erinnert und ich gerne bereit sei, 20,– DM dafür zu zahlen, wurden sie „friedlich".

Amsterdam, 2.XII.1953 (Hans)
Mit meinem neuen Posten als III. Offz. komme ich prima zurecht und habe – jedenfalls bisher – „zu Klagen keinen Anlaß gegeben". Wenn ich nun auf See Wache gehe, bin ich „Vertreter des Kapitäns". Das macht doch bedeutend mehr Freude, als wenn man nur „Laufjunge", humorvoll „Brückenmoses" genannt, spielen muß. *Antwerpen, 5.XII.1953* ... Inzwischen habe ich mal wieder die Laderäume besichtigt, denn es wird die ganze Zeit gearbeitet. Fred hat mit mir zusammen Wache und steht mir tatkräftig zur Seite. Du kennst ihn ja vom Zillertal her. Es ist der lange Matrose, der auch mit Dir getanzt hat. Als wir neulich in Amsterdam Nachtwache hatten, lud er mich zu einer Tasse Kaffee ein und hatte sogar eine Dose Keks auf den Tisch gestellt. Ich komme überhaupt mit der Besatzung prima zurecht, und sie sind alle sehr willig, ohne daß ich viel diskutieren muß ... Meine Wache dauert von 18.00–8.00 Uhr, und morgen früh habe ich noch allerhand mit der Überholung der Rettungsboote zu tun. *8.XII.1953:* Als wir in der Nacht aus Antwerpen ausgelaufen waren, bekamen wir schon nach kurzer Zeit dicken Nebel und mußten ankern. Gerade eben haben wir nun endlich – nach über zwei Tagen – die Weiterreise angetreten! Will diesen Brief gleich dem Lotsen mitgeben. Beim Ankern war unsere SANTA INÉS festgekommen (nicht auf meiner Wache und ohne, daß irgendjemand schuldig ist!). Wir wurden am Montag früh von zehn (!) Schleppern wieder freigeschleppt. Sonst wäre das Schiff gem. Lotungen und anderer Kontrollen beim nächsten Niedrigwasser durchgebrochen! Gott sei Dank ist alles nochmal gutgegangen, wie die gründlichen Schiffsbesichtigungen ergaben! *12.XII.1953:* Ich bin heilfroh, jetzt meine Wache allein gehen zu können. Wenn ich abends von 8–12 auf der Brücke

Mit zehn Schleppern abgeschleppt ... sonst wäre die SANTA INÉS durchgebrochen

bin, sind außer mir nur noch zwei Matrosen da. Der Alte schläft meist schon, und es lassen sich höchstens mal ab und zu einige Passagiere sehen. Das ist dann eine gute Abwechslung ... Es ist inzwischen Sonntag geworden. Wir haben heftigen Seegang von der Seite, und ich muß ständig aufpassen, daß ich nicht mitsamt dem Stuhl hinfliege! *25.XII.1953 (1. Weihnachtstag):* ... Nun will ich Dir erzählen, wie ich hier den gestrigen Tag verlebt habe. Also wir lagen hier vor Recife bis gestern früh 5.00 Uhr auf Reede und machten dann an der Kaje fest. Haben bis abends um 7 Uhr gelöscht. Zum Abendessen gab es Gänsebraten, der prima schmeckte. Nach dem Essen hatte ich noch an Deck zu tun – dann ging es unter die Dusche, und nachdem ich mich „in Schale geschmissen" hatte, habe ich erstmal mit Dir Weihnachten gefeiert. Ich zündete „unsere" Kerzen an und öffnete dann die Pakete. Habe vielen herzlichen Dank, liebe Erika! Zu dem Feuerzeug freute ich mich natürlich riesig, und die Süßigkeiten ließ ich mir inzwischen gut schmecken. Na – und dann erst die Nüsse! Habe gleich die richtigen – mit Beschriftung – herausgesucht! Nach dieser kleinen „Privat-Weihnachtsfeier" ging ich in die Offz.-Messe, wo wir uns so gegen 1/2 9 Uhr abends alle einfanden. Die Reederei hatte sich ordentlich angestrengt: Kekse, Nürnberger Lebkuchen, Nüsse, Datteln, Feigen, ein Apfel und eine Apfelsine! Es war ein großer Teller voll! Wir saßen bis nach Mitternacht gemütlich beisammen, und es fanden sich auch einige Passagiere ein, denen es im Salon zu eintönig geworden war. Haben auch viele Weihnachtslieder gesungen. Einige Flaschen Bier wurden natürlich auch getrunken und trugen mit zur guten Stimmung bei. *26.XII.:* Als ich heute morgen aufwachte, traute ich meinen Augen kaum: Auf dem Tisch lag Dein Tele-

Weihnachten an Bord: „Die Reederei hatte sich ordentlich angestrengt!“

gramm! Vielen herzlichen Dank! Gestern abend wurde von Norddeich-Radio durchgegeben, daß ein Telegramm da war (ich hatte mich schon schlafen gelegt). Da noch viele andere Schiffe vor uns kamen, hat es bis heute früh 4.00 Uhr gedauert, bis Herr Reupke, der neue Funker, Deinen lieben Gruß aufgenommen hatte. Er meinte aber heute morgen: „Für Sie habe ich das gerne getan!“ Na, ich will jedenfalls eine Flasche Bier für ihn ausgeben! . . . Mir fällt gerade ein: In Deutschland laufen z. Zt. für uns Seeleute neue Tarifverhandlungen. Es handelt sich um Urlaub (mehr freie Tage als Ersatz für die Seesonntage) und bessere Überstundenbezahlung. Falls Du auf der Schiffahrtsseite etwas darüber in der Zeitung finden solltest, so schicke mir bitte den betr. Abschnitt.

Meldorf, 17.XII.1953 (Erika)
Oh, wie herrlich würden wir es uns in unserem neuen Heim gemacht haben, nicht wahr? Ich könnte es mir so himmlisch vorstellen, will aber lieber nicht daran denken, weil es ja doch zwecklos ist. So wünsche ich Dir denn von ganzem Herzen recht frohe Festtage. Hoffentlich hast Du es recht nett und gemütlich . . . Im Geschäft ist momentan mehr als genug zu tun, wir kommen jetzt überhaupt nicht mehr zur Besinnung, da ja auch sonntags ab 14.00 Uhr geöffnet ist. *Brake, 27.XII.1953:* Heute, Sonntag, ist schon wieder der letzte Tag, an dem ich hier verweile. Morgen muß ich wieder mit dem ersten Zug fort (schon um 5.30 Uhr, da ich um 14.00 Uhr wieder im Büro sein muß) . . . Sind Dir die Weihnachtstage auch nur so verflogen? Ich mußte oft an Dich denken und habe immer wieder von Dir und

von unseren gemeinsamen Tagen gesprochen. So warst Du in Gedanken immer mit dabei, magst Du auch noch so weit entfernt sein ... Also, am 24. fuhr ich um 11.15 Uhr nach Hamburg. In Hamburg-Altona war der Bahnsteig schon schwarz vor Menschen, und ich gab meine Hoffnung schon fast auf, mit diesem Zug mitzukommen. Da bot sich plötzlich ein Herr an, mir einen Platz zu besorgen, dafür sollte ich seinen Koffer in Verwahrung nehmen. Er stieg bei Ankunft des Zuges in den Speisewagen und hatte, bevor die anderen Leute überhaupt einsteigen konnten, schon zwei Plätze reserviert! So hatte ich natürlich größtes Glück, denn viele, viele kamen überhaupt nicht mit! ... *1.1.1954 (Meldorf):* Seit gestern liegt der erste Schnee, und ich habe schon mit Herrn Busch eine Schneeballschlacht gemacht. Du dagegen mußt schwitzen – ich bedaure Dich so oft und hoffe immer wieder, daß Du die Hitze einigermaßen vertragen kannst. Das Ende des Jahres haben wir in *unserer* Wohnung gefeiert – schade, daß Du nicht dabei sein konntest! Das Zimmer sah entzückend aus, geschmückt mit Laternen und Papierschlangen. Als Nachtisch aßen wir Deine Pfirsiche mit Schlagsahne – das schmeckte köstlich! Ich hatte Silvesterüberraschungen und Scherzartikel gekauft, so daß Mutter, Vater und Frauke nachher bei jeder Bewegung „Verdacht schöpften"! In Mutters Knallbonbon befand sich ein Schnuller. Ob das wohl ein Versehen war?

Auf See, 1.1.1954 (Hans)
Wir befinden uns jetzt auf der Fahrt von Ilheos nach Vitoria, und so wurde denn der Jahreswechsel von uns nicht so sehr gefeiert, wie es vielleicht sonst der Fall gewesen wäre. Das Essen war etwas besser als gewöhnlich, und es gab auch einige Gläser Punsch. Ansonsten war es ein Tag wie jeder andere auch. Nach meiner Wache blieb ich noch – bei einer (!) Flasche Bier – bis 3 Uhr mit einigen Kameraden auf. Es sollte nämlich heute früh, nach Eurer Zeit 6–8 Uhr, im Hafenkonzert des NWDR ein Telefongespräch mit der SANTA INÉS übertragen werden, und wir wollten Neujahrsgrüße durchsagen! Leider klappte es aber nicht richtig, da wir starke Gewitterstörungen hatten, und so gingen wir denn um 3.00 Uhr ganz enttäuscht ins Bett. ... *8.1. (Rio):* Liegen in der Bucht vor Anker, und ich habe bis 2.00 Uhr Nachtwache. Viel zu tun gibt es nicht. Ich muß nur ab und zu mal kontrollieren, ob das Schiff nicht vertreibt, und aufpassen, wenn Boote mit Besuchern oder Passagieren kommen. Sitze oben an Deck in einem Liegestuhl und habe den Briefblock auf dem Schoß. Wenn ich aufblicke, liegt vor mir das in allen Farben wunderbar beleuchtete Rio. Es ist wirklich, besonders so aus der Ferne betrachtet, ein herrlicher Anblick! Im Hintergrund ist ein Gewitter, und beim Aufzucken der Blitze hebt sich die gebirgige Landschaft besonders schön ab! Es ist sehr warm. Am liebsten würde ich in der Turnhose hier sitzen. Tagsüber hat man in der Stadt durchschnittlich 38 Grad! Unser Fahrplan wird sich leider mal wieder um weitere vier bis fünf Tage verschieben. Hier in Rio liegen nämlich so viele Schiffe, daß wir voraussichtlich erst am kommenden Montag mit dem Löschen der Ladung beginnen können. Bis dahin bleiben wir auf der Reede vor Anker liegen.

Das Telefonieren über den „Großen Teich" funktionierte noch nicht so recht, aber „Radio-Telegramme" und „Radio-Geschenke" konnte unser Funker über den Äther schicken! So z. B. zum „Einjährigen" (standesamtlichen).

RADIO-GESCHENK

Herzliches Gedenken zum Einjährigen
Dein
Hans

Von D. „Santa Inés"

Meldorf, 5.I.1954 (Erika)
. . . Schon morgens überreichte Frauke mir einen großen Nelkenstrauß, und gleich darauf wurden Deine Blumen und Grüße gebracht. Du hast mir damit eine riesige Freude bereitet – hab' vielen Dank dafür! Während des Kaffeetrinkens kamen Buschs als Gratulanten und überreichten mir ebenfalls einen wunderhübschen Strauß anläßlich des einjährigen Hochzeitstages . . . und schließlich kam dann noch der Kleine von Kärgells und brachte mir mit den Worten „viele Grüße von Mutti und Vati . . . und du möchtest heute nicht traurig sein, Tante Constabel" eine wunderhübsche Topfblume! Ich mußte ihm dann viel von Dir erzählen und ihm immer wieder das große Schiff zeigen! . . . Ich sitze hier jetzt in einem richtigen „Blumenmeer". Schade, daß Du das nicht sehen kannst! *Meldorf, 10.I.1954:* Hoffentlich geht es Dir gut und kannst Du die Hitze vertragen. Hier ist z. Zt. herrliches Wetter, die Sonne lacht vom blauen Himmel, und dabei liegt alles voll Schnee. Herr und Frau Busch sind wirklich rührend! Zünden jeden Tag unsere Öfen an und legen nach. Frauke und ich bereiten in der Mittagspause alles vor, und abends ist es dann herrlich warm. Du glaubst gar nicht, wie froh ich über Dein Feuerholz bin – habe noch nicht einmal die Hälfte davon verbraucht. Der Kohlenvorrat hingegen reichte nicht lange – mußte jetzt schon zum zweiten Male nachbestellen! . . . Im Geschäft haben wir momentan sehr viel zu tun wegen Inventur, Abschlußarbeiten usw., und wir sitzen oft bis 8 Uhr abends. Schrieb ich Dir überhaupt von meinem Weihnachtsgeld? Ich bekam kurz vor meiner Abfahrt 80,– DM, das war doch sehr anständig, nicht wahr? Die anderen, die schon vier oder fünf Jahre dort sind, bekamen nur 10,– DM mehr. *23.I.:* Dann hat mein lieber „Nichtraucher" also jetzt den kritischen Punkt überwunden? Ich gratuliere und bin gespannt, wie lange Du durchhälst! Dann kann ich also jetzt für Dich mitrauchen, nicht wahr? – Nein, Du brauchst keine Angst zu haben, das ist nur Spaß! Aber bei Deinem Hiersein mußt Du ab und zu einmal ein Auge zudrücken . . . Dieser Brief wird Dich am Endziel erreichen, und ich möchte jetzt manchmal schon die ganze Welt umarmen vor Glück und Freude! Am meisten freue ich mich jedoch auf die Möbel! . . . Du sicher auch, nicht wahr? . . .Am 28. d. M. werde ich nach Heide in die Oper fahren. Es wird „Don Pasquale" gegeben, und ich verspreche mir sehr viel davon, zumal sehr bekannte Italiener mitwirken. *23.I.:* Habe vorgestern aus Brunsbüttel (Kanallotsen) Antwort auf Dein Schreiben bekommen. Es war ein Vordruck, der die Bewerbungsbedingungen enthält. Hiernach kann man sich erst mit dem Patent A 6 (Kapitän auf großer Fahrt – heute „AG") bewerben. Das wäre der einzige Punkt, den Du noch

Meldorf: Strengster Frost

nicht erfüllen könntest. (Anm.: Aber später kam doch alles anders, denn am 13. Oktober 1954 änderten sich die Einstellungsvoraussetzungen insofern, als zusätzlich sechs Jahre Fahrzeit mit A 6 gefordert wurden [lt. Seelotsengesetz].)

Buenos Aires, 5.II.1954 (Hans)
In wenigen Tagen wirst Du Deinen Geburtstag feiern, und ich möchte Dir aus weiter Ferne meine innigsten Glückwünsche senden! . . . Ich schrieb Dir schon, daß ich mich vor lauter Einladungen kaum noch bergen kann. Also zunächst einmal zu Pastor Lichtenstein: Er besuchte mich hier gestern nochmals, zusammen mit seiner Frau. Wirklich sehr nette Leute! – Trotz aller Vorurteile. Von kirchlichen Dingen wurde auch gestern nicht geredet. Leider hatte ich nur wenig Zeit, aber L. fuhren mich mit einer Taxe zwei Stunden lang durch Buenos Aires spazieren! Sie überschlugen sich förmlich, um mir auch ja alles zu zeigen und genauestens zu erklären. Hinterher habe ich mir spaßeshalber mal einen Postkartenkalender angeschaut und mußte feststellen, daß ich an sämtlichen Stellen gewesen war! Ich sah die Wohnung von Peron, riesengroße Parkanlagen, eine Kinderstadt (wo die Kinder spielen – sämtliche Häuser in Miniatur!), alle möglichen Bauten, Stadien, Rennbahn und unendlich viel mehr! Außerdem wurde ich dann noch zu einem wunderbaren Eis eingeladen, und das alles in zwei Stunden! Tante Lisbeth hatte an Pastor L. geschrieben, er möchte mich doch mitnehmen zu kirchlichen Versammlungen . . ., aber er scheint in dieser Beziehung recht vernünftig zu sein und riet direkt davon ab . . .

Ich lernte auch einen „reichen Knacker“ kennen, der mich zum Cocktail einlud. Aber woher soll ich die Zeit nehmen? Wir haben fast täglich bis 11 Uhr abends gearbeitet. – Dann meldete sich vorgestern Besuch für mich an. Es waren zwei Damen im „Mittelalter“, d. h. Ende 40. Ich hatte sie nie vorher gesehen und machte ein ganz dummes Gesicht. Weißt Du, wie die meine Adresse erfahren haben? Ich hatte mal in Bremen einem Herrn das Schiff gezeigt, und dieser Herr nun hatte an die „Bekannten von den Verwandten“ geschrieben: „Geht man mal auf die SANTA INÉS, da ist ein sehr freundlicher III. Offz., der heißt Constabel, und ladet ihn ein.“ So geschah es denn auch, aber ich hatte ja keine Zeit. Sie gaben mir ein Paket für den Bremer Bekannten mit und schenkten mir zum Dank als kleine Aufmerksamkeit ein Pfund Kaffee. – Na, und dann hatten wir noch Besuch von drei sehr netten englischen Schiffsoffizieren, die auf einem großen engl. Passagierdampfer fahren. Unser erster Kontakt hatte sich ergeben, als wir mitten im Südatlantik zu nächtlicher Stunde lange nebeneinander herfuhren und mit dem Signalscheinwerfer jede Menge schlaue Sprüche austauschten. Solche „Unterhaltungen“ beginnen immer mit der üblichen Anfrage: „What ship and where are you bound for?“ Der III. Offz. hat *uns* nach England eingeladen. Wer weiß, vielleicht bietet sich ja wirklich mal die Gelegenheit? . . . Natürlich haben wir mit den englischen Kollegen auch tüchtig ins Glas geschaut – bis nach Mitternacht! Weißt Du, die ganze Besucherei und Einladerei ist ja schön und gut, aber auf der anderen Seite auch recht teuer. Es kann wirklich zu viel werden, denn ich war z. B. allein an einem Tag von drei verschiedenen Seiten eingeladen! Ich erzählte Dir, glaube ich, von der frommen, „etwas eigenartigen“ jungen Dame aus Montevideo, die als Kindermädchen beim deutschen Botschafter ist. Dieses hübsche Fräulein besuchte mich (ausgerechnet) neulich an Bord. Sie ist noch ganz krank wegen Herrn X. (nicht mehr an Bord) und will nun ins Kloster gehen . . . Will mich wieder besuchen, wenn wir nach Montevideo kommen. Sie ist zwar trotz ihrer 25 Jahre völlig „harmlos“, aber ich habe schon zwei Kameraden mit eingeladen, denn ich möchte vermeiden, daß sie mir plötzlich vor lauter Kummer um den Hals fällt! . . . Bin noch immer Nichtraucher und werde von Tag zu Tag ruhiger und fetter . . .

Meldorf, 7.II.1954 (Erika)
Hier herrscht schon seit einiger Zeit strengster Frost, und es ist auch noch keine Änderung abzusehen. Alles ist zugefroren, die Insel Juist ist z. B. vollkommen vom Festland abgeschnitten und kann nur noch durch Flugzeuge versorgt werden. Auf Mutters Wunsch bin ich schon seit Anfang der fürchterlichen Kälte im Ankensweg und hole nur täglich meine Post von der Österstraße. Hoffentlich kann ich bald wieder „umsiedeln“, denn diese Kälte ist schrecklich! . . . Herr Schubarth schlug mir vor, doch einmal zu Herrn Andresen zu gehen, der ja durch seine Funkerei mit der ganzen Welt in Verbindung steht. Auf diesem Wege könnte ich dann vielleicht einmal mit Dir sprechen, denn er hat eine Sprechanlage! Ob das wohl möglich ist? . . . Leider weiß ich noch nicht, welche Häfen Du auf der Rückreise anläufst. Werde diesen Brief daher nach Santos adressieren, das ist ja nie falsch.

Schiffswechsel: M.S. BABITONGA

SANTA INÉS, 21.II.1954 (Hans)
Gegen Mittag sind wir in Ilheos, wo wir Kakao laden sollen. Morgen nacht geht es dann sofort weiter nach Bahia, und anschließend treten wir die Weiterreise nach Europa an! In der letzten Zeit kommen wir kaum zur Besinnung . . . Wenn Du diese Zeilen liest, bin ich schon am Äquator. Es geht mir gut . . . Inzwischen haben wir schon den 3. März. Es wird langsam kühl, so daß wir jetzt unser blaues Zeug tragen. Kommen nur sehr langsam von der Stelle, denn es weht „aus allen Knopflöchern". – Gestern hatte ich eine recht unangenehme Aufgabe. Einer von den Passagieren, er trank sehr viel, wurde morgens tot aufgefunden. Ich habe dem Arzt beim Transport der Leiche und bei der Untersuchung geholfen. Anschließend mußte ich die Sachen registrieren und verplomben. Gestern abend war Seebestattung, da es zu lange dauert, bis wir in Las Palmas sind. – Ja, was ein Schiffsoffizier nicht alles machen muß! . . . Nachmittags betätigte ich mich dann noch zusammen mit Bahnsen als „Buchdrucker". Wir haben allerhand Staupläne usw. vervielfältigt. – Morgens auf der Wache habe ich laufend Gesellschaft. Das fällt mir bald auf die Nerven. Heute früh drückte ich zwei Damen Putzzeug in die Hand und beschäftigte sie mit Messingputzen . . . Dann werden sie hoffentlich die Nase voll kriegen . . . *13.III., 2 Uhr früh:* Seit gestern abend 10 Uhr in Antwerpen, heute nachmittag geht es weiter nach Rotterdam. Ich schreibe in Eile, da ich Wachhabender bin und die ganze Nacht gearbeitet wird. Wir sollen voraussichtlich schon am 27. ab Hamburg fahren . . . Aber die paar Tage wollen wir auch richtig genießen, nicht wahr? Viel, viel mehr mündlich!

Bis dahin ahnte Hans noch nicht, daß sich für ihn eine Veränderung ergeben würde: Er wurde nämlich auf ein anderes Schiff der HAMBURG-SÜD versetzt. So steht denn in seinem Seefahrtsbuch: M.S. SANTA INÉS abgemustert 26.III.54 und M.S. BABITONGA angemustert 27.III.54" . . . Und nach ein paar glücklichen gemeinsa-

Leuchtturm „Roter Sand“

men Tagen in Meldorf und an Bord in Hamburg begann die nächste Südamerika-Reise, dieses Mal mit der BABITONGA.

Meldorf, 22.IV.1954 (Erika)

. . . Um 12.04 Uhr war ich wieder in Meldorf und konnte dann gleich wieder um 14.00 Uhr im Büro sein. Hoffentlich gefällt es Dir noch gut dort an Bord. *29.IV.:* Mußtest Du auch schon Arzt sein? (Auf den Schiffen ohne Schiffsarzt nimmt der III. Offz. die medizinische Versorgung wahr.) Freue Dich nur, daß ich nicht als Passagier mitfahre – mir hättest Du dann mehrmals täglich Medizin, Spritzen usw. geben müssen, denn ich leide an einer unheilbaren Krankheit, worüber ich allerdings mehr als glücklich bin! Welches Mittel hättest Du mir dann verschrieben? *9.V.:* Mir geht es bestens, habe keinerlei Beschwerden. Freue mich riesig auf Dezember, auf die Erfüllung unseres sehnlichsten Wunsches! Du auch?

Antwerpen, 23.IV.1954 (Hans)

Nun sind die glücklichen Wochen unseres Zusammenseins leider, leider vorbei. Aber wir wollen uns freuen auf unser baldiges Wiedersehen und dankbar sein für alles, was uns geschenkt wurde! Hoffentlich geht es Dir gut und hast Du nicht so viele Beschwerden. Wenn ich es doch mit Dir teilen könnte! In dieser Beziehung ist die Natur wirklich ungerecht. *6. V.:* Fast drei Wochen sind nun schon vergangen, seit wir in Bremen Abschied nahmen. Und als unsere BABITONGA einige Stunden später den weltbekannten Leuchtturm ROTER SAND passierte – Du kennst ihn ja –, da dachte ich so: „Wenn der uns nur bald wieder den ersten Willkommensgruß entbieten könnte!" Übermorgen werden wir in Recife sein, und dann kommt in schneller Folge ein Hafen nach dem anderen. Bis gestern hatte ich mit unseren schriftlichen Arbeiten zu tun, heute war „Waschtag", und nun habe ich schön Zeit, bis Recife meine Sachen in Ordnung zu bringen. . . Immer wieder stelle ich mir vor, wie wunderbar es sein wird, wenn unser kleiner Schreihals erst da ist! . . . *7.V.:* Eben war Äquatortaufe. Es war alles sehr nett aufgezogen, und wir haben uns köstlich amüsiert. Die Besatzung hatte sogar ein richtiges „Taufbecken" aufgebaut, und die 15 Täuflinge wurden nach allen Regeln der Kunst vom „Schmutz der nördlichen Halbkugel gereinigt". . . Am Sonntag früh gegen 4 Uhr sind wir in Recife. Als erste Festlandsboten umkreisen uns schon den ganzen Nachmittag Dutzende von Seeschwalben, um etwas von unseren Abfällen zu erhaschen. Im Radio hört man stundenlang „Coca-Cola-Musik" . . . Auf die Dauer bekommt man wirklich Zahnschmerzen dabei! . . . Ach so, ich wollte noch etwas von den Passagieren erzählen: Da ist erstmal eine sehr nette Oma aus „Meckelnbörg", die mit ihren zwei Enkelkindern, Junge und Mädchen, zu ihrer Tochter fährt. Mit den Lütten habe ich mich natürlich gleich angefreundet! Ist das ein Wunder? Gestern während der Äquatortaufe weinte die kleine Lisel in einer Tour, als die Neger die Täuflinge verarzteten. Die Kinder selbst brauchten Onkel Neptun nur die Hand zu geben, aber das war für sie auch gerade aufregend genug! – Dann sind da fünf junge kaufmännische Angestellte, die im „sonnigen Brasilien" ihr Glück machen wollen bzw. Konrad Adenauer ausrücken wollen betr. Wiederbewaffnung. Na, ich möchte nicht mit ihnen tauschen! – Außerdem haben wir ein junges Mädchen an Bord, das zu ihrem Ver-

Schiffstaufe auf der Lühring-Werft

lobten nach Rio fährt und dort heiraten will. Vorläufig wird sie erstmal von den männlichen Passagieren umschwärmt, die anscheinend alle versuchen, sich gegenseitig den Rang abzulaufen . . . Hoffentlich geht es Dir auch weiter gut! Ich glaube fast, wenn es nachher so weit ist, wird es auch für mich „so anstrengend sein, als ob ich einen 4000 Meter hohen Berg erklimmte". . . Und Du lachst mich dann aus . . . Na, das täte mir ganz gut, nicht wahr? . . . Hier an Bord herrscht tatsächlich eine viel ruhigere Stimmung als auf der größeren INÉS. Das ist direkt eine Erholung! In der Apotheke habe ich weiter genug Arbeit. Habe heute sogar zwei bettlägerige Patienten, die sich den Magen verdorben haben. Na – auch das werden wir in Ordnung kriegen! In Recife machten Wedekind und ich mit einem Herrn vom Konsulat eine Autotour. Es war eine recht interessante Abwechslung, aber wohnen möchte ich dort nicht, wenn es zum Teil auch recht romantisch aussieht.

Meldorf, 15.V.1954 (Erika)
Entschuldige bitte die Neugier. Ich möchte zu gerne Näheres über Euren „Schiffsarzt" erfahren. Ich finde ihn einfach großartig, hat er mir doch ein Attest aufgeschrieben, was einfach nicht mit Geld zu bezahlen ist! Es ist wirklich das schönste Rezept, was ich je las, und ich weiß gar nicht, wie ich es ihm danken kann. Weißt Du, ich fürchte, wenn ich ihn nächstes Mal auf der BABITONGA sehe, muß ich ihn einfach küssen – so unendlich nahe steht mir dieser Mann! . . . *23.V.:* Mir selbst geht es prima. Wenn Mutter manchmal von ihren Beschwerden erzählt, dann kann ich nur heilfroh und dankbar sein, daß es mir nicht so geht. Bisher hat noch

niemand etwas von meinem Zustand gemerkt, denn im Gesicht sehe ich nicht elend aus. So hätte ich denn größte Lust, Pfingsten nach Brake zu fahren, denn später werde ich wohl nicht mehr so reiselustig sein ... *Brief Nr. 6 (Datum unleserlich):* Zu dumm, daß Dich zwei meiner Briefe bisher nicht erreicht haben. Gestern riefen die Braker an. Hildi war noch ganz aufgeregt, da sie einige Stunden vorher auf Lührings Werft ein Schiff von der Schreiber-Reederei getauft hatte. Das war natürlich ein Erlebnis für sie, zumal sie noch für die Zeitung geknipst und anschließend reichlich beschenkt wurde ... Weißt Du, eigentlich hatte ich mir vorgenommen, Dir *nie wieder* etwas zu schenken, denn Ostern hattest Du den schönen Schlips in Brake so achtlos in die Ecke gelegt und ihn bis heute anscheinend auch noch nicht vermißt! So sehr schätzt Du meine Geschenke also ... Zur Strafe dürftest Du ja nun eigentlich nichts zum Geburtstag bekommen, aber ich kann es ja nicht übers Herz bringen ... Heidi, oder Peter?? Was meinst Du? *13.VI.:* Über Pfingsten fuhren wir nach Hanerau und verlebten dort ganz nette Stunden, da die Gegend ja so wunderhübsch ist. Abends gingen wir zum Lagerfeuer, denn dort im Wald zelteten über 1000 Jungens. Ich fand es zu nett, alles war prima organisiert, und jedem Jungen konnte man die Begeisterung vom Gesicht ablesen! ... Am Dienstag ging ich zum Frauenarzt, zum größten Entsetzen und Schrecken meiner Chefin. Sie fragte immer wieder, ob ich auch nicht ernstlich krank sei, und war direkt besorgt. Den wahren Grund haben Frauke und ich ihr natürlich nicht verraten, denn niemand würde bisher auf die Idee kommen ... Es beruhigt mich doch sehr zu wissen, daß alles in Ordnung ist! Nun bekomme ich zweimal in der Woche Massage. Wenn ich mir vorstelle, daß nun schon der vierte Monat beginnt, so kann ich mir das noch immer nicht denken, denn meine schlanke Linie habe ich bisher noch bewahrt, wenn auch nicht ganz so wie vorher. Aber es merkt noch niemand. Ich hoffe, noch bis Oktober ins Geschäft gehen zu können. Will Herrn Köhn aber schon Anfang Juli von allem in Kenntnis setzen, damit er bis dahin eine neue Kraft hat ... Übrigens habe ich heute mit Vetter Ossi eine Wette abgeschlossen. Er ist 100 %ig der Meinung, es wird ein Junge, und ich habe das Gefühl, als ob es ein Mädchen ist. So haben wir um eine Flasche Rum gewettet.

Vitoria, 16.V.1954 (Hans)
Wir haben hier jetzt ein junges Ehepaar mit Baby an Bord. Sie fahren bis Rio mit. Das Baby ist fünf Monate alt, und wenn ich mir vorstelle, daß wir in einem Jahr um diese Zeit ebenso weit sein werden, dann bin ich sehr glücklich! ... Das Wetter ist hier z. Zt. ganz erträglich. Am Tage meist 25–30 Grad – und das im „Winter“... An Deck haben sie die Lautsprecher angestellt. Gerade wird die Platte gespielt von der „Nacht im Hafen und die Schiffe liegen still und schlafen“ ... Ich mag das hier in weiter Ferne gar nicht gerne hören, denn dann wird es mit der Sehnsucht noch schlimmer ... Auf jeden Fall wird unsere Freude und Dankbarkeit gleich groß sein, ob es nun ein Junge oder ein Mädchen ist, nicht wahr?! ... Am liebsten möchte ich jetzt schon einen ganzen Kasten voll Spielsachen mitbringen, aber damit muß ich mich doch wohl noch einige Monate gedulden ... Wir müssen ja allerhand Sachen von Meldorf mitnehmen, wenn wir im November nach Brake fahren. Darum werde ich mir jetzt in Santos gutes brasilianisches Holz besorgen und den Zimmermann

bitten, uns eine Seekiste anzufertigen. Darin können wir dann alles wunderbar verschicken und haben gleichzeitig in Brake eine zusätzliche Unterbringungsmöglichkeit für Wäsche pp. Solche Seekiste ist viel praktischer, als wenn wir mit einem halben Dutzend von Koffern herumreisen müßten! . . . Mit meiner Wäsche komme ich bis Santos aus. Dort kann ich sie dann ja auf Reedereikosten in die Wäscherei geben . . . In Vitoria haben wir neulich bis abends um 12 Uhr Skat gespielt. Es war ganz nett, aber die meisten können dann nie Schluß machen und wollen möglichst laufend damit Fortsetzung machen. Dazu habe ich aber mit bestem Willen keine Lust . . . *30.V. (Santos):* Ich habe hier zweimal am Nachmittag einen kurzen Bummel durch die Stadt gemacht und mir bei dieser Gelegenheit die Haare schneiden lassen sowie einiges Obst eingekauft. Bei Euch im Garten wird nun sicher schon das erste Gemüse soweit sein, worauf Du in dieser Zeit bestimmt großen Appetit haben wirst. Schade, daß ich Dir von hier keine Pampelmusen mitbringen kann. Sie kosten umgerechnet nur acht Pfennige . . . Das Leben hier an Bord ist weiter sehr gemütlich. Auch mit Kapt. Schumm ist bestens auszukommen. Er ist ruhig und ausgeglichen und kennt keine Launen! Also, ich bin auch weiter froh, auf diesem Dampfer gelandet zu sein, und ich fühle mich hier sehr wohl!

Meldorf, 19.VI.1954 (Erika)
Bin erstaunt, daß an Bord die Heizung an ist. Das hätte ich nicht für möglich gehalten dort in Südamerika. Wir dagegen haben solche Hitze, daß man am liebsten den ganzen Tag baden möchte. Leider war vorgestern, als Frauke und ich im Christianskoog waren, kein Wasser, so konnten wir nur im Watt herumlaufen. Das war aber auch herrlich, und wir kamen abends ganz braun wieder zurück. Übrigens halten sie mich alle, auch wenn ich in Shorts herumlaufe, noch für ein junges Mädchen und nicht für eine werdende Mutter, das finde ich zu amüsant . . . So, eben haben wir gegessen und dann einen kleinen Spaziergang durch den Garten gemacht. Der Sommer ist doch zu schön, immer wieder möchte ich den herrlichen Duft der Blüten einatmen und das Zwitschern der Vögel hören! Wir können jetzt schon die ersten Erdbeeren essen und auch sogar schon Erbsen! . . . Bin richtig verbrannt, da die Sonne es so gut mit uns meint (30 Grad im Schatten!). Übrigens hörte ich gestern per Zufall das Hafenkonzert aus Elsfleth, es war sehr nett. Direktor Kruse sprach von der Seefahrtschule, und Bürgermeister Schröder kam auch zu Wort. Dort an der Kaje muß ein richtiger Massenauflauf gewesen sein, da der Ansager von einem selten großen Interesse sprach. *26.VI.:* War eben bei meiner Schneiderin, die mich etwas in Verlegenheit brachte. Sie näht mir eine Bluse und suchte zu diesem Zwecke meine Maße, die sie vor fünf Monaten nahm. Hier fehlte ihr noch die obere Weite, und da meinte sie, mir solchen Brustumfang nicht zugedacht zu haben. Sicherheitshalber wollte sie dann auch noch meine Taille messen und stellte zu ihrem großen Erstaunen fest, daß ich jetzt zehn cm mehr habe. „Wissen Sie wohl, daß Sie zugenommen haben“, meinte sie und dachte sich nichts dabei. Aber ich dachte mir was dabei . . . Vorgestern kam eine Antwort von der Seefahrtschule: „Wir bestätigen Ihnen, daß Sie als Teilnehmer an dem am 22. November 1954 beginnenden Lehrgang zum Kapitän auf großer Fahrt angenommen werden, sofern Sie die Voraussetzungen hierfür erfüllen.“

Auf See, 5.VI.1954 (Hans)
Inzwischen haben wir Abendbrot gegessen. Wir hatten uns in Florianopolis von Fischern allerhand Krabben gekauft. Wedekind und ich haben sie vorhin in meiner Kammer gemeinsam geschält und uns den größten Teil davon inzwischen gut schmecken lassen. Allerdings mußten wir einige davon in den Kühlschrank stellen, weil wir mit bestem Willen nicht alle bewältigen konnten. Weißt Du, bei dieser Gelegenheit mußte ich immer wieder an unsere „Festmahlzeiten" während des letzten Urlaubs denken. War das nicht einfach herrlich? . . . In Santos hatten wir ja unsere Wäsche abgegeben. Der gute Mann, ein Deutscher, lieferte sie erst wieder ab, als wir schon auslaufen sollten. Wir mußten extra deswegen warten, und unser Elektriker Alfons Grevenitz, der Lange mit dem Schnurrbart, fuhr zusammen mit dem Agenten dorthin, um sie zu holen. Dabei hatten wir dauernd bei dem Mann angerufen. Jedenfalls kam alles zwar gewaschen, aber unsortiert an Bord. Den meisten von uns fehlt etwas. Die Unkosten sollen von der Rechnung abgezogen werden. Aber wir wollen unsere Sachen natürlich auf keinen Fall mehr dort waschen lassen! . . . Eben kommt ein Matrose zur mir. Er hat Magenschmerzen, was nach meiner „Diagnose" auf mangelhafte Verdauung zurückzuführen ist. Ich werde ihm eine Wärmflasche, Kamillentee und Abführtee verschreiben. Mal sehen, ob es morgen besser ist. P. S.: Alles in Ordnung! *6.VI. (Pfingsten):* Eigentlich hätten wir schon heute abend in Rio Grande sein sollen. Haben aber sehr starken Wind gegenan, so daß wir nur halb so schnell von der Stelle kommen wie bei gutem Wetter. – Ich bin wohlauf, aber das ist ja eigentlich kein Wunder, wo wir z. Zt. ein so ruhiges Leben haben . . . Inzwischen ist es gleich 5 Uhr nachm. Es wird schon langsam dunkel, und ich muß gleich zusammen mit dem I. Offz. Gestirne beobachten. Nach dem Abendessen rechne ich dann unsere Beobachtung aus, und um 20 Uhr beginnt meine Wache. *10.VI.:* Gestern abend haben wir (II. Offz., III. Offz., II., III. und IV. Ing.) uns mit dem Elektriker einen netten Spaß erlaubt. Er war an Land, und in der Zwischenzeit stellten wir seine Bude auf den Kopf. U. a. hatten wir einen „Kissenmenschen" in seine Koje gepackt u. a. m. Wir haben uns schiefgelacht, als er uns heute morgen „vernehmen" wollte, denn die ganze Messe war ja daran beteiligt. Na – das wollen nun Handelsschiffsoffiziere sein, nicht wahr? Aber Spaß muß sein! Von der Marineschulzeit her erinnere ich mich noch an zahlreiche „Bolzen" ähnlicher Art . . .

15.VI.1954 (Hans)
Hier in Porto Allegre wimmelt es von Deutschen, und unsere BABITONGA ist täglich von Besuchern überfüllt. Am vergangenen Sonnabend waren wir vom deutschen Club eingeladen und verlebten dort einen gemütlichen Abend. *16.VI.:* Morgen geht es endlich auf die Heimreise! Heute sind die Passagiere schon an Bord gekommen. Es sind alles ältere Leute – Mindestalter 57. Das ist mir in einer Weise natürlich ganz gleich, nur hoffe ich, daß diese Leute mir nicht zuviel Ärger machen mit Seekrankheit, Spritzen usw. Angeblich soll allerdings auch ein Arzt, Anfang 70, dabei sein. Vielleicht kann ich den ja ein wenig als „Assistent" einspannen . . .? *20.VI. auf See:* Unterwegs nach Florianopolis. Unsere BABITONGA schaukelt derart, daß es direkt eine „artistische Leistung" ist, dabei zu schreiben. Also, unser Fahrplan ändert sich laufend. Die INÉS soll noch in Santos liegen, und die SANTA

URSULA ist auch auf der Heimreise unterwegs nach Santos. Wir sind also jetzt mit drei Schiffen so ziemlich auf einem Haufen! Da wir mit der BABITONGA erst nach der URSULA im Fahrplan stehen, haben wir wahrscheinlich eine recht lange Hamburg-Zeit in Aussicht! Aber vorläufig müssen wir jedoch noch etliche Häfen abklappern: Florianopolis, Itajai, Santos, Vitoria, Ilheos und Bahia ... In meinem Lazarett ist augenblicklich „Hochbetrieb". Habe während der letzten Tage fünf Penicillin-Spritzen „verabreicht" und bin in dieser Beziehung also schon „Spezialist" ... Gestern schenkte uns in Rio Grande ein deutscher Fischer eine riesige Schildkröte (wiegt ca. 40 Pfund!). Sie ist angeblich mindestens 100 Jahre alt und schwimmt jetzt in unserem kleinen Arbeitsboot, welches wir mit Wasser gefüllt haben. Da sich keiner entschließen kann, das Tier zu schlachten, wollen wir es nach Hamburg mitnehmen und dort verscheuern. *Santos, 29.VI.1954:* Von der SANTA URSULA erfuhren wir, daß es nach dieser Reise von der Reederei ein ganzes Monatsgehalt extra geben soll. Ist das nicht prima? Wir werden dann für die Kpt.-Schulzeit gut 3000,– DM haben! Damit läßt sich doch auskommen, nicht wahr? ... Will sehen, daß ich mit meinem Zeug bis Hamburg auf dem laufenden bleibe ... Leider fehlen mal wieder etliche Knöpfe, und da ich heute gerade schön Zeit habe, will ich mich nachher ein wenig als Schneider betätigen. Gestern abend machten wir in meiner Kammer eine kleine Geburtstagsvorfeier, wobei wir uns köstlich amüsiert haben! Ich hatte von einem sehr netten dänischen Schiffskoch, er will uns vielleicht einmal mit seiner Frau besuchen, eine Flasche Zitronenextrakt geschenkt bekommen. Das gibt mit Eiswasser ein ganz fabelhaftes Getränk, wobei man den beigegebenen Gin praktisch gar nicht schmecken kann. Nun hatte ich also den Funker, Herrn Rubach, und Herrn Wedekind zu einem Gläschen „Zitronensaft" eingeladen. Wedekind wußte Bescheid, während Rubach keine Ahnung hatte: Wir haben uns gebogen vor Lachen, als er dann nach und nach immer lustiger wurde! Wenn ich neu einschenkte, lenkte Wedekind ihn durch irgendwelche interessanten Erzählungen ab, so daß er nichts merkte, bis wir unser Geheimnis schließlich selbst preisgaben ...

Meldorf, 18.VII.1954 (Erika)
In sechs Tagen wirst Du schon in Rotterdam sein, und ich freue mich schon jetzt auf Deinen Anruf! Selbstverständlich werde ich nach Hamburg kommen, falls Du erst zuletzt Urlaub bekommst ... Am 15. habe ich gekündigt. Es war ein schwerer Angang, und Köhns waren schwer enttäuscht, da sie keine blasse Ahnung hatten. Ich werde nun bis zum 15. Oktober bleiben – bis dahin wird Herr Köhn wohl eine andere Kraft gefunden haben ... Bin froh, ab morgen nicht mehr allein im Büro sitzen zu müssen, denn offen gestanden war es etwas zu viel für mich, und ich bin froh, bald Urlaub nehmen zu können.

Auf See, 2.VII.1954 (Hans)
Herzlichen Dank für Dein Geburtstagstelegramm! Wir haben hier an Bord den Tag mit einigen Flaschen Bier und Steinhäger nett gefeiert. Ich kriegte sogar als „Sonderzuteilung" eine Portion Kuchen, die ich dann mit Rubach und Wedekind teilte ... Stell' Dir vor: Ich bin bis Rotterdam „umgezogen". Habe nämlich meine Kammer vermietet und dafür bereits 250,– DM bekommen! Prima, nicht wahr? Das sind

„Lauter Glück und Sonnenschein" (in Hamburg an Bord: „Frau Steuermann")

fast 50,– DM pro Monat extra für die Schulzeit! Wohne jetzt mit einem jüngeren Passagier zusammen in der sog. „Zöllner-Kammer". Es ist hier zwar etwas enger, aber ich konnte einen Teil meiner Sachen in meiner Kammer lassen, so daß man es sehr gut aushalten kann. *15.VII.:* Zwischen dem 28. und 30.VII. werden wir in Hamburg eintreffen. Wir besprechen am besten alles von Rotterdam aus telefonisch. Ich bin wohlauf und lebe ganz in der Vorfreude auf unser glückliches Wiedersehen!

Und gar zu schnell vergingen ein paar wunderbare gemeinsame Tage in Meldorf bzw. an Bord in Hamburg ...

Meldorf, 17.VIII.1954 (Erika)
Denke oft an Deinen Zahn, der Dir hoffentlich keine Schmerzen mehr bereitet. Meine Gedanken sind immer nur bei Dir, und dann erlebe ich all die glücklichen gemeinsamen Stunden noch einmal! ... Mit der Büroarbeit geht es besser als ich zu hoffen wagte, denn die ganze Sache stand mir doch sehr bevor. Ich habe mir ein prima Stehpult eingerichtet und stehe nun eben zur Abwechslung bei der Arbeit. So geht es *wirklich* ausgezeichnet! ... *22.VIII.:* Dann bist Du also schon wieder „umgezogen", wie ich aus Deinem Brief entnehme, und mußt nun wieder vier Wochen auf Deine Gemütlichkeit in der eigenen Kammer verzichten. Ich muß immer daran denken und hoffe, daß Du nicht zu eingeengt untergebracht bist. Konntest Du wenigstens wieder einen Teil Deiner Sachen in der Kammer lassen? Wohnst Du wieder in der „Zöllner-Kammer"? Du kommst überhaupt nicht richtig zur Ruhe, zuerst

mußtest Du Dich von Deiner Frau aus der Koje vertreiben lassen, und jetzt hast Du auch kein eigenes Bett ... Du nimmst das alles auf Dich – ich weiß es wohl zu schätzen! ... Vor drei Wochen um diese Zeit waren wir schon einige Stunden zusammen in Hamburg. Es war doch zu schön! 14 Tage liegt unser Ausflug nach Schulau schon zurück. Am Sonntag verlebten wir dann hier in Meldorf die letzten Stunden unseres Zusammenseins. Schade, daß wir kein Tagebuch von diesen Stunden haben, aber eigentlich ist es ja auch überflüssig, denn auf jeder Seite brauchte nur *„Lauter Glück und Sonnenschein"* zu stehen, nicht wahr? Es geht mir gut, das ist wirklich wahr!

Antwerpen, 23.VIII.1954 (Hans)
Am Mittwoch werden wir nun aus Antwerpen auslaufen. Hoffentlich wird das Wetter bald mal besser, denn augenblicklich ist es wieder besch. . .eiden. *24.VIII.:* Habe bis eben geschlafen, da ich Nachtwache hatte und wir die ganze Nacht durcharbeiteten ... Es macht viel Freude, daß alles schon für unseren Schreihals bereitliegt. Deine Mutter meinte neulich, mit Baby*wäsche* sollten wir uns man nicht so doll eindecken. Sie hätte damals so viel geschenkt bekommen, daß es nachher viel zu viel gewesen sei. Wir sind bzgl. Babys ja vorläufig noch „Anfänger". Erinnerst Du Dich noch, wie wir neulich gelacht haben, als es immer wieder hieß „Ich weiß nicht"? Na, im Dezember werden wir dann beide mit Begeisterung Windeln waschen! *7.IX.:* Unser I. Offz. ist noch immer krank, und wir werden ihn in Recife an Land geben müssen, damit er mit einem SANTA-Schiff nach Hause fahren kann. Es ist eine traurige Sache, und wir hatten sehr viel Ärger mit ihm. Er ist schwer alkoholkrank. Während er Wache hatte, litt er dauernd unter Wahnvorstellungen: Er sah Land oder irgendwelche nicht vorhandenen Schiffe voraus, befahl dann ganz aufgeregt „Hart Steuerbord" u. a. m. – Neulich wollte er mit Gewalt die Kapitänskammer „kontrollieren", da selbiger sich dort angeblich mit einem Fahrgast weiblichen Geschlechts „verlustierte" ... was natürlich keinesfalls stimmte. Durch sein unberechenbares Verhalten gefährdete er oftmals das Schiff, die Besatzung und die Passagiere! Auf fachärztlichen Rat, den wir über Funk einholten, wurde er inzwischen unter ständigen Kontrollen in seiner Kammer festgesetzt. Zur Verhinderung von Entzugserscheinungen habe ich nunmehr den ehrenvollen Auftrag, ihm nach meiner bis Mitternacht dauernden Wache jeweils eine Flasche Bier auszuhändigen ... Dabei ergeben sich dann meist längere persönliche Gespräche! Ich bedaure ihn im Grunde genommen sehr, denn er ist ein guter Mensch und nur durch seine Kriegserlebnisse soweit gekommen ...

Meldorf, 29.VIII.1954 (Erika)
Durch das Lied „Heute an Bord und morgen geht's fort" wurde ich heute geweckt und war nicht wenig erstaunt, als ich hörte, daß es im Hafenkonzert von den Elsflether Schiffsjungen gesungen wurde. Es war doch ein recht komisches Gefühl für mich, denn es heißt dort doch u. a. „Rings um uns her nur Wellen und Meer", und das ist doch jetzt gerade auch bei Dir der Fall ... Aber wenn dieser Brief Dich erreicht, bist Du schon im ersten südamerikanischen Hafen ... und kannst wieder Deine Kammer beziehen.

„Hoffentlich fällt der Apparat nicht runter!" (Fahrt zum „Zuckerhut")

Rio de Janeiro, 20.IX.1954 (Hans)
Da wir noch immer auf Reede liegen und ich genug Zeit habe, möchte ich mal wieder ein wenig mit Dir plaudern ... Was wirst Du wohl sagen, wenn ich Dir jetzt erzähle, daß ich in den vergangenen Tagen ein richtiges kleines Büchlein geschrieben habe? (siehe „Wie alles anfing", S. 7). Es heißt „Unsere Geschichte" und ist über 18 Schreibmaschinenseiten lang. Es ist viel schöner als alle meine übrigen Tagebücher und soll ein kleines Geschenk für Dich sein. *26.IX. (Reede von Santos):* Stell' Dir vor: Ich habe die Gelegenheit wahrgenommen und bin mit der Drahtseilbahn auf den Zuckerhut gefahren! Es paßte gerade so gut, weil ich Nachtwache hatte (nachts wurde auch gearbeitet!). So machte ich mich denn zusammen mit einem Passagier auf den Weg. Der Ausblick vom 390 Meter hohen Berg aus war fabelhaft! Nur während der „Überfahrt" haben wir immer gesagt: „Hoffentlich fällt der ‚Apparat' nicht runter." ... Ich machte bei dieser Gelegenheit auch einige Aufnahmen.

Meldorf, 12.IX.1954 (Erika)
In drei Tagen habe ich nur noch drei Monate nach und brauche jetzt nur mehr vier Wochen ins Geschäft zu gehen. Will sehen, daß ich den Dienst bis zuletzt voll durchhalten kann! ... *10.X.:* Eben kam ein Anruf aus Brake mit der erfreulichen Nachricht, daß sie am Freitag hier nach Meldorf kommen. Freue mich sehr darauf! Sie werden wohl zwei oder drei Tage bleiben, und anschließend fahre ich dann mit nach Brake. Paßt das nicht prima? Dann brauche ich wenigstens nicht allein auf Reisen zu gehen, nicht wahr? Kann mich den beiden dann ja voll und ganz widmen, da ich ab Freitag nur Hausfrau bin! Donnerstag ist mein letzter Tag im Geschäft. Habe nun noch allerhand für meine Reise vorzubreiten und am Freitag alles mit

Blumen zu schmücken und für das Abendbrot zu sorgen, denn morgen muß ich meine Nachfolgerin im Geschäft noch mit allem vertraut machen ... *Brake (Dat. unleserlich):* Werde wohl bis Anfang Dezember hier bleiben und anschließend in Meldorf alles für Dein Kommen rüsten. Vielleicht haben wir ja noch einige gemeinsame Tage in unserer Wohnung, bis unser Baby zur Welt kommt. Hast Du eigentlich schon wieder einen Namen überlegt? Manchmal kann es ja schnell kommen, daß man ihn braucht ... Wie gefällt Dir „Pia Constabel"? Ich finde, es paßt ganz gut und ist kein alltäglicher Name ... Ob er wohl Dein Geschmack ist? Für Heidi bin ich nicht mehr so 100prozentig, obgleich der Name ja auch niedlich ist. Als Jungennamen empfehle ich „Peter". Und Du? ... Gerade macht sich unser Baby wieder bemerkbar, es pocht so sehr, als wollte es mich ermahnen, den lieben Vati auch von ihm zu grüßen!

Santos, 30.IX.1954 (Hans)
Da es den ganzen Tag ununterbrochen in Strömen regnet, konnten wir noch nicht mit dem Löschen beginnen. Habe diese Wartezeit gut ausgenutzt: große Wäsche, Zeugdienst, Umzug (wohne endlich wieder in meiner eigenen Kammer) und schriftliche Arbeiten. So bin ich z. B. das erstemal seit Hamburg mit den blöden Überstunden auf dem laufenden. Das ist solche Beschäftigung, die man am liebsten immer weiter hinauszögern möchte ... Der Agent hat dem Kapitän Hoffnung gemacht bzgl. „Weihnachten in Hamburg" ... Nach seinen Berechnungen werden wir erst Mitte Dezember dort eintreffen ... Auf diese Weise käme ich dann leider über 14 Tage zu spät zum Kapitänslehrgang ... Aber das ließe sich leicht nachholen, zumal ja hinterher die Weihnachtsferien beginnen ... Die Hauptsache ist jedenfalls, daß ich rechtzeitig zu unserem frohen Ereignis bei Dir sein kann! Sage bitte zu unserem kleinen Schreihals, er möchte sich so lange gedulden! ... *15.X. (Rio Grande):* Morgen früh geht es weiter nach Porto Alegre. Wir werden dort mit drei (!) HAMBURG-SÜD-Schiffen liegen! Ob wir wohl bis zum 1.XI. die Heimreise antreten? Sollte es mit unserer Ankunft zu spät werden, so könnte ich vielleicht versuchen, bis zum März als Wachoffizier auf unseren Schiffen beschäftigt zu werden und erst am nächsten Lehrgang teilzunehmen! Für eine ganze Reise würde die Zeit ja sowieso nicht reichen. Ich hoffe, daß Deine Beschwerden sich in erträglichen Grenzen halten! *Porto Alegre, 21.X.:* Wir Männer kommen wirklich zu gut dabei weg! Weißt Du, mir kommt erst jetzt, während unserer „Wartezeit", so richtig zum Bewußtsein, was unsere Mütter in dieser Beziehung so alles durchgemacht haben! Geht es Dir auch so? – Morgen bin ich zur Hochzeitsfeier von einem ehemaligen Besatzungsmitglied eingeladen. Er wohnt jetzt hier in Porto Alegre ... An Bord wird tüchtig gearbeitet, täglich bis 23.00 Uhr. Ich selbst habe die Nachtwache. Unser Alter frohlockt schon und meint, ich könnte das frohe Ereignis sicher noch hier an Bord feiern. Er will „die Weinflaschen schon kaltstellen lassen". *25.X. (Porto Alegre):* Gerade Mittagspause. Wurde gestern unterbrochen, weil ein kleines, ca. vierjähriges Brasilianermädel sich den Finger verletzt hatte. Ich habe die Lütte in der Apotheke verbunden. Sie war sehr tapfer. Der Vater flüchtete allerdings, weil ihm schlecht geworden war ... Gestern abend war ich dann also zum „Oktoberfest" eingeladen. Es ist ähnlich aufgezogen wie im „Zillertal" (St. Pauli), nur sehr viel einfacher. Die

Deutsch-Brasilianer haben sich dieses Fest von Generation zu Generation erhalten. Trotzdem wird schon sehr viel Portugiesisch gesprochen, und es kommt einem recht eigenartig vor, wenn man „typisch norddeutsche Menschen" diese Sprache sprechen hört ... Jedenfalls war es mal ganz interessant, solches Fest mitzuerleben! *30.X. (Porto Alegre):* Mein endgültiger Entschluß steht nunmehr fest: Ich halte es nach Lage der Dinge für besser, wenn ich mit der Kapitänsschule bis März warte! Diese Ansicht wird auch von Kapt. Lindemann geteilt. Mit der Lernerei wird es hier in Porto Alegre doch nichts Vernünftiges, denn man wird laufend gestört. Auf See haben wir nachher auch genug zu tun, da wir uns ja die Wache des I. Offz. teilen müssen ... Also, es würde auf jeden Fall ein schlechter Start sein, und Du hättest dann einen nervösen Mann im Hause, was wohl schließlich (ungewollt) zum ersten „Ehekrach" führen würde ... Gestern wurde mir hier von einem Deutschen eine Orchidee geschenkt, die um Weihnachten blühen soll. Ich werde sie bis dahin für Dich hegen und pflegen! ... Unser Zimmermann arbeitet während seiner Freizeit mit Begeisterung an unserem kl. Schrank, und ich helfe ihm nach besten Kräften. Es wird ein Prachtstück.

Brake, 25.X.1954 (Erika)
Gestern bin ich hier nun glücklich gelandet, und die Reise ist mir gut bekommen. *1.XI.:* Alle Babysachen liegen schon bereit ... Ist es nun wohl ein Junge oder ein Mädchen? Das möchte ich zu gerne wissen! Bisher wollen alle behaupten, daß es ein Junge wird, da ich jetzt so blendend aussehe, aber auf dieses Gerede gebe ich nichts. Wir freuen uns so oder so, nicht wahr? *21.XI.:* Bei Erhalt dieses Briefes bist du schon in Las Palmas, und vom nächsten Hafen aus können wir schon miteinander telefonieren! Ist das nicht großartig? Ich werde dann wohl noch in Brake sein und Deinen Anruf hier entgegennehmen können. So um den 8.XII. herum werde ich dann nach Hause fahren und für Deinen Empfang nochmals alles überholen. Das ist mein Plan. Wenn ich jedoch merken sollte, daß es mir in nächster Zeit schlechter geht, will ich nach Möglichkeit schon früher nach Meldorf fahren. Möchte auf jeden Fall gerne dort entbinden, da Du ja voraussichtlich nachher in Hamburg bist. Ob Du wohl Antwort von der Reederei hattest? Hoffentlich bekommst Du bald Urlaub! Das möchte ich zu gerne, denn wenn Du bei mir bist, werde ich das Gefühl haben, daß jetzt nichts mehr passieren kann!

Santos, 7.XI.1954 (Hans)
Nun sind wir doch schneller nach Santos gekommen als anzunehmen war. Bleiben hier höchstens eine Woche, und es ist jetzt fest damit zu rechnen, daß wir spätestens am 12./14.XII. in Hamburg sind! Die meisten Kameraden sind deswegen sehr enttäuscht, denn sie hatten sich schon auf ein Weihnachtsfest in Deutschland gefreut. Für uns aber ist die Beschleunigung diesmal wunderbar, denn nun kann ich wahrscheinlich bei Dir sein, wenn unser Baby das Licht der Welt erblickt! ...
Heute ist unser „Brake-Schrank" fertig geworden. Sieht ganz prima aus, und ich glaube sicher, daß auch Du begeistert sein wirst! Wir haben ihn dunkel gebeizt. Glaube sogar, daß er nachher gut in unser Wohnzimmer passen wird ... Nun muß ich aber wieder an Deck. Wir wollen gleich Baumwolle für Bremen laden.

Baumwolle für Bremen

Rio, 14.XI.1954: In Bahia erwarte ich Antwort von der Reederei wegen des Urlaubs und wegen der Wachoffiziersangelegenheit. Ich glaube aber kaum, daß meine Pläne von dieser Seite durchkreuzt werden! Sei bitte so gut und benachrichtige die Seefahrtsschule, daß ich wegen der Schiffsverspätung und aus privaten Gründen erst am März-Lehrgang teilnehmen möchte. – Aus Bahia mehr. Schreibe in Eile, da gleich wieder gearbeitet wird. *16.XI. (See):* Inzwischen habe ich mal wieder einen „Patienten" behandelt, der seinen Daumen ziemlich übel verletzt hatte. Dabei fällt mir gerade ein: Kannst Du dem Arzt nicht sagen, daß Dein Mann ein „Kollege" ist? Vielleicht gestattet er dann meine Anwesenheit während der Geburt? . . . Morgen früh um 6 Uhr sind wir schon in Ilheos. Das Laden (Kakao) dauert dort nur wenige Stunden. – Acht Passagiere fahren wieder mit nach Deutschland, darunter zwei alte Damen und sechs junge Leute. Einer von ihnen war mit uns gekommen, hatte aber die Nase voll, nachdem er einige Wochen im Urwald zugebracht hatte . . . Wieviele werden so vom Ausland enttäuscht, die meisten aber haben nicht das Geld, um wieder nach Deutschland zurückzukommen!

Brake, 12.XII.1954 (Erika)
In einigen Tagen bist Du nun schon in Rotterdam, und wir werden miteinander telefonieren können . . . Das „Schrank-Problem" hat Papa bestens gelöst: Er kennt in Bremen einen Herrn, der ein großes Holzlager hat, und er will ihn telefonisch bitten, den Schrank an Bord abzuholen und bei passender Gelegenheit mit hierher zu bringen! So hast Du keine Arbeit davon. Gestern erhielt ich von der Seefahrtsschule ein Schreiben, daß der neue Kursus am 8. März beginnt . . . Mir geht es weiterhin

Bahia, Hafenidylle

gut. Will in Meldorf gleich zum Arzt und zur Hebamme gehen und mich nochmal untersuchen lassen. Auch beim Krankenhaus muß ich mich unbedingt anmelden ... Übrigens finden wir Deine Idee mit dem „Kollegen“ prima – vielleicht klappt es ja.

Auf See, 28.XI.1954 (Hans)
Nun ist Las Palmas schon in Sicht. Haben noch immer wunderbares Wetter. Es ist allerdings schon für unsere Begriffe etwas „kühler“ geworden. Heute nachmittag waren es 23 Grad. Bis vor zwei Tagen hatten wir selbst während der Nacht nie unter 27 Grad! ... In Elsfleth läuft mein ursprünglich eingeplanter „Kapitäns-Kursus“ nun schon eine Woche. Es wäre doch eine böse Hetzjagd geworden, wenn ich daran hätte teilnehmen wollen! ... *Hamburg, 11.XII.:* Wie wunderbar ist es, daß ich mit dabei sein darf! Wenn ich Dir auch leider nicht die Beschwerden abnehmen kann, so möchte ich Dir doch wenigstens eine Stütze sein! Schade, daß ich nicht schon heute nach Meldorf kommen kann. Angeblich soll meine Ablösung am Dienstag eintreffen, und so hoffe ich, spätestens am Mittwoch bei Dir sein zu können ... Von Bremen aus habe ich den Schrank nach Brake geschickt. Packte auch einige Bücher hinein, damit wir im März nicht so viel zu schleppen haben. Mit den Unkosten kam ich recht günstig davon – kostete keine 3,– DM Zoll (nach den Vorschriften wären es 30,– DM gewesen). Sollte sich meine Abmusterung weiter verschieben, so rufe ich rechtzeitig an. (Anm.: Lt. Seefahrtsbuch erfolgte die Abmusterung am 15.XII.1954.)

„Haben Sie etwas zu verzollen?“

. . . Und schon wenige Tage später waren sie glückliche Eltern, verlebten ein paar „Familienwochen“ in Meldorf und gelangten schließlich termingerecht nach Brake, wo sie während der Elsflether Kapitänsschulzeit im Hause der Schwiegereltern ein Zimmer bewohnten. Über diese wunderschöne, erstmals längere Wiedersehenszeit hat Hans schon in einem Artikel berichtet. Hier ein kurzer Auszug:

(Quellenverzeichnis 5) „Wir hatten am Tage meiner Rückkehr aus südlichen Gewässern gerade einen kleinen Spaziergang gemacht, als unser Neuankömmling sich in Intervallen bemerkbar machte. Klar, daß wir uns beizeiten theoretische Kenntnisse über den Geburtsvorgang angeeignet hatten. Daher stellten wir auch sehr schnell ‚nach der Uhr‘ fest, daß die Abstände der sich immer deutlicher abzeichnenden Wehen ganz genau der Beschreibung entsprachen. Ohne Zweifel: Es ging los! Um 2 Uhr früh drückten wir auf die Nachtglocke des schräg gegenüberliegenden Krankenhauses, und bereits kurze Zeit später fanden wir uns im dortigen Kreißsaal wieder! Unter der geübten Assistenz von Arzt und Hebamme erblickte dann schließlich um 10 Uhr unser kleiner, gesunder Peter laut schreiend das Licht der Welt! Hans konnte während des relativ langen Geburtsvorganges weiter nichts tun, als seiner tapferen Erika zärtlich Mut zuzusprechen und ihr ab und zu den bereitliegenden Lachgasschlauch zu reichen zwecks Schmerzlinderung und Beruhigung. Und es war gut und sinnvoll, diese schweren und doch so glücklichen Stunden gemeinsam zu durchleben (was heute – im Gegensatz zu damals – ohnehin schon fast zu einer Selbstverständlichkeit geworden ist). Allerdings kann Hans sich an dieser Stelle ein

Unser lieber Peter ist da!

selbstkritisches Geständnis nicht ersparen: Während Erika einige Stunden nach der Entbindung im Krankenhaus glücklich das kleine Peterlein an sich drückte, lag er zu Hause auf dem (im Wohnzimmer aufgestellten) ‚Feldbett' und hatte große Schwierigkeiten, sich von seinen ‚Nachwehen' zu erholen. Dieser Teil des Vaterwerdens war eben doch (trotz seiner ‚Schiffsarzterfahrungen') recht anstrengend gewesen!

Eines Tages war es soweit, daß die kleine Familie sich mit einem geliehenen VW-Bus nach Elsfleth in Bewegung setzte, wo Hans die Kapitänsschule besuchen wollte. Sie konnten bei den Schwiegereltern in Brake wohnen und freuten sich auf die vor ihnen liegenden Monate. In der Seefahrtsschule begegnete Hans vielen ehemaligen Studienkameraden, und die meisten von ihnen waren inzwischen auch verheiratet – natürlich, wie sollte es anders sein, mit Elsflether Mädchen! Die Beschreibung von Einzelheiten jener Studienmonate wollen wir uns ersparen. Es waren einfach schöne, glückliche Monate! Die Semesterferien verbrachte Hans, wie viele seiner Mitschüler, als Urlaubsvertreter. Natürlich auf Schiffen „seiner" HAMBURG-SÜD! Das half mit bei der Aufstockung des kargen Haushaltbudgets, und obendrein wußte er aus eigener Erfahrung, wie sehr die nach langer Seereise zurückkehrenden Kameraden danach verlangten, während der kurzen Hafenliegezeiten nach Hause fahren zu können! ... So verflog die Studienzeit im Handumdrehen, und danach fand er sich, mit dem Patent als ‚Kapitän auf großer Fahrt', als II. Offz. auf dem schneeweißen, im sog. ‚Schnelldienst' eingesetzten Neubau CAP BLANCO wieder ..."

Seefahrtschule Elsfleth: 14 neue Schiffsoffiziere nach bestandener Prüfung (13.III.1953), und gut 2 1/2 Jahre später: 12 soeben geprüfte, bereits see-erprobte Kapitäne auf großer Fahrt. – Die meisten von ihnen verlebten beide Studienzeiten gemeinsam! Inzwischen befinden sich alle im Ruhestand. Manche haben auch schon ihre letzte Reise angetreten.

13.III.1953

Obere Reihe v. l.: Erwin Schmidt, Kapt. Hamburg-Süd; Fokko Schlömer (Kapitänleutnant, †); Hans Constabel (siehe Biographie)
Siegfried Martins (Atlas Levante, 1962 Elblotse); Richard Thorwart (Kapt. Reed. Bruns u. a.); Albert Baake (AG Unterweser, 1962 Weserlotse); Horst Köhn (Lotse ehem. „DDR", †); Hans Ullrich Pisch (Kapt. Eignerschiff, ab 1962 Weserlotse); Heinz Albers (?); Gerhard Illing (Atlas-Levante, †); Dieter Kroog (Stinnes Reed., ab 1962 Weserlotse); Max Haufschild (†); Olaf Saar (Kapt. Union, ab 1963 Hafenlotse Bremerhaven); Hermann Arendt (AG Unterweser, 1963 Weserlotse)
Untere Reihe = Lehrkörper, darunter: 3. v. l. Schulleiter Kapt. Kruse, 3. v. r. Klassenlehrer Kapt. (Prof.) Baake, 1. v. r. Herr Trautmann

5.XI.1955

Obere Reihe v. l.: Wolfgang Marx (beim Untergang seines Schiffes M.S. WHESTSTAR [Reed. Baum] i. Frühjahr 1981 auf See geblieben, †); Hermann Arendt (s. l.); Siegfried Martins (s. l.); Robert Hansen (Reed. Brink & Wölfell, ab 1962 Kanallotse); Albert Baake (s. l.); Werner Thalmann (Kapt. Argo-Reed. und Meyer/Brake); Hans Ullrich Pisch (s. l.); Hans Constabel (s. l.); Gerhard Illing (s. l.; Johann Limbach (Kapt. Reed. Meentzen, †); Olaf Saar (s. l.); Hans Ohlrogge (OPDR, Elblotse, †)
Untere Reihe = Lehrkörper, darunter: 4. v. l. Klassenlehrer Kapt. Ramsauer, 1. v. r. Max Graf v. Spee, 2. v. r. Kapt. Lotar Paesler, 3. v. r. Kapt. (Prof.) Baake, 4. v. r. Schulleiter Kapt. Kruse, 1. v. l. Dr. Seiffert

Mit unserer CAP BLANCO mitten in Flensburg

Die neue Seefahrtzeit begann am 2. Weihnachtstag mit einer „Zwischenreise" nach Flensburg und Wismar. Doch dies war gleichzeitig ein schöner Anfang, denn die HAMBURG-SÜD hatte „ausnahmsweise" genehmigt, daß die Ehefrauen wegen der anstehenden Feiertage mitfahren durften! In jener Zeit ein geradezu bahnbrechendes Entgegenkommen! – Die Stadt Flensburg hatte darüber hinaus für Hans eine ganz besondere Bedeutung, denn als Sohn einer Flensburger Kapitänstochter hatte er in dieser idyllischen und traditionsreichen „2. Heimatstadt" schon so manche, unvergeßlich schöne Wochen bei seinen zahlreichen dortigen Verwandten verlebt. Auch beim Passieren der Marineschule Mürwik wurden etliche Erinnerungen wachgerufen. Und, trotz aller Hektik, ließ sich dank einer verständnisvollen Hilfsbereitschaft der Kollegen noch eine kleine Familien-Nachweihnachtsfeier ermöglichen, zu der sogar die Meldorfer Großeltern mit dem lütten Peter angereist waren. – Ihr nahezu mitten in der Fördestadt liegendes Schiff war ständig von vielen Neugierigen umlagert, und während dieses großartigen „Schauspiels" ertönten in den Arbeitspausen über Bordlautsprecher die „Seemannsliedergrüße" der Besatzung . . . Und was sagte die Presse? Hier ein kleiner Ausschnitt:
Herzlicher Empfang für die weiße „Cap Blanco". In der Nacht zum Mittwoch legte das 6000 BRT große Überseeschiff „Cap Blanco" der Hamburg-Süd am neuen Kai unseres Hafens an, um 450 Tonnen Papier von der Feldmühle und 240 Tonnen (4800 Sack) Malz aus Hadersleben für Südamerika aufzunehmen. Zum erstenmal seit 20 Jahren nahm damit wieder ein großes Überseeschiff in Flensburg eine Teilladung heimischer Erzeugnisse an Bord, um sie nach Buenos Aires und Rio de Janeiro zu bringen. Heute morgen in aller Frühe soll das prächtige Schiff unseren Hafen wieder verlassen. Wie das Hafenamt der Stadt Flensburg dazu mitteilte, hat der neue Flensburger Hafenkai sich bei dieser Gelegenheit bestens bewährt. Im Jahre

1956 rechnet das Hafenamt damit, daß eine größere Anzahl von Überseeschiffen in Flensburg anlegen wird. Es werden vor allem amerikanische Kohlenschiffe sein, da Kohlenlieferungen für Flensburg aus den Vereinigten Staaten statt aus England erwartet werden. Obwohl die „Cap Blanco" bereits gegen 4 Uhr morgens von Hamburg kommend am Flensburger Kai festmachte, hatten sich viele Flensburger, darunter Hafenkapitän *Ipsen,* eingefunden, um dem stolzen Schiff einen herzlichen Empfang zu bereiten. Der fast 2 m lange Kapitän *Schürmann,* ein echter Hamburger Jung, war nicht wenig erstaunt, als ihm am Pier zwischen der Hamburger und der schleswig-holsteinischen Flagge so viele Menschen den ersten Willkommensgruß der Förderstadt darbrachten. Hafenkapitän Ipsen gab seiner besonderen Freude darüber Ausdruck, daß zum erstenmal ein Überseedampfer heimische Produkte direkt nach Südamerika bringe.

. . . Und schon ging es weiter nach Wismar, damals DDR! Etwas „vorsichtig abwartend" war ihnen dabei schon zumute, aber als der Lotse an Bord kam, war der Bann gebrochen: Kapitän Schürmann war ein ehemaliger Kriegskamerad von ihm, und die zwei tauschten so manche Erinnerung aus. Nachdem sie dann alle gründlichen Kontrollen, auch mit Hunden!, über sich hatten ergehen lassen, konnte schließlich mit der Beladung begonnen werden: hauptsächlich „IFA"-Wagen . . . Hinter ihnen hatte ein DDR-Schiff festgemacht, die ROSTOCK, und wie durch ein Wunder stellte sich heraus, daß auch hier „persönliche Bekanntschaften" bestanden. So entwickelte sich denn trotz aller Ideologien und Bewachungen ein kameradschaftlicher, menschlicher Kontakt . . . bis die beiderseitigen Offiziere sich sogar entschlossen, zusammen mit ihren Frauen Silvester auf der CAP BLANCO zu feiern. Es wurde ein gelungener, harmonischer Jahreswechsel unter Seeleuten! . . . Und als die BLANCO wenig später wieder beladen auslief, da geschah dies nach dem üblichen Zeremoniell: Mit „FLAGGE DIPPEN" – drei langen Tönen mit dem Typhon (beiderseits!) und herzlichem Abschiedswinken! Das war fast eine Sensation in der damaligen Zeit! . . . Na, wenn das der „Spitzbart" Ulbricht mitgekriegt hätte! . . . Aber schließlich war Hamburg erreicht, und es hieß für Hans und Erika nach der schönen Kapitänsschulzeit wieder einmal: Abschied nehmen!

Brake, 17.1.1956 (Erika)
Leider erreichte Dich mein Antwerpen-Brief nicht mehr. Er kam zurück mit dem Vermerk „Schiff bereits abgefahren". Hier ist Tag und Nacht Sturm. Die Deichwachen mußten sogar alarmiert werden, da ein Orkan die Küste bedroht. Nur gut, daß Du in den sonnigen Süden fährst! . . . Peterle wird immer goldiger. Er versteht jetzt wirklich alles, und er ruft mich „A- A-" (das klingt aber nicht unanständig, denn er „singt" es so ganz goldig!). Und mit „O-A" meint er Oma. Laufen kann er jetzt ganz allein, d. h. er ist noch etwas unsicher und hält sich lieber fest. Übrigens bringt er uns auch Ordnung bei! So weiß er ganz genau, daß alle Hausschuhe in der Flurgarderobe sind, weil er die schon oft ausgeräumt hat. Als er nun Fraukes Hausschuhe in der Küche sah, brachte er erst den einen und dann den anderen in die Flurgarderobe. Ist das nicht großartig? Solchen Sohn hast Du, davon kann man schon etwas lernen! Hier noch einiges über Werners Erlebnisse (Erikas Bruder – hatte als

Masch.-Assistent auf GUSTAV PISTOR angemustert – auch Hamburg-Süd). Wir haben ihn alle grundlos beschuldigt – er konnte die Post nicht abschicken, da das Schiff soviel Verspätung hatte. Es geht ihm gut, er war noch nicht seekrank, trotz Windstärke 12 am 23.XII. Er flog sogar einmal mit seinem Stuhl auf den Boden! Das Schiff machte mehrere Tage keine Fahrt, ließ sich nicht steuern und wurde aus dem Kurs gedrückt. Ab 30.XII. war dann wieder besseres Wetter. Am 1. Weihnachtstag war um 23.00 Uhr Brand im Maschinenraum, die Reiniger hatten Säcke zu dicht an den Heizungskessel gehängt. Werner hat das Feuer mit Schaumlöscher gelöscht ... So hat er schon so allerhand auf seiner ersten Fahrt erlebt, nicht wahr?

Auf See, 15.I.1956 (Hans)
Bin wohlauf und habe mich hier bestens eingelebt. Mit der Ladung klappte alles wunderbar. Die Zusammenarbeit mit dem Kapt. und den Kameraden ist gut, und wir haben allen Grund, mit diesem „Schnelldampfer" zufrieden zu sein! Auch das Essen ist bisher tadellos ... Unser Messesteward, Herr Bruns, ist rührend um mich besorgt. Nachmittags bringt er mir Kaffee auf die Brücke, und auch für die Nachtwache versorgt er mich mit Kaffee und belegtem Brot. – *Auf See, 23.I.:* Bin ja gespannt, wie Werner seine erste Seereise überstanden hat. Wie ich hörte, soll auf der GUSTAV PISTOR ein Autodeck zusammengebrochen sein. Angeblich sind über 100 Autos „im Eimer" ... *Montevideo-Reede, 13.II., 2.00 Uhr früh:* Gestern sprach ich mit Kapt. Schürmann wegen Deiner evtl. Mitfahrt ab Rotterdam auf der Heimreise. Er kann das leider nicht genehmigen wegen der bestehenden Reedereiverordnung, ist aber durchaus damit einverstanden, sofern ich die Erlaubnis von der SÜD bekomme. Ich habe deswegen gleich in netter Form an die Reederei geschrieben. – Als wir gestern (an Deinem Geburtstag) aus Buenos Aires ausliefen, war es ein fabelhaftes Bild! Wir mußten zwischen der SANTA INÉS und der CAP VILLANO hindurchfahren, so daß wir mit drei SÜD-Schiffen in einer Linie lagen! Fuhren natürlich mit Musik aus allen Lautsprechern! ... Dabei herrliches Sommerwetter!

Meldorf, 7.II.1956 (Erika)
Peterle und ich sind schon eine Woche im Ankensweg, da wir 20 Grad Kälte hatten. Leider sind mir gleich in der ersten Nacht sämtliche Pflanzen in der Österstraße erfroren. Mit solcher Kälte hatten wir ja nicht gerechnet, sonst hätte ich den Gummibaum usw. ja zu den „Büschen" unten im Hause gebracht. Nun haben wir nicht eine Blume mehr, und Du weißt ja, wie sehr ich daran hing. Sogar zwei Vasen sind geplatzt, und heute erfuhr ich von Herrn Busch, daß auch die Wasserleitung in unserer Küche geplatzt ist ... sind das nicht „nette Geschichten"? Aber Du wirst mir ja gewiß einige schöne Blumen mitbringen – damit tröste ich mich! ...

Auf See, 19.II.1956 (Hans)
Kann es in Worten kaum ausdrücken, wie riesig ich mich auf unser Wiedersehen freue! Es sind jetzt nur noch drei Wochen bis dahin. Die Zwischenzeit ist für mich sehr schnell verflogen, da ich vor lauter Arbeit kaum zur Besinnung gekommen bin ... Was macht wohl unser Peterlein? Hoffentlich wird er sich gleich wieder mit Papa anfreunden! ...

Autoverladung

Meldorf, 1.III.1956 (Erika)
Ich komme Dich von Rotterdam abholen! Das hast Du mal wieder fein gemacht, denn als Antwort auf Deinen Brief erhielt ich vorgestern eine Einladung der SÜD, daß ich Dich auf Kosten der Reederei im ersten europäischen Hafen abholen kann! Da ich mich wegen Erledigung der Formalitäten mit der Personalabteilung in Verbindung setzen sollte, fuhr ich gestern verbilligt nach Hamburg und habe nun alles erledigt! ... Leider fahren nicht mehr Frauen mit, da nur ich allein eine Einladung erhielt, wie mir gesagt wurde.

... Und wenige Tage später ging die Reise schon los! Während Oma und Opa in Meldorf den lütten Peter versorgten, fuhr Erika ihrem Hans nach Rotterdam entgegen und durfte von dort aus die Seereise nach Hamburg mitmachen! Da das Schiff erst am nächsten Morgen einlaufen sollte, übernachtete sie im Seemannsheim, wo sie sehr gastfreundlich aufgenommen wurde. Dort traf sie auch einige andere Seemannsfrauen, die – wie sie – auf die Schiffe ihrer Männer warteten, und so konnten sie „fachkundig" ihre Erfahrungen austauschen. Als dann einen Tag später die weiße

CAP BLANCO in den Rotterdamer Hafen einlief, stand Erika schon winkend am Kai. Welche Wiedersehensfreude! ... Und trotz der vielen Arbeit konnten sie sich sogar – dank der Hilfsbereitschaft von Hans' Kollegen – ein wenig in der Stadt umsehen. Wie haben sie das genossen! Dafür stand Erika anschließend ihrem Seemann bei seinem umfangreichen „Papierkrieg“ zur Seite! ... Und nur zu schnell war Hamburg erreicht! Von dort fuhren sie für zwei frohe Tage nach Meldorf, wo Peterle ihnen strahlend entgegenkam. – Anschließend konnten sie nochmal drei gemeinsame Tage an Bord im Hamburger Hafen verbringen, wobei Erika allerdings meistens „lesender- und nähenderweise“ in der Kammer saß, während Hans reichlich mit der Beladung zu tun hatte ... Und im Nu hieß es wieder mal: „LEBEWOHL und GUTE FAHRT!“

Bremen, 23.III.1956 (Hans)
Um 23.00 liefen wir von Hamburg aus, und anschließend hatte ich bis 4.00 Uhr Wache ... Habe mich ein wenig erkältet. Böse Zungen behaupten schon, meine Frau habe mir sicher immer die Decke weggezogen ... Wie wunderbar waren doch unsere gemeinsamen Tage! Wir wollen in glücklicher Erinnerung davon zehren! ... Was macht Peterlein? *Auf See, 25.III.:* Ich freue mich, daß ich meine Wache erstmal hinter mir habe, denn wir haben recht diesiges Wetter, und man muß mächtig aufpassen. Morgen früh wollen wir in Antwerpen sein. Dort wird dann wieder Tag und Nacht gearbeitet, und es ist anzunehmen, daß wir noch fahrplanmäßig von da wegkommen. Herr Bruns, unser Steward, hat mir eine Thermosflasche besorgt, damit ich nachts immer warmen Kaffee trinken kann! ... Stell' Dir nur vor: Wir nehmen allein über 200 Autos mit! ... Wenn wir nur eines davon hätten, nicht wahr? ...

Meldorf, Sonntag (?), 15.00 Uhr (Erika)
Das Wiedersehen mit Peterle war ganz entzückend! Vater rief: „Hier ist Besuch für Peter gekommen!“ ... Und schon kam er gelaufen, blieb drei Meter vor mir stehen und guckte ganz verlegen auf die Erde, bis er dann auf einmal von sich aus „MAMA“ sagte und zu mir kam! Es war zu süß, er hatte mich tatsächlich erkannt, und die Freude über seine Mama wollte kein Ende nehmen! Von sich aus kam er immer wieder zu mir und streichelte mich. *3.IV.:* Peter und ich fuhren an den Ostertagen in den Ankensweg, und wir suchten mit ihm Ostereier. Es war wirklich allerliebst, und ich dachte immer nur: „Schade, daß Hans das nicht miterleben kann!“ Ihm machte das Suchen solchen Spaß, daß wir die Eier immer wieder neu versteckten ... wie Deine Eltern seinerzeit bei Dir!

Auf See, 7.IV.1956 (Hans)
Bei uns an Bord geht alles seinen gewohnten Gang. Von den Passagieren (alles alte Knacker) sieht und hört man nichts. Wenn ich nachmittags Wache habe, dann halten sie ihren Mittagsschlaf, und nach Mitternacht liegen sie auch längst im Bett ... Unser Zimmermann, Du kennst ihn ja, hat mir heute erzählt, daß er schon dabei ist, einen „Schnapsschrank“ für mich zu bauen. Fein, nicht? Dann sieht es wenigstens nicht immer so unordentlich in unserer (!) Kammer aus, wenn in Hamburg die Bude voll von dienstlichem Besuch ist! Das war ja ein fürchterliches Gewühle

am Tage unserer Abfahrt! ... Gerade fällt mir ein neues Rundschreiben der HAMBURG-SÜD ein. Ich habe es vor mir auf dem Tisch liegen und will es spaßeshalber mal schnell abtippen: „Nachdem die Herren Ladungsoffiziere wiederholt erwähnten, daß für die Bewirtung von Verladern und Ladungsempfängern keine ausreichenden Mittel zu ihrer Verfügung stünden, möchten wir in Zukunft für derartige Anlässe die Herren Kapitäne ermächtigen, die gehabten Aufwendungen gegen gelbe Bordtickets zu verrechnen." Feine Sache, nicht wahr? ...
... Auf jeden Fall müssen wir baldmöglichst nach Hamburg ziehen! Es ist doch sehr gut, daß wir die Sache mit den lieben Meldorfern besprochen haben! Im Grunde genommen meinen es ja alle gut. Aber es ist schon besser, wenn jeder für sich wohnt! Das ist eine alte Weisheit, und in dieser Beziehung bilden eben auch unsere Elternpaare – trotz aller Liebe – keine Ausnahme! ...

Meldorf, Montag, 9.IV.1956 (Erika)
Wir erhielten vor einigen Tagen die Aufforderung zur Impfung, und heute war nun der große Tag! Ich ging schweren Herzens mit Peterle zur Knabenbürgerschule, dort war ein fürchterliches Geschrei, und ca. 20 Kinder waren vor uns. Nach der Untersuchung sagte der Arzt: „Das ist aber ein Prachtkerlchen", und wir mußten den kleinen Arm hinhalten. Ich konnte nicht zusehen, bis der Arzt sagte: „So, die Mutter hat es überstanden und der Junge auch." Peter war so tapfer und hat nicht geweint – ich konnte wirklich stolz auf ihn sein!

Santos, 11.IV.1956 (Hans)
Heute haben wir den ersten „gemütlichen Tag" seit Beginn dieser Reise. Kamen um 6.00 Uhr früh von Rio hier an, haben inzwischen einige Fässer Decksladung gelöscht und liegen z. Zt. auf der Reede vor Anker, da noch kein Platz für uns frei ist. Draußen regnet es seit Stunden in Strömen. Ich habe nach dem Mittagessen fein geschlafen, gut Abendbrot gegessen und fühle mich jetzt so richtig wohl! Einige ganz Verwegene sind mit dem Boot an Land gefahren, andere spielen in der Messe Skat, und der Rest schläft ...

Meldorf, 13.IV.1956 (Erika)
Gestern waren Wilhelm und Frau hier. Es war ein recht netter Abend, und ich habe dabei sogar noch ein Geschäft gemacht: Für 30,– DM habe ich Wilhelm den Kinderwagen verkauft. Hatte noch einen Käufer an der Hand, aber Hinrichs wollten ihn absolut haben und waren überglücklich, obgleich ich sie auf alle Mängel aufmerksam machte ... Bis jetzt geht es Peterle nach der Impfung gut, auf seinem Arm ist noch nichts weiter zu sehen. Wenn wir zu ihm sagen: „Wie machten denn die vielen kleinen Babys beim Impfen", dann legt er seinen Kopf auf meinen Schoß und weint (er tut natürlich nur so, das ist zu niedlich!). Jeden Tag gehen wir zu den Hühnern. Er zittert dann vor Freude, besonders, wenn der Hahn kräht! Er selbst sagt dann auch „KRKRKR", das klingt zu goldig! Er hat es so wichtig damit, daß er es jetzt bei jeder Gelegenheit anbringt. Vor einigen Tagen sagte ich zu ihm: „Wie macht Papas Schiff?" Die Antwort war natürlich „KRKRKR" – dabei lachte er so schelmisch, denn er weiß genau, daß es nicht stimmt! Nur schade, daß Du das nicht

„1000 Tonnen Kaffee!“ ... Hier die Entladung in Bremen

mit genießen kannst! Meine schönste Stunde ist die, wenn ich ihn von 6–8 Uhr morgens zu mir ins Bett nehmen kann, das mag ich zu gern ... Neben mir auf dem Herd kocht „mein Eisbein“! Peterle bekommt heute den ersten Spinat! Ich koche jeden Tag richtig, und es macht mir jetzt auch Spaß! ... Übrigens war ich heute zum ersten Male wieder leichtsinnig! Ich habe eine Flasche Sekt gekauft, die bis zu Deiner Rückkehr im Keller bleibt – und dann wollen wir sie ganz allein austrinken! *6.V. (Brake):* Gestern hatte Mama mich zu der Mozart-Oper „Don Giovanni“ eingeladen. Es war sehr schön! Schade nur, daß Du nicht dabei sein konntest.

Buenos Aires, 22.IV.1956 (Hans)
Stell' Dir vor: Kapitän Schürmann hat gestern die „Frauenliste“ für die Hamburg-Bremen-Rotterdam-Hamburg-Reise abgeschickt. Er hat von sich aus auch Deinen Namen mit aufgeschrieben! Ist das nicht wunderbar? Hoffentlich wird es nun auch von der Reederei genehmigt! Aber ich meine, in dieser Beziehung brauchen wir keine Bedenken zu haben. Du glaubst ja gar nicht, wie riesig ich mich darauf freue! *29.IV.:* Wir sind seit einigen Tagen fleißig beim Laden und werden voraussichtlich genau nach Fahrplan von hier abfahren! ... Wenn ich meinen „Papierkrieg“ eben auf dem laufenden habe, dann drücken die Tallyleute mir wieder einen Haufen Zettel in die Hand ... Nun zum Thema „Zähne“: Seit gestern habe ich ein neues „Eß-

besteck". Es sitzt alles viel besser als die „alte Garnitur", und mit dem Aussehen bin ich auch einigermaßen zufrieden ... War inzwischen eine Stunde an Deck. Wir laden Salzfelle (...) und Gefrierfleisch (- 12 Grad). Z. Zt. hat Herr Rodegerts Wache ... Unser neuer Schiffsarzt (ein älterer Herr) hat sich als Morphinist entpuppt! Er redete heute lauter irres Zeug, ähnlich wie damals Herr X. Schließlich kam es so weit, daß er völlig erregt bei mir auftauchte und allen Ernstes behauptete, „in seiner Kammer lägen zwei Leichen", was sich allerdings Gott sei Dank nicht bestätigte. Bei einer sofortigen Nachprüfung zusammen mit dem Kapitän stellten wir dann fest, daß sämtliches Morphium verschwunden war! Der Alte will ihn nicht mehr mitnehmen. Kann ich auch verstehen ... *Montevideo, 3.V.:* Haufen Jagerei und Unruhe. Werde heilfroh sein, wenn auf See wieder das geregelte Leben beginnt. Wir bekommen diese Reise sehr viel „Europa-Ladung" mit – allein 1000 t Kaffee! *Auf See, 17.V.:* Am Sonnabend früh sind wir in Las Palmas, und ich rechne damit, daß wir am 25. Mai in Hamburg ankommen werden. Ich schicke Dir von dort aus gleich ein Telegramm mit meiner Meldorfer Ankunftszeit! ... Und dann erst die Wiedersehensfeier mit einer Flasche Sekt! ... Habe gerade unsere Kühlluken kontrolliert. Dort sind jetzt 10 Grad Kälte ... und draußen ist es im Moment 30 Grad warm! Du kannst Dir sicher vorstellen, welche „urplötzliche" Umstellung man dabei über sich ergehen lassen muß ... Kann im Moment kaum tippen, denn die Finger sind noch immer nicht so recht „warmgelaufen" ... In Hamburg muß ich mir wohl eine Taxe nehmen, denn ich habe so allerhand „Gewichte zu schleppen": Apfelsinen, Tomaten, Butter, Kaffee, Pfirsiche ...

Im Nu war diese „Ladung" in Hamburg, und Hans hatte alle Mühe, die vielen Kostbarkeiten unversehrt durch den Zoll und schließlich in den Zug zu bekommen. Da war die Entladung in Meldorf schon einfacher, denn seine Lieben erwarteten ihn freudestrahlend auf dem Bahnsteig und hatten einen Blockwagen mitgebracht. Selbst Peterle, der vor lauter Aufregung mit den Ärmchen wedelte, wollte unbedingt beim Schieben mithelfen! Nur zu schnell vergingen die glücklichen Meldorfer Tage, fast könnte man sagen Stunden.

Aber dann sollte für sie noch ein Traum in Erfüllung gehen: Die „Frauenliste" des Kapitäns war nämlich genehmigt worden, und so fuhren Erika und Hans denn nach Hamburg, um gemeinsam die Zwischenreise nach Rotterdam mitzumachen ... und das bei herrlichem, sommerlichem Wetter! Es wurde wieder ein unvergeßliches Erlebnis, und wenn Hans während seiner Wache auf der Brücke stand, war Erika meist mit ihm oben. Da außer ihr noch etliche Kollegenfrauen eine Einladung von der Reederei bekommen hatten, ergab sich auch mancher herzliche Kontakt unter den „Leidensgenossinnen".

Welcher Fortschritt im Vergleich zur „Versteckspiel-Hochzeitsreise" mit der SANTA INÉS von Bremen nach Hamburg – vor fast zwei Jahren! – Bei allem Streß genossen sie die gemeinsamen Tage in vollen Zügen, doch gar zu schnell hieß es in Hamburg wieder „Abschied nehmen"!

Antwerpen, 11.VI.1956:
Wie wunderbar war doch die gemeinsame Zeit! ... *12.VI.:* Leider kam ich gestern nicht weiter. Hatten am laufenden Band Regen, d. h. „Luken auf“ ... „Luken zu“. Heute ist das Wetter vorläufig besser, und wir hoffen, im Verlaufe der Nacht auslaufen zu können ... Was hat Peterlein wohl gesagt, als die liebe Mama endlich wieder da war? In Gedanken sehe ich direkt sein strahlendes Gesicht! 23.00 Uhr: Gleich sind wir beladen, und um 2.00 Uhr, auf meiner Wache ..., geht die Reise los. Werde jetzt laufend unterbrochen und kann mich einfach nicht sammeln.

Meldorf, 12.VI.1956 (Erika)
Peterle liegt schon im Bett und schläft. Sein Appetit ist enorm – das macht mir richtig Spaß! Heute hat er z. B. zum Abendessen eine Scheibe Graubrot mit Käse, eine Tasse Milch, ein Ei (Eigelb), eine Tomate und anschließend seine ganze Flasche mit Haferflocken verzehrt, ist das nicht großartig? Er spricht noch jeden Tag von „BABA“, besonders, wenn er den Luftballon sieht. Für die Blumen, welche wir gemeinsam von Rotterdam mitbrachten, kaufte ich gleich gestern größere Töpfe und habe die meisten Pflanzen umgetopft, nun können sie sich wenigstens richtig ausbreiten. Ich habe viel Freude daran ... *19.VI.:* Peterle hatte seit Donnerstag Fieber, morgens schon gleich 38 Grad, so daß am Sonnabend der Arzt kam. Er konnte aber nichts feststellen, ich mußte Peterle nur im Bett halten. Sonntag wurde sein Körper etwas bunt, jedoch gestern, als der Arzt wiederkam, war nichts mehr davon zu sehen, und heute ist er Gott sei Dank wieder fieberfrei. Was das nur mit ihm gewesen ist? Vielleicht eine Darmstörung, denn er hatte Durchfall und keinen Appetit.

Auf See, 16.VI.1956 (Hans)
Von Kapt. Schürmann soll ich Dich herzlich grüßen. Er erkundigte sich neulich eingehend nach Dir und besonders nach Peterle ... Heute prima Wetter. Als ich vorhin Wache hatte, mußte ich dauernd nach den Liegestühlen sehen und sah Dich in Gedanken dort liegen, wie neulich während der Rotterdam-Reise! Ach – es waren doch herrliche Tage – trotz aller Unruhe! ... *20.VI. (Äquator):* Von unserem Bordbetrieb gibt es eigentlich im Moment wenig zu berichten. Du kannst Dir den Tageslauf ja jetzt gut vorstellen: Kurz vor 11.00 Uhr werde ich geweckt, steige unter die Dusche, rasiere mich, ziehe mich an und gehe zum Essen. Dann habe ich von 12.00–16.00 Uhr Wache, die sehr schnell herumgeht, da ich laufend „die Sonne schießen“ muß u. a. m. Hinterher widme ich mich meinem Schreibladen und gehe zwischendurch zum Abendessen. Anschließend mache ich Fortsetzung bis 22.00 oder sogar 23.00 Uhr, um mich hinterher noch ein Stündchen „aufs Ohr zu legen“. Wenn ich dann gerade so schön eingeschlafen bin, klopft es an die Tür, und es wird gerufen: „Herr Constabel, es ist 1/2 12!“ „Begeistert“ springe ich aus der Koje, mache mich frisch, klemme mir die Thermosflasche und das von Herrn Bruns zubereitete Brot unter den Arm und gehe wieder nach oben. Dort gibt es z. Zt. wenig Abwechslung. Wir haben seit drei Tagen kein Schiff mehr gesehen. – Etwas hätte ich allerdings beinahe vergessen: die Presse! (Funk-Auszüge aus dem Hamburger Abendblatt). Wir haben ein stilles Übereinkommen mit unserem Funker, Herrn Schnur, getroffen, daß wir sie uns leise aus dem Funkraum holen. Er nimmt die

Am „Visurgis"-Stiftungsfest konnte er leider nicht teilnehmen . . . da hatte er schon den Äquator passiert . . .

Presse gegen 23.00 Uhr auf. Davon darf der „Alte" allerdings nichts wissen, denn er will stets alles zuerst lesen. Daher passierte es gestern mal wieder, daß Kapt. Schürmann nachts um 1.00 Uhr auf die Brücke kam, nachdem er mit den Passagieren gefeiert hatte, und mir freudestrahlend erzählte, daß Deutschland in Stockholm zwei Goldmedaillen gewonnen hätte. Na . . . wenn der wüßte! Übermorgen feiern die Visurgen ja ihr Stiftungsfest. Habe ihnen einen Gruß geschickt. *26.VI.:* Gestern abend war ich bei Krohns in Rio. Brauchte über zwei Stunden, um dorthin zu kommen. Erstmal mußte ich eine halbe Stunde Schlange stehen, bevor ich meinen Autobus bekam. Dabei habe ich nur über die Geduld der Brasilianer gestaunt. Sie standen in aller Ruhe einer hinter dem anderen, lasen dabei ihre Zeitung oder irgendwelche Romane und warteten, bis sie an der Reihe waren. Na, Du kannst Dir sicherlich vorstellen, wie ich „zornentbrannt" von einem Bein auf das andere gehüpft bin! Zwischendurch patroullierten dann noch Bettler die Reihen entlang und Händler, welche Kaugummi und ähnliche Scherze anboten. Schließlich bekam ich also meinen Autobus und bildete mir ein, es nun geschafft zu haben. Aber „Pustekuchen!" Die Autos fuhren in Fünferreihen und kamen einfach nicht von der Stelle! Es war zum Wimmern: zehn Meter fahren, bremsen, 50 Meter fahren, bremsen, ein Meter fahren, bremsen usw. usw. . . . Na, ich war jedenfalls kurz vor 21.00 Uhr dort . . . In Rio hat mich übrigens ein Brasilianer ganz schön übers Ohr gehauen: Er verkaufte mir besonders günstig eine wohlriechende CHANEL-Flasche, die er angeblich auf einem vor uns liegenden französischen Passagierdampfer erworben hatte. Aber leider stellte sich nachher heraus, daß es sich dabei um eine raffinierte Fälschung han-

Vogelschießen

delte. Doch als ich das feststellte, war der Kerl schon über alle Berge verschwunden ... Aber zu Deiner Beruhigung: Eine wirklich echte Flasche dieser Sorte liegt hier schon für Dich „auf Wartestellung!"

Meldorf, 30.VI.1956 (Erika)

Heute ist Dein Geburtstag. Wie gerne wäre ich jetzt bei Dir, um mit Dir zu feiern und einmal wieder von Herzen froh zu sein! ... Peterle und ich sind jetzt im Ankensweg, und das Wetter ist herrlich, so daß Peter heute zum erstenmal seinen südamerikanischen Anzug anziehen konnte. Er paßt ganz genau und sieht goldig aus. Ich erzählte ihm, daß Papa den Anzug mitgebracht hat, und nun sagt er immer „BABA" und zeigt auf den Anzug. Gesundheitlich geht es ihm wieder ganz gut. Morgen will ich aber doch einmal mit ihm zur Mütterberatung, es ist besser, ihn immer unter ärztlicher Kontrolle zu haben. *3.VII.:* Was sagst Du zu den Bildern – sind sie nicht allerliebst? Peter hatte soviel Spaß am Federballspiel, daß wir ihm alle, einschließlich Familie Mißfeldt, wohl eine ganze Stunde begeistert zusehen konnten! Heute war nun wieder ein ganz großer Tag für ihn: Vogelschießen! Ich hatte ihm dazu neue, weiße Stiefelchen und einen weißen Pulli mit „BABAS SCHIFF" darauf gekauft. Das sah ganz entzückend aus, und so zogen wir gleich morgens los zum Sportplatz. Da gab es ja sooo viel zu beobachten! Er war sehr aufgeregt und mußte alles sehen: die Musik, die vielen Kinder usw. usw. Im Ankensweg aßen wir dann zu Mittag, und um 14.00 Uhr zogen Mutter, Vater und wir zwei dann los, um den Umzug zu sehen. Peter saß im Wagen, den wir zur Feier des Tages mit Jasmin

Santos – Sao Paulo: „Am schönsten ist ja die Fahrt durch die Berge“

geschmückt hatten. Der Umzug war sehr hübsch, aber leider interessierte Peter sich mehr für die vielen Autos, denn er lief immer wieder zum „AUTO“, wie er jetzt so schön sagen kann. Anschließend gingen wir dann noch mit Mutter zum Tanz der Kleinen in die Reithalle. Peter war „mitten zwischen“, und ich mußte ihn immer wieder aus dem Gewühl herausfischen, damit er nicht „unter das Fußvolk“ geriet. Er war so ausgelassen, und als ich ihn eben ins Bett legte, klatschte er noch immer in die Hände, wie er es bei den Kindern gesehen hatte.

Montevideo, 3.VII.1956 (Hans)
Mein Geburtstag verlief ziemlich ruhig. Wir befanden uns gerade auf der Reise von Santos nach Montevideo, so daß natürlich von einer großen Feierei nicht die Rede sein konnte. Aber es gehört eben mal dazu, daß ein Geburtstag „begossen“ wird, und in dieser Beziehung lasse ich mich dann auch nicht lumpen. – Für die Offz.-Messe, die Küche sowie Boots- und Zimmermann habe ich eine Flasche Bier ausgegeben. Die Matrosen kriegten eine Flasche „Dujardin“, und abends haben wir dann noch in der Messe eine weitere Flasche davon geleert. Jedenfalls war es recht gemütlich, und wir haben einige nette gemeinsame Stunden verlebt. – Zur Feier des Tages bekam ich einen großen Teller mit Kuchen (eigentlich sollte ich eine Torte kriegen, aber man hatte vergessen, rechtzeitig Bescheid zu sagen). Außerdem gab es für mich „Sonntagsessen“ mit Champignons, Eiern und noch viel mehr ... Der Alte überreichte mir im Auftrage der Reederei eine Flasche „Asbach“, die bis Hamburg übergespart wird!) und eine Schachtel Zigaretten, die leider (!) schon aufgeraucht sind ... Das also war mein Geburtstag. Eigentlich muß 33 ja eine Glückszahl sein! ... In Santos hatten wir diesesmal den Feiertag „Peter und Paul“. Herr Roth schlug vor, gemeinsam nach Sao Paulo zu fahren. So machten wir uns denn vormittags um

10 Uhr auf den Weg. Es verlief alles sehr nett, und wir hatten viel Freude an dem Ausflug. Am schönsten ist ja die Fahrt durch die Berge. Ich habe zwei Postkarten davon gekauft, damit ich es Dir im August mal zeigen kann. In Sao Paulo selbst haben wir bestens und preiswert gegessen: am Spieß gebratenes Fleisch (churasko). Es schmeckte fabelhaft, besser als damals auf dem Hamburger Dom ... Das Lokal war blitzsauber und modernstens eingerichtet. Wir fuhren auch zum Vorort Butantan, wo wir das sehr interessante serotherapeutische Institut und die vielen Schlangen besichtigten ... Dort wird Serum gegen den Biß von Giftschlangen und Vogelspinnen gewonnen ... Mich haben die niedlichen Tierchen Gott sei Dank nicht gebissen ... Wir bedauerten nur immer wieder, daß unsere lieben Frauen nicht mit dabei sein konnten! ... *Buenos Aires, 8.VII.:* Wie kann ich mich jetzt ärgern, daß wir z. Zt. nicht in Hamburg sind! Solch ein faules Leben, wie während der letzten Tage, habe ich während meiner ganzen HAMBURG-SÜD-Zeit noch nicht gehabt! Stelle Dir bitte vor: Am Donnerstag Streik, am Freitag Streik, es wurde nur Gepäck gelöscht, am Sonnabend wurde nicht gearbeitet, am heutigen Sonntag ebenfalls nicht und morgen (großer argentinischer Feiertag) auch nicht! Ist das nicht doll? Da muß man dem Schiff auch mal für einige Stunden den Rücken zudrehen, sonst kriegt man auf die Dauer einen „Bordfimmel". Vorgestern abend war ich zusammen mit einigen Kollegen im Kino. Wir sahen den „Canaris"-Film in deutscher Sprache. Hat mir ausgezeichnet gefallen und war sehr billig, nach unserem Geld 60 Pfennige.

Meldorf, 12.VII.1956 (Erika)
Du bist doch tatsächlich mein bester Arzt! Hast meine Hauterkrankung richtig erkannt. Sie ist durch Zusammenwirken von Sonne und Strümpfen entstanden, der Arzt ist jetzt der gleichen Meinung. Nur schade, daß er diesen „Perlon-Sonnenbrand" nicht früher erkannt hat. Anscheinend hat er mir vorgestern auch endlich die erste richtige Spritze dagegen gegeben, denn jetzt scheint es besser zu werden, nachdem er fast fünf Wochen an mir herumexperimentiert hat. In der letzten Woche war es so schlimm, daß ich keine Nacht vor 5 oder 6 Uhr morgens schlafen konnte ... Beim Lesen Deines Rio-Briefes erzählte ich Peterle so zwischendurch: „Bald kommt unser lieber Papa mit dem Tut-Zug und bringt dir einen Ball und einen Hut mit." Da habe ich eine große Dummheit gemacht, denn jetzt sagt er bei *jedem* Zug „BABA TUTTUT BALLA".

Buenos Aires, 14.VII.1956 (Hans)
War mit Planitzens zum „Catchen". Es dauerte von 22—24 Uhr. Na, das hättest Du sehen sollen! Es waren alle möglichen Rassen und Nationen vertreten. Jeder Kampf dauerte 15 Minuten, endete jedoch oft schon vorher dadurch, daß einer der Gegner „erledigt" war! Also, sowas habe ich noch nicht erlebt! Außer Boxen mit der Faust war praktisch alles erlaubt. Die Kerle gingen wie die Wilden aufeinander los, sprangen sich im wahrsten Sinne des Wortes gegenseitig in den Leib oder an den Kopf, rissen sich die Haare aus, bissen sich usw. usw. – Zweimal gingen sie sogar gemeinsam auf den Schiedsrichter los, der dann auch fleißig um sich schlug. Einige schmissen sich auch gegenseitig vom Ring – die Bühne war immerhin mindestens 1 ½ Meter hoch! Also wirklich doll, kann ich Dir sagen! Und dann erst das Publikum!

Es war ein Gejohle und Gepfeife . . . Die „Luna-Halle“ faßt über 20 000 Personen. Es war zwar nicht alles besetzt, aber gerade voll genug!

Meldorf, 5.VIII.1956 (Erika)
Durch die ganze Aufregung mit der neuen Hamburger Wohnung, Umzug usw. kam ich einfach nicht zum Schreiben! . . . Was wirst Du wohl zu allem sagen, hoffentlich bist Du nicht enttäuscht, das ist meine größte Sorge . . . Es wurde mir sehr, sehr schwer, alles allein entscheiden zu müssen. Die Wohnung besteht aus zwei großen und einem kleinen Zimmer, Küche mit Kühlschrank und Gasherd sowie Kachelbad. Die Lage der Wohnung ist wunderbar, gleich am Stadtparkrand, den wir von unserem Balkon aus sehen können. Das wirst Du ja sicher alles schon von Herrn Roth wissen (II. Ing.), denn seine Frau hat uns diese Wohnung besorgt. Ist das nicht rührend? . . . Wir lernten uns ja während der Rotterdam-Zwischenreise kennen und unterhielten uns lange über unsere Probleme. Am Sonntag erhielt ich ihren Eilbrief, Montag rief ich gleich in Hamburg an, Mittwoch fuhr ich hin, besah mir die Wohnung und war dann von 12—17 Uhr bei Frau Roth, die mich sehr herzlich aufnahm. Am Montag wollte ich umziehen, es wurde jedoch schon Sonnabend, da die Speditionsfirma ganz plötzlich am Sonnabend um 10 Uhr anrief, daß der Möbelwagen schon um 14 Uhr kommen könnte. Das war eine Aufregung, denn ich mußte noch viel packen und tun, aber dank der guten Mithilfe von Frau Swisnik schaffte ich es. Sie fuhr dann, wie ich auch, mit dem Möbelwagen nach Hamburg und half dort auch noch fleißig – das war eine große Erleichterung. – Der Umzug kostete 270,– DM (ich hatte mir die günstigste Firma ausgesucht). 15,– DM gab ich den drei Packern, und 50,– DM hatte Frau Swisnik sich verdient. Aber ich konnte es wirklich nicht alles allein schaffen. – Jetzt bin ich schon wieder drei Tage in Meldorf, um Peterle zu holen. Morgen fahre ich mit Dietlinde nach Hamburg.

Über die dann folgenden Tage der „Inbesitznahme der neuen Wohnung“ sowie über die damit verbundenen „Problemchen“ hat Hans später einmal die nachfolgende Niederschrift veröffentlicht.

(Quellenverzeichnis 5): „Endlich war der Tag gekommen, an dem ich alles erstmals in Augenschein nehmen sollte. Erika empfing mich bereits freudestrahlend im Hamburger Hafen mit unserem lütten Peter auf dem Arm. Schließlich konnten wir uns per Taxe (beladen wie stets mit Apfelsinen, Fleisch, Butter, Bananen, Kaffee und anderen, damals noch raren Mitbringseln) zu unserer neuen, in Hamburg-Winterhude gelegenen Wohnung in Bewegung setzen. Mein Frauchen hatte alles liebevoll eingerichtet und geschmückt. Natürlich brannte sie voller Stolz darauf, mir endlich unsere neue Wohnung zeigen zu können. Aber dann gab es eine völlig unerwartete Schwierigkeit: Als wir die Haustür aufgeschlossen hatten, mußten wir feststellen, daß die Kette von innen vorgelegt war . . . Schließlich erschien der sich gerade allein im Haus befindliche, bereits sehr senile Vater des Hausbesitzers und schaute, ohne zu öffnen, neugierig heraus. Wir sagten freundlich: ‚Guten Tag, würden Sie bitte öffnen? Wir sind doch die neuen Mieter!‘ Aber er sah uns nur freundlich-lächelnd an und schüttelte den Kopf. ‚Nein, heute nicht – morgen‘, meinte er dann. Und

schon war er wieder verschwunden! Was sollten wir nur tun? Gott sei Dank hatten hilfsbereite Nachbarn den Vorgang mitbekommen und liehen uns postwendend eine lange Leiter. So gelangte Hans schließlich, zur großen Enttäuschung seiner Erika, wie ein Einbrecher durch das offenstehende Fenster des einzigen noch nicht eingerichteten Zimmers in das neue Heim. Begleitet wurde seine ‚Operation' durch das laute Gekläffe der angriffslustigen Boxerhündin sowie durch das ungeduldige Geschrei von Peterle. Aber letztendlich konnte diese Situation die glückliche Inbesitznahme unseres echten Paradieses nicht beeinträchtigen. Wie reich fühlten wir uns jetzt! ... Und endlich konnten wir während der kurzen Hafenliegezeiten etwas mehr beisammen sein!"
Dennoch waren die schönen Hamburger Tage wie im Traum verflogen, und Hans befand sich mit der CAP BLANCO erneut auf Ausreisekurs.

Hamburg, 2.IX.1956 (Erika)
Peterle und mir geht es bestens, soweit dies ohne Dich möglich ist. Wir waren heute wieder im Planschbecken. Es war herrliches Sommerwetter, und Peterle hat sich dort im Sand ordentlich mit den anderen Kindern ausgetobt! Hier hat sich in der Zwischenzeit schon viel ereignet, so daß ich kaum zur Besinnung kam. Wurden zu Kliches (Hausbesitzer) zum Kaffee eingeladen, Frau Roth, welche alles so schnell vermittelt hatte, und ihre Mutter waren auch dort. Es war sehr nett, anschließend kamen sie alle zu uns ... Kaufte auch die Schlafzimmerlampe, die mir der Elektriker gleich anbrachte. Am Mittwoch wurde das Schlafzimmer gebracht. Es sieht wirklich fabelhaft aus, ich bin restlos begeistert. Eingeweiht habe ich es allerdings noch nicht, da ich erst alles einräumen will. Gestern habe ich auch ganz hübsche Gardinen für die Küche gekauft – ja, ich glaube, es wird ganz wunderhübsch in unserem Heim! ... Habe nochmals herzlichen Dank für die schönen Tage, für all Deine Liebe und Fürsorge! ... *7.IX.:* Ich bedaure jeden Tag, daß Du unser schönes Heim nicht mit uns genießen kannst! Jetzt macht mir die Hausfrauenarbeit auch direkt Spaß, welch ein Wunder, nicht wahr? Habe schon neue Übergardinen für die Küche genäht mit zwei passenden Kissen dazu, das sieht sehr nett aus. Den Vorhang im Korridor habe ich auch schon befestigt, ebenfalls die Gardinen im Schlafzimmer. So sieht alles wieder ganz anders aus ... Gestern war für Peterle wieder ein ganz großer Tag – er durfte Laterne laufen! So gegen 19.00 Uhr gingen wir los, Frau Kliche mit Hund und der große Peter Kliche kamen mit in den Stadtpark. Es war ein entzückendes Bild, Peterle im Sportwagen mit der Laterne in der Hand, dazu seine strahlenden Augen. Mitten im Wald trafen wir eine große Kinderschar mit Laternen, der wir uns anschlossen. Das war ja was! Heute spricht Peter immer noch von „Laterne" und „Licht". Ich unterhielt mich mit ihm darüber, was Papa wohl für ihn mitbringt. Ich zählte einiges auf: „Vielleicht ein Auto oder ein Pferd oder ein kleines Schiff". Ja, ein Schiff, das soll es sein, lieber Papa! Er ist jetzt schon ganz aufgeregt und läuft immer zur Badewanne, denn darin könnte er es ja schwimmen lassen. – Übrigens: Die letzte Fahrt von Bord war einfach schrecklich. Peterle wollte seinen Papa ja so gerne mitnehmen, er sagte während der ganzen Tour: „Papa Auto!" und rief dann wieder ganz laut: „Papa". Der Taxifahrer amüsierte sich köstlich darüber, aber mir standen die Tränen in den Augen, denn er sprach mir ja aus dem Herzen!

Auf See, 4.IX.1956 (Hans)
Vor zehn Tagen saßet Ihr zwei noch in meiner Kammer, und Peterle machte sich ein Vergnügen daraus, sämtliche Kalenderblätter „abzurupfen". Wie schön war es doch, daß Ihr mich vor der Abreise nochmals besuchen konntet! – In Bremen hatte ich kurz Besuch von Franz Renner. Er fährt auf einem Tanker und hatte einige Tage Urlaub. Auch in Antwerpen bekam ich Besuch, und zwar von Hannes Ohlrogge (beides Elsflether Seefahrtschulkameraden). Auch er fährt auf einem Tanker als I. Offz., aber sie machen sehr lange Reisen. Da ist es schon besser, wenn ich vorläufig auf den dritten Ärmelstreifen verzichte. Hannes und Franz hatten meine Adresse aus der neuen VISURGIS-Zeitung, die inzwischen sicher auch bei uns eingetroffen ist. Soll Dich recht schön grüßen! ... *Montevideo, 22.IX., 1.00 Uhr:* Hatten während der Reise von Santos nach hier recht schlechtes Wetter. Es regnete den ganzen Tag in Strömen, war recht stürmisch und blitzte und donnerte stundenlang. In meiner Kammer gab es wieder allerhand Scherben: Ein Aschenbecher sowie der Agapanthus-Übertopf mußten dran glauben. – Von dem Gepolter wurde ich wach, stürzte aus der Koje und trat mir zu allem Überfluß noch eine Heftzwecke in den Fuß ... Ich glaube, Du hättest laut gelacht, wenn Du das gesehen hättest ... falls Dir nicht vor lauter Seekrankheit der Spaß am Lachen vergangen wäre ... Erhielt zu meiner großen Freude Deinen lb. Brief Nr. 4. Herzlichen Dank! Nun ist die Treppe also auch schon gemacht, und wahrscheinlich werden wir sogar schon Telefon haben! Wie fein hast Du das alles zurechtbekommen. Alle Achtung! Schade, daß ich die ersten, im eigenen Backofen gebackenen Kuchen nicht probieren konnte. Prima! Habe schon fünf kg Zucker in Santos bestellt und werde von B'Aires noch zwei Dosen Schmalz mitbringen! ... Dann haben wir fast alle Zutaten für Schmalznüsse beisammen ...

Brake, 24.IX.1956 (Erika)
Vor drei Tagen kamen „mein Schwesterlein Hildi" sowie Peter und ich hier an. Mit dem Wetter haben wir ganz großes Glück, es war bisher nur Sonnenschein. Die Reise verlief bestens, und Peterle war sehr, sehr artig! Er ist hier Anziehungspunkt für alle Kinder, jetzt sind auch wieder zehn oder zwölf Spielkameraden um ihn herum. Mama und Papa sind ganz begeistert von ihm, aber das ist ja auch kein Wunder. Im Sprechen hat er große Fortschritte gemacht, er plappert alles nach. Ich bin manchmal richtig erstaunt darüber. – Gestern war ich in Elsfleth, habe dort sehr viele Bekannte getroffen und war anschließend zwei Stunden bei Irma. Siegfried hat mit seiner Reederei kein gutes Los gezogen und ist schon über drei Monate nicht zu Hause gewesen ... Peterle machte heute seine erste Radtour. Mama bekam extra für ihn ein kleines Körbchen geliehen, da saß er ganz still drin. – Zu meiner großen Freude fand ich hier auf dem Boden noch einen kleinen Tisch, den wir gut für unser Telefon gebrauchen können. Papa sägte die Beine etwas ab, und nun sieht er recht nett aus. Morgen will ich ihn als Frachtgut von hier abschicken.

Montevideo, 3.X.1956, 23.00 Uhr (Hans)
Wieder auf der Heimreise! Sollen auch noch einen Tag in Paranagua laden, aber dafür fahren wir nicht nach Bahia. Nach meiner Rechnung werden wir spätestens am

28. in Hamburg sein, wahrscheinlich schon am 27.! . . . Alle Tage sind mit genügend Arbeit ausgefüllt, und das ist auch gut so. – Papa bringt Dir ein kleines Schiff mit, lieber Peter, womit Du dann immer schön in der Badewanne spielen kannst! Fein, nicht? . . . Es ist nun Mitternacht. Hatte eben allerhand an Deck zu tun. Sei bitte nicht böse, wenn ich jetzt schließe, muß morgen früh um 6 Uhr wieder aufstehen. *Paranagua, 9.X., 1.00 Uhr früh:* Heute werden wir hier in Paranagua laden, liegen jetzt draußen vor Anker . . . Hoffentlich kommen wir tagsüber in Hamburg an, denn es wäre doch zu schön, wenn Ihr zwei mich auch diesesmal abholen könntet! . . . Jetzt hat Papa Dein Schiff schon auf dem Schreibtisch stehen, mein lieber Peter. Es ist ganz toll, sogar mit einer richtigen Schraube zum Aufziehen. Hoffe nur, daß alles heil bleibt, bis wir zu Hause sind. Jeder, der in meine Kammer kommt, muß damit herumspielen . . . Wir Männer sind doch wie die Kinder, nicht wahr? *Auf See, 11.X.:* Leider haben wir durch den Aufenthalt in Paranagua sehr viel Zeit verloren. Es regnete fast ununterbrochen, und wir benötigten ganze zwei Tage, um ein paar kümmerliche Kaffeesäcke zu laden . . . Bei gutem Wetter hätten wir das in zwei Stunden schaffen können!

Hamburg, 14.X.1956 (Erika)
Hoffentlich kommst Du am Tage, damit wir Dich abholen können. Das war doch zu schön. Vielleicht kannst Du vorher einmal über Norddeich anrufen, denn seit vorgestern haben wir nun endlich unseren Anschluß: 51 92 34. Prima, nicht? . . . Vor zwei Tagen waren Mutter und Vater aus Meldorf hier, und wir hatten wirklich einen herrlichen Tag zusammen! Ich freue mich immer wieder darüber, daß das Verhältnis jetzt so prima ist und sie von allem begeistert sind! . . . Peterle ist etwas erkältet, aber sonst geht es ihm gut. Habe in Elsfleth für ihn auf dem Strickapparat von Böhms einen Pullover gestrickt. Das ging ganz prima, und der Spaß kostet nur 4,– DM. Ja, lieber Hans, ich bin jetzt sehr sparsam geworden.

Auf See, 21.X.1956 (Hans)
Gestern hatten wir zu Beginn meiner Nachtwache ein schönes Erlebnis, welches sich, trotz der späten Stunde, kaum einer von den Passagieren und der Besatzung entgehen ließ: Wir passierten die SANTA ELENA! Wußten ja vorher ihre ungefähre Position, und nachdem wir uns im Radargerät erkannt hatten, liefen wir genau aufeinander zu. Als wir endlich nahe genug aneinander herangekommen waren, schalteten beide Schiffe ihre Schornsteinbeleuchtung ein, bis sie schließlich einander passierten, wobei sie, der Reedereitradition entsprechend, illuminiert wurden: vorne blau (Merkregel = auf der Back steht der Zimmermann blau am Ankerspill . . . was natürlich ein dummer Schnack ist, Schiffsmitte rot, wie die Reedereifarbe unseres Schornsteins, und achtern grün, wie die Zoll-Lampe) . . . Natürlich tauschten wir auch die üblichen Begrüßungssignale, drei lange Töne, aus, und es wurde von beiden Seiten mit allen möglichen Tüchern fleißig gewunken. Währenddessen war weit und breit sonst kein Schiff zu entdecken! Selbstverständlich nahmen wir auch die Gelegenheit wahr, um dienstlich, aber auch persönlich, miteinander zu telefonieren. Alle waren Feuer und Flamme! Solche Begegnungen, mitten auf dem Atlantik, sind immer wieder beeindruckend! Also wir werden am Dienstag früh in Las

Palmas eintreffen. Bei günstigen Wetterbedingungen können wir am kommenden Sonntag gegen Mittag bzw. am frühen Nachmittag in Hamburg sein! Die Hauptsache ist natürlich, daß wir keinen Nebel bzw. Sturm bekommen. Leider kann man in dieser Jahreszeit ja keine genaue Wetterprognose machen. Hoffen wir also, daß das Glück uns hold ist! Wenn Du am Freitag bzw. Sonnabend genau den Wetterbericht verfolgst, kannst Du Dir vielleicht schon selbst ein Bild vom „Stand der Dinge“ machen ... Sobald das Schiff fest ist, werde ich Dich anrufen! Wenn Ihr Euch dann gleich eine Taxe nehmt, seid Ihr ja schnell da. Ich glaube, diese Lösung ist am besten. Es hat keinen Zweck, wenn Ihr in dieser Jahreszeit lange draußen auf die Ankunft des Schiffes wartet. Außerdem habe ich so bis zu Eurem Eintreffen sämtliche Stauer, Besichtiger, Inspektoren usw. „abgewimmelt“... Sollten wir außergewöhnliche Verspätung haben, dann werde ich Dich von See aus „kurz und sachlich“, wenn es auch schwerfällt, anrufen, damit Dir die unangenehme Warterei erspart bleibt ... Was ich noch sagen wollte: Ich habe es jetzt tatsächlich geschafft, mir (mal wieder ...) das Rauchen abzugewöhnen! Habe vorher extra nichts von meinen diesbezüglichen „Kämpfen“ geschrieben, da ich Dich mit Tatsachen überraschen wollte! Seit zehn Tagen habe ich keine Zigarette mehr geraucht und bin jetzt wirklich „über den Berg“. Was sagst Du nun? Ich bin diesesmal gewillt, auf keinen Fall wieder anzufangen ... Wenn ich nämlich „nur eine“ am Tag rauchen will, dann werden daraus nachher doch wieder 20–40 Stück ... In einer Weise tut es mir sehr leid wegen unserer gemütlichen „Zigarettenabende“, aber meinetwegen kannst Du gerne mal eine schmöken. Ich werde dann lieber etwas mehr „Gin-Tonic“ trinken ...

Es folgten ein paar gemeinsame, glückliche Tage in Hamburg, teilweise in der eigenen Wohnung und teilweise im Hafen an Bord der BLANCO ... Und im Handumdrehen war das stolze Schiff wieder in Antwerpen! ...

Antwerpen, 15.XI.1956, 20.00 Uhr (Hans)
Vor zwei Tagen hatten wir gerade Abschied genommen – bewußt „sehr nüchtern“, aber es war wohl doch richtiger so. Ich wagte gar nicht, Dir nachzuschauen, und als ich es dann doch nicht lassen konnte, da drehtest Du Dich gerade wieder um ... Also war es Dir ebenso ergangen! ... Aber wir wollen nicht klagen, sondern die Ohren steif halten ... *Auf See, 19.XI.:* Unser Dampfer schaukelt mal wieder wie verrückt. Ich muß laufend in meiner Kammer für Ordnung sorgen, weil dauernd etwas herunterfällt. Als ich heute früh von Wache kam, sah es aus, als ob Peterle hier „für Ordnung gesorgt hätte.“ Angeblich soll am 1. Januar unser neuer Haustarif in Kraft treten, worin gerade die Ladungsoffiziere besonders gut abschneiden. Das wäre ja eine feine Sache! ... Wie war es denn bei Oma und Opa Brake, lieber Peter? Hast Du wieder die Hühner gefüttert? ... Nun kommt ja bald der Weihnachtsmann. Sicher werdet Ihr auch eine Einladung von der HAMBURG-SÜD bekommen. Wie ich hörte, soll es immer sehr nett sein!

Brake, 16.XI.1956 (Erika)
Habe gerade einen ganz kleinen Schwips, Mama hat mir eine Kostprobe aus ihrem Rumtopf gegeben, das ist gut gegen meine Erkältung ... Wie schön, daß ich in Bre-

men noch einmal bei Dir sein konnte, wenn wir uns auch wegen unserer Erkältungen beide sehr elend fühlten. In Bremen auf dem Bahnhof traf ich eine Frau mit zwei kleinen Kindern, die aus der Ostzone geflüchtet waren, jetzt aus einem Flüchtlingslager kamen und zu ihrem Mann und Papa ins Rheinland wollten. Ein kleiner Koffer enthielt all ihr Gepäck. Wie schrecklich war dieses Bild des Elends! Wie leid taten mir die Kinder, die übermüdet und kränklich aussahen. Was war dagegen mein Trennungsschmerz! Ich dachte nachher immer nur, wie gut wir es doch haben und wie glücklich wir sein können! In Kirchhammelwarden holte Papa mich ab, und dann mußte ich erstmal erzählen. Peterle war während meiner Abwesenheit sehr artig, und alle sind erstaunt, wie schlau das kleine Kerlchen ist. Vorgestern wollte ich nach Huelva schreiben, aber leider ist im Plan keine Agentur angegeben ... Höchstwahrscheinlich fahren wir am Montag wieder nach Hamburg, und Weihnachten fahre ich mit Peterle nach Meldorf, das habe ich mit Oma abgemacht, sie freute sich sehr darüber! – Wie schön waren doch die Tage mit Dir in Hamburg! Wir wollen davon bis Januar zehren, und dann ist wieder nur alles *Sonnenschein*! *Hamburg, 22.XI.:* Jetzt ist Peterle leider an der Reihe mit Erkältung. Ich habe ihn wohl angesteckt. Er weint und jault Tag und Nacht und ist sich selbst richtig zur Last. Jetzt sitzt er auf meinem Schoß, und ich muß ihm zwischendurch Geschichten erzählen. „Papa heilemachen" sagt er immer und zeigt auf sein vollkommen zertrümmertes Auto ... Und es geht mir immer durch und durch, wenn er sagt: „Papa gleich wieder!" In Brake hat er sich übrigens am letzten Tag noch ein Ding geleistet, die Fortsetzung Deiner „Chanel-Geschichte"! Ich hatte ihn zum Mittagsschlaf hingelegt, und nach etwa einer Stunde hörte Opa, daß er sich etwas erzählte, und er ging zu ihm. Eine fürchterliche Parfümwolke schlug ihm entgegen, Peter saß mit der leeren „Chanel"-Flasche im Bett – den Inhalt hatte er in die Kissen geschüttet. Was sagst Du nur zu Deinem Sohn? Er hatte sich die „Chanel-Flasche" aus meinem Koffer vom Tisch geholt, ich war nur froh, daß er nichts von dem Zeug getrunken hatte. Noch am nächsten Tag stank die ganze Wohnung nach Chanel. *25.XI.:* Peterle spielt gerade neben mir mit seinem neuen Flugzeug, welches er von Uroma hat. Das war gestern zu niedlich im Spielwarengeschäft! Man zeigte ihm hundert verschiedene Sachen, bis seine Wahl nach einer halben Stunde endlich auf ein Flugzeug fiel. Glückstrahlend zogen wir damit ab, aber – keine zehn Schritte, da sagte der Prinz weinend: „Peter nein Flugzeug, lieber Tut-Zug!" Da hatten wir die Bescherung! Eben zitterte er vor Freude, weil er es fertigbrachte, die Räder vom Flugzeug abzureißen. Er ist eben ein richtiger Jung! – Gestern bekamen wir von der HAMBURG-SÜD eine Einladung für „Peterchens Mondfahrt". Die Veranstaltung findet im Theater am Besenbinderhof statt – in der Nähe des Hauptbahnhofs. Nach der Vorstellung soll der Weihnachtsmann den Kindern noch eine kleine Freude bereiten. Das wird ja was für Peterle und auch für mich, denn ich sehe so etwas auch zu gern. Mit dem Weihnachtsmann hat Peter es schon ganz wichtig. Wenn ich ihm davon erzähle, ist er richtig aufgeregt! ... Vor einigen Tagen war ich auf der CAP VILLANO! Was sagst Du dazu? Frech, nicht wahr? Was ich dort wollte? Ich wollte den II. Offizier sprechen, den sie auf dem ganzen Schiff suchen mußten. Im Eiltempo erschien er dann, es war Herr Ressel, Du kennst ihn ja auch. Er war sehr nett und hat meine Bitte erfüllt. – Weiter will ich aber nichts schreiben, denn es hängt eine kleine Überraschung damit zusammen. *10.XII.:* Zu Tränen gerührt war ich vor einigen Tagen, als Peterle abends vor dem Schlafengehen ans Telefon ging, eine Nummer wählte, den Hörer abnahm und dann *„Dute Nacht Papa"* sagte. Schade, daß Du es nicht gehört hast, es war wirklich allerliebst! Seitdem sagt er Dir nun abends immer *„Dute Nacht"*, deswegen schläfst Du jetzt auch immer so gut, lieber Papa! Vorhin haben Peter und ich einen Stadtbummel gemacht. Das war aber auch im wahrsten Sinne des Wortes ein Bummel! Vor jedem Schaufenster blieb er stehen und bewunderte die schönen Sachen. Er war so aufgeregt und wollte alles haben. Seine Augen leuchteten wie zwei Sterne, es war einfach zu niedlich! Schade, daß Du diese Vorweihnachtszeit nicht mit genießen kannst. Durch Peterle wird man fast selber wieder ein Kind und fühlt sich in ein Märchenland versetzt, wenn man mit ihm so durch die wunderhübsch weihnachtlich geschmückten und in allen Farben beleuchteten Straßen geht. So herrscht bei uns schon richtig Weihnachtsstimmung! Vorgestern waren wir bei Karstadt in der Spielwarenabteilung. War das ein Erlebnis! Peter war dort nicht loszueisen, was ja auch zu verstehen ist. Ich kaufe ihm zu Weihnachten (heimlich) eine Eisenbahn mit Schienen, was ja sein größter Wunsch ist, und zum Geburtstag einen Motorradfahrer ... Morgen oder übermorgen will ich zum Frauenarzt, um mich untersuchen zu lassen, damit ich die Gewißheit habe, daß soweit alles in Ordnung ist und Peterle im August ein Schwesterchen (?) bekommt, was ja unser sehnlichster Wunsch war! Was sagt Du nun, mein Schatz? Wäre das nicht eine große Freude? *15.XII:* Am Mittwoch waren wir bei der Weihnachtsaufführung. Es war wunderbar, und Peterle war so artig und goldig, daß ich verschiedentlich nach seinem Alter gefragt wurde. Herr Oetker war auch dort. Er gefällt mir sehr gut und hat auch sehr nett gesprochen. Anschließend ging ich dann noch mit Peter zum Weihnachtsmann – er wollte ihm doch zu gerne die Hand geben! Das war, glaube ich, bisher sein größtes Erlebnis! Ich konnte das aus seinen Augen ablesen und werde diesen Gesichtsausdruck nie vergessen! – Vor einigen Tagen ist Opa Kliche verstorben. Morgen ist die Beerdigung. Ich habe einen Kranz bestellt. Sie machen sich Vorhaltungen, daß sie ihn aus dem Haus gaben, aber wer konnte das ahnen!

Buenos Aires, 14.XII.1956 (Hans)
Nun dürfen wir also wirklich hoffen, daß unser Peterle ein Schwesterchen (?) bekommt. Und wenn wir bedenken, wieviel Freude uns unser lieber kleiner Prinz bereitet, dann haben wir mehr als Grund genug, uns auf die kleine Prinzessin zu freuen! ... Das wird unser Glück nur noch vollkommener machen! Die Hauptsache ist nun erstmal Deine Gesundheit, liebste Erika! Pflege Dich bitte, so gut es nur geht. Ich finde es sehr vernünftig, daß Du zum Arzt gehen willst! – Nun ist der alte Herr Kliche also gestorben. Ich werde von hier aus an sie schreiben. In mancher Beziehung ist es wohl für ihn und auch für die Angehörigen gut, daß es so gekommen ist. – Man sollte ja eigentlich nicht im gleichen Atemzug darüber nachdenken, aber ich mache mir nun Gedanken wegen unserer Wohnung. Das Wohnungsamt wird sich auf jeden Fall sehen lassen, und da könnten Schwierigkeiten auftreten. Falls Du etwas darüber hörst, schreibe es bitte sofort! Na, hoffentlich wird sich alles zurechtlaufen! ... *B.A. 16.XII.:* Heute hatten wir einen ganz ruhigen Tag.

Der Spaziergang in B'Aires (hier Fahrt mit dem „Ochsenkarren")

Es wurde nicht geladen (Sonntag), so daß man endlich mal schön ausschlafen konnte. Gestern abend spielten wir mit sechs Mann einen gemütlichen Skat. Ich habe sogar dabei 80 Pfennige gewonnen ... Gleich wollen Rodegerts, der Doktor und ich einen kleinen Spaziergang machen. Der Doktor ist übrigens ein wunderbarer Mensch. Er hat in Hamburg-Harvestehude eine große Praxis, und wir könnten sicher sein, daß wir bei ihm ganz erstklassig behandelt würden! *B.A. 21.XII.:* Leider sind wir auch heute noch in Buenos Aires und werden auch nicht vor morgen hier wegkommen. Gestern verunglückte bei uns an Bord ein Arbeiter tödlich. Er war zwischen die MC-Gregor-Lukendeckel und das Deckshaus geraten und zerquetscht worden. Nachher hoben ein paar Arbeitskollegen seinen Leichnam auf einen Lkw und fuhren mit ihm ab. Das alles war natürlich recht aufregend – und dann folgte noch die polizeiliche Vernehmung. Wir sind nur froh, daß uns keine Schuld an diesem tragischen Unglücksfall traf! Danach wurde gestern die Arbeit eingestellt. – Heute Feiertag („Tag der Stauer"). Hoffentlich haben wir morgen trockenes Wetter, damit wir noch bis zum Weihnachtsabend von Montevideo wegkommen!

Meldorf, 30.XII.1956 (Erika)
Ich hatte Deinen lb. Weihnachtsbrief schon am 23. gelesen, denn ich wollte doch am Weihnachtsabend bei all' dem Besuch ganz tapfer sein. Das gelang mir dann auch, bis Vater seine Tischrede hielt und sagte: „Leider fehlt heute einer in unserer Runde" ... Wie schön ist es doch, daß Du schon bald wieder Las Palmas erreicht

hast! Und dann dauert es nur noch einige Tage bis zu unserem glücklichen Wiedersehen! *Hamburg, 24.XI.:* Brief in einem Paket, welches Erika „via CAP VILLANO" nachschickte: Dieses ist ein kleiner Weihnachtsgruß für unseren lieben Papa, der ja leider in diesem Jahr nicht bei uns sein kann. Der Weihnachtsbaum soll Dir in der Ferne ein Stück Heimat sein, mein liebster Hans, er soll Dir sagen, wie lieb wir Dich haben und wie sehr wir uns nach Dir sehnen! Hoffentlich verlebst Du das Fest nett, und der Gedanke an unser baldiges Wiedersehen soll unser schönstes Weihnachtsgeschenk sein, findest Du nicht auch? Von ganzem Herzen hoffe ich, daß Dich diese Grüße noch rechtzeitig erreichen, denn sie sollen Dir doch am Weihnachtstag eine kleine Freude bereiten! Die herzlichsten Weihnachtsgrüße und -küsse!

Santos, 27.XII.1956 (Hans)
Welche Freude, als ich heute früh bei unserer Ankunft Dein liebes Paket erhielt! Herzlichen Dank! Der Vielfarbstift ist prima, die Visitenkarten kann ich gut gebrauchen, und die Süßigkeiten haben mir bestens geschmeckt! Das Licht habe ich eben gerade angezündet. Es ist ein Gruß von Euch, Ihr Lieben! Der niedliche Tannenbaum steht auf der Fensterbank und duftet nach frischem Tannengrün. Am Altjahrsabend möchte ich ihn in Gedanken an Euch anzünden! – Als bei Euch schon Bescherung war, wurde hier an Bord in Montevideo noch tüchtig geladen. Wir liefen um 19.00 Uhr aus, das war bei Euch 23.00 Uhr. Zum Feiern kaum Zeit, aber es gab einen „Bunten Teller". Am 1. Weihnachtstag hielt der Alte eine Ansprache, und es wurde gut gegessen. Auch eine kleine Bescherung wurde veranstaltet. Ich gewann (per Los) ein Schlüsselbund und eine Tube Zahnpasta! Sonst keine Neuigkeiten . . . Hoffentlich hast Du keine Beschwerden! . . . In wenigen Tagen von Bahia aus mehr. – *Auf See, 30.XII.:* Das neue Jahr hat wieder allerlei mit uns vor, und wir wollen hoffen, daß das Schicksal es weiter gut mit uns meint. Laßt uns um Gesundheit bitten, wenn uns die beschieden ist, dann haben wir unser Glück selbst in der Hand! Viele beneiden uns, und wir haben auch wirklich allen Grund, stolz aufeinander zu sein. Als ich gestern während meiner Nachtwache mit meinen Gedanken bei Euch weilte, da wurde ich von einem unbeschreiblichen Glücksgefühl durchströmt! . . . Hoffentlich ist unsere kleine Heidi (?) immer hübsch artig! . . . Wenn alles klappt, wären wir zwischen dem 13. (Sonntag) und 14. Januar in Hamburg!

Aber bevor sie dort einliefen, gab es für die BLANCO unweit der britischen Kanalinseln ein trauriges Ereignis: Sie steuerten bei stürmischem Wetter und sehr hoher achterlicher See vormittags ihren „Heimatkurs", als ein völlig verstört wirkender „Reiniger" (Maschinenpersonal) an Deck auftauchte, einem seiner Kameraden ein „Tschüs Heinz" zurief und dann in die aufgewühlte See sprang. Ihm wurden sofort mehrere Rettungsringe nachgeworfen – die CAP BLANCO ging auf der Stelle auf Gegenkurs, und an alle in der Nähe befindlichen Schiffe wurde ein „MAYDAY"-Spruch abgesetzt (internationales Notsignal, vom franz. m'aidez = helft mir) . . . Aber trotz sehr langen Suchens konnten sie noch nicht einmal die Rettungsringe in der aufgewühlten See wiederentdecken und mußten schließlich enttäuscht ihre Suchaktion aufgeben. Wie sich später herausstellen sollte, war diese Verzweiflungstat aus Liebeskummer begangen worden.

Nach diesem aufregenden Erlebnis war es dann soweit, daß sie in Hamburg einliefen. Dabei ergab sich zur großen Freude von Hans und Erika eine kleine Verlängerung ihrer Wiedersehenszeit, weil sie die dann folgende „Zwischenreise" (Hamburg-Rotterdam-Hamburg) mitmachen durfte! Leider mußte sie in Rotterdam einen Frauenarzt aufsuchen, da sich im Zusammenhang mit ihrer Schwangerschaft Probleme ergeben hatten (ein in Hamburg eingesetzter Porzellanring wurde entfernt). Aber dennoch – trotz reichlicher dienstlicher Auslastung – genossen sie glücklich diese schöne Wiedersehenszeit, während Oma und Opa solange in der Hamburger Bussestraße einhüteten und sich über Peters Fortschritte freuten. Doch dann hieß es wieder „Abschied nehmen!"

Antwerpen, 3.II.1957 (Sonntag) (Hans)
Vorige Woche um diese Zeit war ich noch bei Euch Lieben in Hamburg. Leider war unsere Stimmung „glücklich-betrübt", da wir uns große Sorgen wegen der Wohnungssache machten. Es wäre doch einfach unvorstellbar, wenn wir ausziehen müßten. (Anm.: Nach dem Ableben des alten Herrn Kliche hatten sie wie befürchtet durch das Wohnungsamt einen „Räumungsbefehl" erhalten, da ihnen die Wohnung größenmäßig nicht zustand. Aus dieser Situation ergab sich während der kurzen Hamburg-Zeit viel Lauferei und Schreiberei!) . . . Z. Zt. wird nicht gearbeitet, so daß wir mal ein ganz ruhiges Wochenende haben. Das Wetter ist prima! Wenn ich aus meinem Fenster herausschaue, dann sehe ich mehrere hundert Belgier an unserem Schiff vorbeispazieren . . . War doch prima, daß wir von Bremen aus so fein telefonieren konnten! Herr A. hatte mich extra mit dem Wagen in sein Büro gefahren, wo ich dann ganz allein saß. – Das zweitemal rief ich von Bord aus an, wo so etwa zehn Mann um mich herumstanden, was natürlich unschön war. – Wie weh tat es mir, daß Du so wenig von der Rotterdam-Reise hattest! *Auf See, 9.II.:* Morgen Las Palmas. Hatten recht ungemütliches Wetter mit Windstärke 10, so daß wir einen Tag Verspätung bekamen . . . Unser neuer Bäcker ist sehr tüchtig! Die Brötchen schmecken nochmal so gut, und die Sonntagskuchen kann man in einer guten Bäckerei nicht besser kaufen. Dem Bootsmann geht es z. Zt. nicht so gut. Er hat rheumatische Schmerzen, hofft aber, daß es durch den Klimawechsel besser wird. Bitte auf keinen Fall traurig sein, daß ich an Deinem Geburtstag nicht bei Euch sein kann. Wir wollen nicht die Wolken am Himmel sehen, sondern wir müssen uns auf die liebe Sonne freuen, die immer wieder hindurchscheint!

Hamburg, 11.II.1957 (Erika)
Heute kann ich mal wieder ganz beruhigt unter männlichem Schutz schlafen, denn Werner (später Ltd. Ing.) kommt gleich. Mit solch schöner Wohnung und Einrichtung hatte er gar nicht gerechnet – seine Begeisterung kam immer wieder zum Ausdruck. Peter hat seinen Onkel auch sofort ins Herz geschlossen, denn er reparierte ihm sämtliche Spielsachen. Morgen soll die PISTOR mit ganz neuer Besatzung auslaufen, und zwar wird das keine Reise von acht Monaten, sondern eine lange Reise, wie Herr Hahn sich dem II. Ing. gegenüber äußerte. Besten Dank! Werner hat von seiner Reise etliche Fotos mitgebracht, die ich toll finde und teilweise beilege. Er bekommt ein anderes Schiff, nimmt allerdings vorher kurz Urlaub. Ich hätte an seiner

Landungsbrücke aus Bambusstäben (Legaspi/Philippinen)

Ein „Zubringerschiff" hat Ladung gebracht

Stelle unter den gegebenen Umständen wohl auch auf eine Beförderung verzichtet. Das ist in der Linienfahrt doch ganz anders geregelt und nicht solch wilder Kram! ... Vom Wohnungsamt habe ich noch nichts gehört. Der 12.II. war der Stichtag für die Räumung! ... Peterle geht es bestens. Wir haben viel Spaß zusammen, schade, daß Du das nicht mal aus der Ferne beobachten kannst. – Mir selbst geht es ebenfalls blendend, und ich bin immer prima aufgelegt. Dumm, daß Du gerade die schlechte Zeit miterlebt hast. Ich war ja von den Schmerzen so niedergeschlagen und mußte mich zu jedem Schritt aufraffen. Aber trotzdem waren die Tage für mich schön, denn Du warst ja immer in meiner Nähe.

Auf See, 17.II.1957 (Hans)
... Beneiden tue ich unseren neuen Doktor, der ja seine Frau mithat. Sie haben dafür 1500,– DM bezahlt. Na, das Geld würden wir auch gerne ausgeben, wenn Du dafür mal mitfahren könntest! Unsere Omas würden sich bestimmt freuen, wenn sie unsere „Junioren" dann betreuen könnten! *Santos, 22.II.:* Leider haben wir inzwischen noch mehr Verspätung bekommen. Hatten in Rio sehr viel Regen, und auch hier in Santos regnete es gestern den ganzen Tag Bindfäden. Aus diesem Grunde konnte auch während der vergangenen Nacht nicht gearbeitet werden. Das hatte natürlich den Vorteil, daß wir uns mal so richtig ausruhen konnten. Bin zeitig in die Koje gegangen – war auch hundemüde! Vorhin sprach ich mit unserem Schiffshändler wegen Zucker. Ist hier jetzt teurer geworden. Ein Pfund kostet 50 Pfennige. Mit Zoll wäre das dann dasselbe wie in Deutschland. Also werde ich davon lieber nichts mitbringen. 22.00 Uhr: Heute mittag kam mal wieder das obligatorische Verholen dazwischen, um uns die „Mittagspause" auch recht angenehm zu gestalten ... Unser Koch, Herr Staunau, hat vorhin ein Telegramm über die glückliche Geburt einer Tochter bekommen! ... Schönen Gruß vom Elektriker, Herrn Prohaska. Er meinte, er hätte Dich ja nur kurz kennengelernt, aber Du wärst seiner Meinung nach eine „sehr nette junge Frau"! ... Für mich bist Du noch viel mehr!

Hamburg, 22.II.1957 (Erika)
Vom Wohnungsamt erhielten wir folgende Mitteilung:
„Antragsgemäß wird hiermit Herrn Hans Constabel, Hbg 39, Bussestr. 47, und Familie (3 E) die Genehmigung zur Benutzung der Wohnung Bussestr. 47 – Drei-Zimmer-Wohnung einschließlich Nebenräume – erteilt."
Ist das nicht ganz großartig? Nun kann uns ja wohl in dieser Beziehung nichts mehr passieren. Und dann gleich drei Zimmer ... Am Montag war ich beim Frauenarzt. Mutter und Vater waren ja hier, da brauchte ich Peterle nicht mitzunehmen. Diesen Arzt hatte Frau Roth mir empfohlen. 30 Frauen waren vor mir dran, danach zu urteilen muß er wirklich sehr tüchtig sein. Nach mehr als drei Stunden Wartezeit kam ich endlich dran. Im Sprechzimmer stand ich dann plötzlich einem ganz jungen Arzt gegenüber, der wie 25 aussah (er war allerdings 36!). Wir wurden beide etwas verlegen. Am liebsten wäre ich aus der nächsten Tür wieder rausgegangen! Aber es gab keinen Ausweg, wie schrecklich! Dr. Esser selbst, der weit über 50 ist, war auf Urlaub und dieser Arzt seine Vertretung. Er war wirklich äußerst nett, aber trotzdem war es furchtbar für mich. Die Untersuchung hat ergeben, daß sich durch den

Ring inzwischen alles wieder richtig an Ort und Stelle befindet und in bester Ordnung ist. Das wollte ich ja nur wissen, denn es geht mir weiterhin bestens. Peterle geht es auch sehr gut, er sieht jetzt immer ganz blühend aus. Gestern waren wir in strömendem Regen los und haben einen kleinen Roller gekauft. Das war ja sein größter Wunsch. Nun ist er ganz glücklich damit, nur das Rollern geht noch nicht so recht . . . Seit gestern sind die Apfelsinen alle – leider. Sie haben sich doch lange gehalten, und ich freue mich schon auf die nächste Kiste. Der Speck war sehr gut, habe heute den letzten verbraucht. Die Butter schmeckt bisher noch ganz prima – mehr als die Hälfte habe ich schon verbraucht. Kannst Du nicht noch einmal einige Flaschen Tonic-Wasser mitbringen? Du weißt, wie sehr ich dieses Getränk liebe . . . *26.II.:* Eben ging das Telefon – Frau Schürmann wollte sich nach meinem Befinden erkundigen, das fand ich ja sehr nett. Sie sagte, ihr Mann (Kapitän) befürchte, daß die BLANCO wegen der Verspätung und Faschingszeit nicht rechtzeitig von B. A. wegkommt. Zu schade! . . . Herzlichsten Dank für Deinen lieben Rio-Brief! . . . Es freut mich, daß es Dir gutgeht und Du so zunimmst . . . Dann passen wir doch wenigstens zusammen, findest Du nicht auch? Viel Besuch. Sonnabend waren Mutter und ich in der „Fledermaus". Prima! habe Dir gegenüber aber direkt ein schlechtes Gewissen, daß ich 7,– DM für eine Theaterkarte ausgab . . . Vater war Babysitter . . . Als Trost hatte ich ihm eine ganz gute Zigarre gekauft, so verging ihm die Zeit schneller. – Am Sonntag fuhren wir alle zusammen nach Planten und Blomen. Wunderbar war es dort, und ich kann gut verstehen, daß es Vater immer wieder zur dortigen Eisbahn zieht! . . . Gestern bezahlte ich die Telefonrechnung für Januar. Das waren auch gleich wieder 29,50 DM – so kommt eins zum anderen . . . Dabei leiste ich selbst mir – außer Obst – wirklich nichts, d. h.: Einen Waschtopf habe ich gekauft (17,50 DM), damit ich die Wäsche endlich mal richtig kochen kann . . . Aber vielleicht gewinnen wir ja bald einmal im Lotto!?

Buenos Aires, 1.III.1957 (Hans)
. . . Daß es bei dem jungen Doktor für Dich eine etwas eigenartige Situation war, kann ich mir sehr gut vorstellen. Wer konnte das auch vorher ahnen. Ich bin ja sonst in diesen Dingen nicht gerade „zimperlich", aber von einer so jungen Ärztin möchte ich mich auch nicht gerne „überall" untersuchen lassen . . . Und wie wunderbar hat nun alles geklappt mit der Wohnung! Wenn wir das neulich an unserem gemeinsamen „Hamburger Sonntag" gewußt hätten, dann hätte uns der von Dir so liebevoll zubereitete „Nachweihnachtsbraten" noch mal so gut geschmeckt! Wie die Leute wohl auf den hervorragenden Einfall gekommen sind, uns gleich drei Zimmer zuzusprechen? Vielleicht ist es ja auch ein (bewußter?) Tippfehler? . . . Gestern war hier den ganzen Tag Hochbetrieb, und auch heute kam ich bisher nicht zur Besinnung. Nächste Woche sind allerhand Feiertage, und darum wird jetzt mit Hochdruck vorgearbeitet. Laden wieder fleißig Salzfelle. Du weißt ja, wie schön die duften . . . Und einen Muskelkater habe ich auch, denn bei den vielerlei Ladungen muß man ständig von Luke zu Luke „tauchen", damit auch wirklich alles fachgerecht gestaut wird! Mein Arbeitszeug ist mal wieder restlos verdreckt (von mir ganz zu schweigen). Ich bin nur froh, daß wir unseren chinesischen Wäscher Chang hier an Bord haben. Er ist stets freundlich und hilfsbereit und arbeitet „wie ein Pferd" – mei-

Fleißig, hilfsbereit und bescheiden: chinesischer Wäscher an Bord

stens bis mitten in der Nacht! Dabei hat er nur einen engen, heißen Raum im Deckshaus zur Verfügung, wo er auch schläft. Na – Du kennst ihn ja: stets fleißig und bescheiden! ... Inzwischen hatte ich Besuch von allerhand Stauern – ebenso wie in Hamburg und Rotterdam ... Nur mit dem Unterschied, daß die Leute hier Spanisch sprechen. Nur gut, daß Lotar Paesler uns in Elsfleth soviel Spanisch beibrachte und man insofern klarkommt. Haben einige „Dujardin" auf Reedereikosten zu uns genommen ... *B. A., 4.III.:* Vorgestern bekam ich Besuch von dem jungen Woite, der mit der PAMIR hier liegt. Er hatte noch zwei Vettern mitgebracht, und ich habe sie hier bewirtet. Der Junge machte einen sehr netten Eindruck und ist ganz begeistert von der Seefahrt. Das beigefügte, von der PAMIR aus aufgenommene Foto der C. BLANCO brachten die Jungen mit. (Anm.: Die PAMIR sank bei einem Unwetter am 21.IX.1957. Dabei kamen 86 Besatzungsmitglieder ums Leben, darunter auch W. Nur sechs Mann wurden gerettet.) Mit dem Koch komme ich in letzter Zeit sehr gut zurecht. Er ist wie umgewandelt, seit er eine Tochter bekommen hat. Vorhin erzählte er mir ganz begeistert, daß er mir einige Bilder von der Lütten zeigen wolle ... *7.III.:* Wurde mal wieder gestört. Mußte allerlei Papiere unterschreiben und für einen unserer Matrosen Tabletten besorgen. Gerade eben kam der Kapitän und sagte mir, daß die Abfahrt auf übermorgen verschoben ist. Solche Sch' ... Muß jetzt leider schließen. Die Luken werden aufgemacht, und alles ruft: „Secundo official!" (= „II. Offz.") ... *Vor La Plata, 10.III. (Sonntag, 3.00 Uhr früh):* Leider hat sich unser Fahrplan noch mehr verschoben. Liegen jetzt vor La Plata auf Reede und warten auf die Dinge, die da kommen sollen. Dies deshalb, weil über das Wochenende

Unsere CAP BLANCO, von der PAMIR aus gesehen

Schlepperstreik ist und man außerdem vorläufig im Hafen keinen Platz für uns hat ... Ja, da kann man nichts machen. P. S.: Heute hat der Alte Geburtstag. Wir sollen um 11.00 Uhr alle zu einem Whisky-Soda im Salon erscheinen ... *12.III.:* Eben sind wir endlich aus La Plata ausgelaufen, und gerade war Hans Hilk, der kleine blonde Matrose, hier, um mich zu „wecken" ... *Santos, 17.III.:* Hörte gestern hier in Santos, daß ab sofort ein großer Teil unserer Flotte im Liniendienst Nordamerika-Südamerika eingesetzt werden soll. Die Besatzung muß sich angeblich ein Jahr verpflichten. Na, das hätte uns gerade noch gefehlt!

... Die dann folgenden See- und Hafentage vergingen wie im Fluge, und nach einem kurzen Hamburg-Wiedersehen war die BLANCO wieder auf der nächsten Ausreise ...

Antwerpen, 19.IV.1957 (Hans)
Kann mich noch immer ärgern, daß aus unserem geplanten gemeinsamen „Antwerpen-Osterfest" nichts geworden ist ... Wir kriegen diesesmal sehr viel Ladung mit. Habe daher bitte Verständnis dafür, wenn dieser Brief etwas in Eile geschrieben ist. Es geht mir gut. Der neue Kapitän scheint ganz in Ordnung zu sein. Was macht wohl Eure Erkältung, meine Lieben? Hoffentlich seid Ihr inzwischen wieder ganz mobil! War es nicht schön mit Mama und Papa bei Hagenbeck, mein lieber Peter? Ich schicke diesen Brief nach Brake, da Ihr ja wahrscheinlich über Ostern dort seid. Wünsche Euch allen – auch den Lieben in Brake und Meldorf –

„Konnte die Braker mit einem weißen Tuch winken sehen!"

ein recht frohes Osterfest! Denke noch immer an die glücklichen Stunden zu Hause! Innigsten Dank für alles!

Brake, 20.IV.1957 (Erika)
Vielleicht erreicht dieser Brief Dich ja noch in Las Palmas? Kam die ersten Tage nach Deiner Abfahrt wegen „unserer" Erkältung und der Reisevorbereitungen für Antwerpen nicht zum Schreiben. Hatte mich ganz riesig auf die gemeinsamen Ostertage gefreut – hätte Dich zu gern noch einmal gesehen! Wie schade, daß es nur bei der Vorfreude blieb, nicht wahr? Nach dieser Enttäuschung mochte ich Ostern nicht mit Peter allein sein. – So fuhr ich Karfreitag kurz nach 8 Uhr Richtung Brake, und um 11.30 Uhr nahmen Oma und Opa uns dort wohlbehalten in Empfang. War das eine Freude! Peter fühlte sich hier sofort wie zu Hause, kannte sogar all' seine Freunde wieder. Heute hat er den ganzen Tag draußen im Sand gespielt, das war zu schön! Jetzt schläft er, und wir haben eben Ostereier gefärbt. Das wird ja morgen ein Erlebnis! Gesundheitlich sind wir wieder ganz auf der Höhe, was ich auch von Dir hoffe. Den Brakern geht es ebenfalls gut. Prima Nachricht von Werner, er schreibt ganz begeistert, besser hätte er es sich nicht wünschen können! Von Genua geht es nach Port Said, Suez, Port Sudan, Massana und Assab. Anfang Juni soll er voraussichtlich wieder in Deutschland sein. Hildi kam eben aus dem Geschäft. Sie hatte für die zwei Mütter je einen Blumenstrauß zu Ostern mitgebracht, das fand ich wirklich süß von ihr . . . Wie schön waren doch die Stunden mit Dir! Habe nochmal herzlichen Dank für alles!

Auf See, 23.IV.1957 (Hans)
Hier an Bord geht alles seinen gewohnten Gang. Alle Papiere, die ich von Las Palmas wegschicken muß, habe ich Gott sei Dank in Ordnung, so daß ich die Sache bis Rio etwas ruhiger angehen lassen kann. Von Kapitän Meyer habe ich nach wie vor einen recht guten Eindruck. Er ist stets freundlich und ruhig und meiner Meinung nach ein äußerst tüchtiger Seemann, zu dem man in dieser Beziehung volles Vertrauen haben kann. Er interessiert sich für alles, was mit dem Schiff zu tun hat! Jedenfalls sind wir vorläufig voll und ganz zufrieden, und die gute CAP BLANCO ist ein „ruhiger Dampfer" geblieben . . . Was ich noch sagen wollte: Als wir neulich an Brake vorbeifuhren, habe ich natürlich wieder ein Signal (– – —) gegeben und konnte die Braker auch vom oberen Zimmer aus mit einem weißen Tuch winken sehen!

Brake, 26.IV.1957 (Erika)
Ich selbst hatte genug Abwechslung durch die Braker und vor allem natürlich durch Peterle. So sind die Ostertage für mich auch nur so verflogen. Peter hat die ganzen Tage draußen im Sand gespielt . . . das war viel schöner als Osterhase, Ostereier usw. Mächtig beeindruckt hat ihn allerdings das große Osterfeuer mit den „*Laketen*". Vor lauter Begeisterung schrie er immer: Guck mal, Oma, schon wieder eine „*Lakete*" . . . Morgen fahre ich einmal zu Martins, und Falbs will ich auch noch besuchen (Klassenkameraden). Herr Falb ist zur Zeit noch hier – anschließend soll er I. Offizier auf einem Neubau werden. Ich freue mich nur, daß wir in der Haftpflicht sind, denn Falbs hatten großes Pech und müssen schwer bezahlen. Inga, ihre Tochter, hat einem Kind eine Flasche auf den Kopf geworfen. Das Kind mußte sofort ins Krankenhaus nach Oldenburg und operiert werden, da eine Scherbe das Auge verletzt hatte. Die Kleine soll das Augenlicht angeblich zu 90 % verloren haben, ist das nicht entsetzlich? Die Krankenkasse bezahlt keinen Pfennig, nun müssen Falbs für alles aufkommen. *29.IV.:* In drei Tagen sollst Du in Rio sein und wirst dann wohl vor Buenos Aires kaum zur Besinnung kommen. In Gedanken bin ich bei Dir und bewundere immer wieder, wie gut das alles bei Dir klappt, wie prima Du mit den Stauern und Arbeitern fertig wirst. Das ist wirklich erstaunlich . . . Mir geht es weiterhin gut, und mit dem letzten Drittel werden wir wohl auch noch fertig. Die längste Zeit habe ich ja hinter mir. – Von Peterle sind alle restlos begeistert, er ist hier aber auch wirklich lieb und artig. In Kürze mehr, ich bin ganz furchtbar müde (ich muß ja jetzt für zwei schlafen!).

Auf See, 1.V.1957 (Hans)
Dein Las-Palmas-Brief hat mich dort leider nicht rechtzeitig erreicht. Zu meiner großen Freude erhielt ich aber durch Herrn Schnur, unseren Funker, die Nachricht, daß die dortige Agentur einen Brief von Dir nach Rio nachgeschickt hat. Nach uns, nur einige Stunden später, war nämlich die SANTA ISABEL in Las Palmas, und der Agent hatte den dortigen Funker gebeten, mir per Funk die „Briefankündigung" zu übermitteln. War das nicht nett? So habe ich also jetzt schon die Vorfreude. Das Wetter ist hier, wie immer, sonnig und warm. Auch in Deutschland habt Ihr – nach unserer Funkpresse zu urteilen – während der vergangenen Wochen recht

gutes Wetter gehabt. Trotzdem muß ich oft lächeln, wenn da zum Beispiel steht: Tagestemperatur in Hamburg = 15 Grad . . . Das wäre bei uns lausig kalt. Hier zeigt das Thermometer so um 30 Grad an, und die Seewassertemperatur betrug heute zum Beispiel 29 Grad! Kein Wunder, daß dem Papa es wie auf dem Nordpol vorkommt, wenn er zu Hause mal für eine halbe Sekunde „mutig" die kalte Dusche anstellt, nicht wahr?
Hoffentlich habt Ihr „meine" Erkältung recht schnell überwunden! Um zukünftig jede Ansteckungsgefahr zu unterbinden, sollte der Papa das nächste Mal wohl besser im Kinderzimmer untergebracht werden . . . Ich mußte vorhin an den Blumenkasten auf dem Balkon denken. Ob Herr Sasse (ehem. Matrose der CAP BLANCO, der jetzt als Maler an Land tätig war und u. a. in der neuen Hamburger Wohnung etliche Renovierungsarbeiten durchführte) ihn wohl gemacht hat? Mache mir Sorgen, weil Peter eventuell an den Bambusstöcken hochklettern könnte. Balkon, Lichtstecker und Gas sind die Hauptsorge. Der Jung ist ja schon so schlau und macht die dollsten Experimente. *2.V.:* Ich unterhielt mich vorhin mit Herrn Prohaska, dem Elektriker. Er erzählte, daß es „Doppelstecker mit Fingerschutz" gibt. Vielleicht sollten wir für das Wohnzimmer solch ein Ding kaufen? . . . Viele Grüße auch an Herrn Sasse. Selbstverständlich bin ich mit einer anderen Wohnzimmertapete einverstanden. *Santos, 6.V.:* Du schreibst so mutig vom August. Wie beruhigend ist für mich der Gedanke, daß es Dir den Umständen nach gut geht! So können wir mit Recht hoffen, daß alles normal verlaufen wird und daß wir bald eine „große Familie" sein dürfen. Wird das eine Freude werden, wenn wir vier erst gemeinsam durch den Stadtpark bummeln können. Peterle ist dann schon der „große Bruder" und wird eifrigst bei der Weiterbildung seines Schwesterleins (?) mithelfen . . . Der Bootsmann baut sich jetzt ein neues Haus. Er wird aus diesem Grunde wohl (leider) nach dieser Reise Urlaub nehmen.

Brake, 9.V.1957 (Erika)
Mit den Malerarbeiten haben wir noch nicht begonnen, da bist Du sicher erstaunt, nicht wahr? Letzte Woche Freitag fuhr ich nach Hamburg und setzte mich gleich mit Herrn Sasse in Verbindung, da er vorher nicht telefonisch erreichbar war. Leider war er für die nächsten zehn (!) Tage besetzt, was nicht mehr zu ändern war. Da war natürlich guter Rat teuer, denn ich hatte Peter extra in Brake gelassen. Mama wollte mich dadurch entlasten und ihn eine Woche später nach Hamburg bringen. Was sollte ich nun so allein in Hamburg, das konnte ich nicht aushalten. Deshalb fuhr ich Sonnabend gleich wieder nach Brake und bleibe nun bis zum 12. hier. Am 13. beginnen wir dann endlich. Mutter Constabel kommt ebenfalls. Ich könnte das auch nicht mehr so ganz allein, da ich doch schon recht unbeweglich bin! . . . Ob ich Peter hier lasse, hängt ganz von einer Autogelegenheit ab. Hoffentlich klappt das, es wird mir sonst leicht zuviel, und für Peter ist es bei gestrichenen Türen und Fußböden besser, wenn er hier in Brake immer schön draußen im Sand spielen kann. Mama bringt ihn dann eine Woche später nach Hause. In der Zeit haben wir alles fertig, und ich habe außerdem alle Blumen umgepflanzt, Schränke geräumt, Babywäsche gewaschen usw.

Auf See, 11.V.1957 (Sonnabend) (Hans)
Nun sind wir doch später von Santos weggekommen, als laut Fahrplan vorgesehen war. Das Löschen zog sich dort ziemlich in die Länge, weil keine Arbeiter da waren usw. usw. ... Na, jedenfalls haben wir es jetzt geschafft ... Nun eine besondere Neuigkeit: Eben erhielten wir ein Telegramm, daß Herr Wellershaus von Montevideo aus sofort nach Porto Alegre fliegen soll, um den Kapitän der RAVENSBURG (Columbus-Linie) abzulösen. Ist das nicht doll? Bin ja neugierig, was nun kommen wird. Wenn es nach Kapt. Meyer ginge, könnte ich wohl zum I. Offz. befördert werden ... Für Wellershaus ist es natürlich auch solche Sache, denn er hat seit 2½ Jahren keinen Urlaub gehabt und muß nun von Südamerika nach Nordamerika schippern ... Hoffentlich ist unser liebes Baby immer ganz artig und bereitet Dir keine Beschwerden, meine liebste Erika! Gott sei Dank haben wir (! ...) die Wartezeit ja nun bald hinter uns. Wenn Papa nach der nächsten Reise nach Hause kommt, darf er schon beim Windelnwaschen helfen ... Bis zu unserer Ankunft in Montevideo werde ich sehr viel zu tun haben, denn Herr Wellershaus muß mir erstmal seinen Papierladen übergeben. Wenn es sich dann wirklich lohnt, soll mir diese Zusatzbeschäftigung natürlich sehr willkommen sein ...

Hamburg, 16.V.1957 (Erika)
Schnell ein Lebenszeichen von uns, damit Du siehst, daß wir trotz der vielen Arbeit an Dich denken. Gerade rief Herr Sasse: „Es geht los". Dann muß ich immer auf dem schnellsten Wege hin und Tapeten festhalten und mit ankleben. Er hat mich in dieser Hinsicht sehr gut angelernt und ist jetzt mit meinen Leistungen zufrieden. Schön, nicht? Das Wohnzimmer ist fertig und sieht prima aus. Morgen können wir einräumen, darauf freue ich mich schon. Anschließend will Herr Sasse den nicht vom Teppich bedeckten Fußboden mit Bootslack überstreichen. Für Material habe ich bis jetzt 172,– DM ausgegeben. Dabei kostete die Tapete fürs Kinderzimmer nur 1,80 DM je Rolle und die andere 3,60 DM. Herr Sasse rechnet pro Stunde 2,50 DM, so daß für ihn auf jeden Fall 150,– DM herauskommen. Aber dafür haben wir es jetzt auch für die nächsten Jahre alles prima in Ordnung! Mama bringt Peter am Sonntag, darauf freue ich mich schon ganz doll. Sie kommt von Brake mit einem Bus, der für 10,– DM nach Hagenbeck und zurück fährt. Wie gut, daß Peter in dieser Woche nicht hier war, überall stehen Möbel, Farbtöpfe, alles klebt usw. – Mutter Constabel ist rührend, sie ist unermüdlich bei der Arbeit und hat selbst Freude daran. Haben alle Gardinen gewaschen, Schränke und Schubladen ausgeseift, Schlafzimmer gründlich gemacht pp. Nun kann das Baby bald kommen, alles ist „steril". Mir geht es gut. Die letzte Zeit wird nur so verfliegen, denn bald kommst Du, und nach Deiner Abfahrt ist es schnell soweit. Obgleich in Bethanien sogar schon der ganze September besetzt war, haben sie mich für August noch dazwischengeschoben. Bin sehr froh darüber, denn das Krankenhaus soll sehr gut sein. 16,– DM kostet es pro Tag, dazu kommen 20,– DM für die Entbindung. Aber das bekommen wir ja von der Kasse wieder.

Buenos Aires, 17.V.1957 (Hans)
... Habe jetzt viel um die Ohren. Kapitän Cordes von der RAVENSBURG steigt erst in Santos zu, und bis dahin bin ich I. und II. in einer Person. Kapitän Meyer läßt mir völlig freie Hand und hat auch oft an Land zu tun. Trotzdem läuft alles seinen gewohnten Gang, was mich zuversichtlich macht. *Montevideo, 24.V.:* Wenn die Renovierung der Wohnung wirklich etwas teurer geworden sein sollte, so mache Dir deswegen bitte keine Gedanken. Ich kriege diese Reise ja mehr Geld, weil wir z. Zt. nur mit zwei Offizieren fahren ... Möchte unseren lieben Müttern meinen herzlichsten Dank sagen: Oma Brake für die Betreuung von unserem Peterle und Oma Meldorf für die Hilfe bei den Malerarbeiten. Gegen 22.00 Uhr werden wir auslaufen. Rodegerts und ich gehen sechs um sechs Stunden Wache. *Santos, 28. V.:* Heute kam Kapt. Cordes von der RAVENSBURG hier an Bord. Ist ein sehr netter Mensch. Er freut sich, daß er der Seefahrt den Rücken zukehren kann, wie er mir gleich sagte. Ich schrieb, glaube ich schon, daß er eine Stelle als Nautischer Sachverständiger bekommen hat. Von der Reederei ist keinerlei Bescheid gekommen. Kapt. Meyer sagte vorhin, Rodegerts und ich sollten den Laden ruhig allein schmeißen, und Kapt. Cordes solle sich ganz als Passagier fühlen. Wir sind beide sehr damit einverstanden, denn dadurch steht uns „pro Schnauze" für einen halben Monat die halbe I.-Offz.-Heuer zu ... das sind immerhin einige hundert Mark!

Hamburg, 22.V.1957 (Erika)
... Das ist ja ein Ding mit Wellershaus! Ich war ganz fertig davon, denn eines Tages ergeht es Dir genauso ... War vorgestern beim Frauenarzt, er rechnet mit dem 28. Juli ... Seit Sonnabend ist Peterle wieder hier. Mutter fuhr Sonntag wieder zurück. Es wurde ihr ordentlich schwer ... Vormittags von 9–13 Uhr ist jetzt hier auf dem Spielplatz eine ältere Kindergärtnerin, die mit den Kindern spielt. Eine Stunde kostet 15 Pfennige, da kann ich Peter gut ab und zu einmal hinbringen, wenn ich selbst keine Zeit habe. *2.VI.:* Während ich schreibe, sitzt Peter in der Sandkiste und backt Kuchen. Es ist ganz prima hier, schön sonnig und warm und nicht zu voll. Peter fragt gerade: „Schreibt Mama einen Brief an Papa?" Er freut sich so auf Dein Kommen und darauf, daß Papa ihm einen Ballonroller und ein Polizeiauto kauft! Uns geht es gut, was wir auch von Dir hoffen, lieber Papa. Mein Umfang ist inzwischen enorm. Ob Du mich überhaupt wiedererkennst? Aber in zwei Monaten um diese Zeit bin ich ja vielleicht schon wieder schlank ... Hier an der neuen Schiffsjungenschule in Finkenwerder werden zum Herbst vier Herren mit A 6 (= „Kapitän auf großer Fahrt") gesucht. Ob Du wohl Interesse hast? Gehalt 950,– DM ... Schade, daß Du jetzt nicht hier bist – es ist ein herrlicher Abend! Ich sitze auf dem Balkon und schreibe und höre Radio. Aber bald bist Du ja da, welch ein schönes Gefühl! Diesesmal komme ich Dich nicht abholen, dafür hast Du sicher Verständnis. So, das ist mal wieder der letzte Brief für diese Reise. Alles andere mündlich! P. S. Herzlichen Dank für Deinen lb. Montevideo-Brief ...

Auf See, 8.VI.1957 (Hans)
Heute in einer Woche werden wir schon in Hamburg sein, ist das eine Freude! Bin ja neugierig, wie nun alles werden wird. Jedenfalls haben wir ja erstmal einen ge-

meinsamen Sonntag, den wir so richtig genießen wollen! ... Kann mich einfach nicht an den Gedanken gewöhnen, im Juli/August nicht bei Dir sein zu können. Leider müssen wir in dieser Beziehung ja erstmal alles an uns herankommen lassen, denn es hätte je auch keinen Zweck, wenn man mich hinterher auf einen „COLUMBUS-Dampfer" schicken würde ... Von Bord gibt es keine Besonderheiten zu erzählen. Mit meiner Arbeit hat bisher alles bestens geklappt, und Kapt. Meyer ist offensichtlich zufrieden ... Allerdings sind immer noch „fünf Mann vor mir an der Reihe". Na – warten wir ab ... Wie überglücklich bin ich, bald wieder bei Euch sein zu können!

... Das war im Nu der Fall, und im „Handumdrehen" war Hans wieder auf *Südamerika-Kurs!*

Antwerpen, 7.VII.1957 (Hans)
War das ein heißes Wetter in den letzten Tagen! Ich habe dauernd an Dich gedacht und Dich bedauert. Gott sei Dank ist es heute wenigstens etwas kühler geworden. Hoffentlich bleibt Ihr nun von der übermäßigen Hitze verschont, bis unser liebes Baby endlich ankommt. Meine Gedanken sind immer bei Euch, meine Lieben! ... Inzwischen habe ich auch meine Bewerbung mit allen Unterlagen an die Seemannsschule abgesandt ... Ich mache mir ehrlich gesagt einige Hoffnungen. Du hast schon recht: Damals in Elsfleth waren wir ja auch überglücklich, obwohl wir beide eigentlich „arm wie die Kirchenmäuse" waren ... Wie unvergeßlich schön waren doch unsere gemeinsamen Tage in Hamburg! Ich denke dauernd an alles zurück, und dann überströmt mich ein unsagbares Glücksgefühl! *Auf See, Freitag, 2.00 Uhr früh:* Sind eben in Las Palmas angekommen. Ich habe gerade acht Stunden Wache hinter mir. Unser III. Offz. hat sich nämlich gestern abend einen Arm gebrochen, und jetzt müssen Rodegerts und ich wieder allein Wache gehen. Herr Dosse (III. Offz.) ist jetzt gerade im Krankenhaus. Wir hoffen, daß er wieder mitkommt. Das wäre für ihn und auch für uns besser. Sein Arm soll möglichst unter Narkose eingegipst werden.

Hamburg, 13.VII.1957 (Erika)
Wie fühlst Du Dich nun so als Erster? Freue mich jeden Tag darüber, daß Du es nun leichter und besser hast. Ist Kapitän Meyer noch immer so rührend zu Dir? ... Heute kam ein Brief von der Seemannsschule mit folgendem Inhalt: „Sehr geehrter Herr Constabel, Ihr Bewerbungsschreiben vom 4. Juli ist heute hier eingegangen. Es besteht die Möglichkeit, noch weitere Ausbildungsoffiziere für eine der neu zu errichtenden Seemannsschulen einzustellen. Auf Ihren Wunsch werden Sie hierfür vorgemerkt. In Frage käme die Stellung eines Ausbildungsoffiziers mit dem Gehalt eines II. Offiziers in der Großen Fahrt. Die Seemannsschule Hamburg vergütet überdies ihren Ausbildungsoffizieren eine monatliche Überstundenpauschale von DM 230,–. Daneben wird natürlich freie Verpflegung gewährt. Eine Dienstwohnung kann nicht gestellt werden. Am zweckmäßigsten kommen Sie sofort nach der Rückkehr Ihres Schiffes zur Seemannsschule am Falkensteiner Ufer." ... Erhielt heute einen ganz reizenden Brief von Tante Liesbeth. Sie betet für mich, daß alles

leicht und gut verläuft – durch Gottes Güte. Sie schreibt so nett, daß ich zu Tränen gerührt war. – Brigitte finde ich eigentlich doch noch netter als Heike! Du auch? Und wie wäre es mit André Constabel, falls es ein Junge ist? Vor mir sehe ich jetzt direkt Dein entsetztes Gesicht! Stimmt es, oder habe ich recht? Also bleiben wir bei Axel, der ist auch nett . . . Wer soll außer der Verwandtschaft noch eine Anzeige bekommen? *Freitag, 19.VII., 19.30 Uhr:* Nun bist Du schon 25 Stunden Papa unserer kleinen Brigitte! Was sagt Du nur dazu? Ich kann es selbst noch kaum fassen; es kam alles zu überraschend und ging zu schnell. Nachmittags um 14.45 Uhr verlor ich plötzlich das Fruchtwasser; rief sofort bei Frau Roth und in Meldorf an, aber leider meldete sich niemand. Gab dann gleich ein Telegramm: „Bitte sofort kommen" nach Meldorf auf, bestellte eine Taxe, schnappte mein „Sturmgepäck", welches ich gerade abends vorher gepackt hatte, und Peter und Tante Helga (Tochter des Hausbesitzers Kliche) machten „winke – winke", als ich abfuhr. „Mama kommt gleich wieder", sagte ich noch zu Peter, er machte ja solch unglückliches Gesicht – schrecklich war das! Triefend kam ich kurz nach 15.00 Uhr in Bethanien an, mußte gleich ins Bett – um 17.00 Uhr setzten dann ganz leichte Wehen ein, 17.30 Uhr ging es in den Entbindungsraum, 18.00 Uhr ganz heftige Wehen, und um 18.30 Uhr hatte ich das Kindchen schon im Arm . . . Ist das nicht eine Rekordleistung? Damit hatte selbst die Hebamme nicht gerechnet. Ich bin sogar noch nicht einmal gerissen, ist das nicht fein? Jetzt geht es mir blendend – war heute schon zweimal auf! Nun sitze ich im Bett, das konnte ich bei Peterle fast gar nicht. Nebenan schreien die Babys, darunter auch unsere Süße. Sie ist wirklich ganz allerliebst, hat dunkles Haar, ein ganz glattes Gesichtchen mit ganz rosigen Wangen und wiegt sechs Pfund und 100 Gramm. Vorhin lag sie in ihrem Körbchen neben meinem Bett, und morgen um 6 Uhr wird sie erstmalig angelegt. – Hier im Krankenhaus gefällt es mir sehr gut. Ich bin nur laufend hungrig, aber das ist ja ein gutes Zeichen . . Heute Besuch von Mutter Constabel und Frau Roth. Mutter hatte das Telegramm gestern um 15.45 Uhr bekommen, und 16.30 Uhr fuhr sie schon in Richtung Hamburg (Anm. ca. 100 km). Großartig, nicht wahr? . . . Und wie geht es Dir, lieber Vati? . . .

Rio de Janeiro, 21.VII. (Hans)
Hurra! Unsere kleine Brigitte ist da! Ich kann Dir gar nicht beschreiben, wie glücklich ich bin, meine Süße! Welch wunderbarer Gedanke ist es für mich zu wissen, daß es Dir und Brigittchen gut geht! Stell Dir bitte vor: Wir liefen gestern abend hier in Rio ein. Da unser III. Offizier wegen seiner Armgeschichte nicht voll einsatzfähig ist, war ich achtern am Heck. Während des Festmachens rief unser Funker, Herr Schnur, plötzlich durch den Lautsprecher: „Achtung, Herr Constabel, es ist soeben ein Telegramm für Sie eingetroffen . . . Wir alle gratulieren Ihnen herzlichst zur glücklichen Geburt Ihrer Tochter Brigitte!" Ich war in diesem Moment ganz benommen vor Freude und Glück! Herr Schnur fragte dann noch weiter, ob er gleich ein Antworttelegramm durchgeben solle. Du mußt nämlich wissen, daß wir vom Hafen aus nicht telegrafieren können, weil dann die Antennen wegen des Ladens und Löschens abgenommen werden. Natürlich erklärte ich mich gleich einverstanden und bat darum, Dir einen Blumengruß mitzusenden. Ich hatte nicht einmal Zeit, den Text selbst aufzusetzen, denn ich mußte beim Festmachen ja meine Wei-

„Wir liefen gestern hier in Rio ein“

sungen geben, und nachher wäre es zu spät geworden. Aber Herr Schnur hat wirklich alles in meinem Sinne gefunkt, und so hoffe ich, daß mein kleiner Gruß spätestens morgen in Deine Hände gelangt. – Gestern abend hagelte es natürlich Gratulationen, und wir haben den Freudentag auch hier im fernen Rio würdig gefeiert! . . . Morgen fliegt das nächste LUFTHANSA-Flugzeug, so daß dieser Brief Dich hoffentlich spätestens am Donnerstag erreichen wird . . . Ach, wenn der Papa doch auch mal schnell rüberkommen könnte! – Nur für fünf Minuten! Aber vielleicht kann ich ja nun bald ganz bei Euch bleiben. Habe mich doll über die Antwort der Seemannsschule gefreut. Die Aussichten scheinen ja wirklich recht günstig zu sein, und es ist selbstverständlich, daß ich in Hamburg gleich dort vorsprechen werde! Habe mir ausgerechnet, daß wir etwa 600,– DM netto verdienen würden. Damit kämen wir wohl zurecht – zumal dann, wenn ich vorher noch eine oder zwei Reisen machte . . . Unser Äquatorfest verlief recht nett. Habe mich bis 1.30 Uhr mit den alten Leuten unterhalten bzw. mit den alten (!) Damen getanzt. Das Tanzen war allerdings mehr Dienst als Vergnügen! Um 3.30 Uhr mußte ich dann schon wieder aufstehen und auf Wache gehen. Aber in dieser Beziehung hattest Du es in den vergangenen Wochen ja viel schwerer, und ich muß immer wieder staunen, wie Du mit so wenig Schlaf auskommen konntest! – Gestern kriegte ich von einer 80jährigen Passagierin, sie hat sogar getanzt, ein Körbchen mit drei kleinen Flaschen Schnaps bzw. Likör geschenkt. Sie schickte es durch den Steward. War das nicht niedlich? Ich werde das Körbchen aufheben, und wenn Ihr mich Anfang September abholt,

HAMBURG-SÜDAMERIKANISCHE
DAMPFSCHIFFFAHRTS-GESELLSCHAFT
EGGERT & AMSINCK

An Bord des M/S "Cap Blanco"
Sonnabend, den 8. September 1956

1. Frühstück

Verschiedene Früchte, Kurpflaumen, Pampelmusen
Kaffee, Kaffee Hag, Kakao, frische Trinkmilch
Ceylon Tee, Dr. Richter's Frühstückstee, Mate

***

Butter, Bienenhonig, Confitüre, Gelee, Marmeladen
Aufschnitt- und Käseplatte

***

Frische Brötchen, Wiener Kaffeegebäck
Weiss-, Grau- und Schwarzbrot, Pumpernickel

***

Quaker oats - Sago in Milch
Gekochte Eier
Verlorene Eier auf Buttertoast
Eier im Glas
Spiegeleier mit Schinken
Rühreier mit Tomaten
Omelette mit Spargel
Pfannkuchen mit Früchten
Filetsteak mit Zwiebeln

wollen wir uns hier in meiner Kammer „einen Kleinen genehmigen"... An die Esserei im Salon habe ich mich inzwischen längst gewöhnt. Es schmeckt ja alles ganz gut, aber manchmal wäre mir ein Teller voll Bratkartoffeln viel lieber! Außerdem hat die Angelegenheit den Nachteil, daß jede Mahlzeit etwa eine Stunde dauert ... Na, bei „feinen Leuten" gehört sich das wohl so ... *Santos, 24.VII.:* ... Bin natürlich furchtbar neugierig, wie unser liebes Brigittchen aussieht. Hat sie wohl schon viele Haare auf dem Köpfchen? Und welche Augenfarbe? Na, ich werde ja bald alles erfahren. Wenn der Papa nach Hause kommt, kann sie sicher schon lachen! – Leider muß Peterle sich ja noch einige Tage gedulden, bis er sein Schwesterlein bewundern kann. Wird das eine Aufregung für den Jungen werden, wenn Ihr zwei „Wöchnerinnen" erst nach Hause kommt. Ich stelle mir in Gedanken vor, wie Peter voller Bewunderung vor dem Körbchen steht und sich nicht sattsehen kann! Aber keine Angst: Dem Papa wird es bald ebenso gehen!

Bethanien, 24.VII.1957 (Erika)
Wie groß war meine Freude, als ich am Montag von Dir ein Telegramm und 25 wunderhübsche Nelken erhielt! Mir kamen natürlich gleich die Tränen, das kannst Du Dir ja denken, denn nun wußte ich doch endlich, daß Dich die freudige Botschaft erreicht hatte. Der Strauß ist wirklich bildhübsch, ich freue mich jeden Tag darüber. Da Rosen in ein bis zwei Tagen verwelkt sind, rief der Gärtner extra an, ob es auch Nelken sein könnten. Unsere Brigitte steht jetzt neben mir in ihrem Körbchen. Nachdem sie eben schön getrunken hat, ist sie nun soooo müde und satt, das ist zu goldig. Eine Stunde darf sie nun hier stehen, und dann bleiben die Kleinen abends wieder eine Stunde hier, damit die Vatis sie bewundern können. Das ist für mich immer die schlimmste Zeit – kannst Du das verstehen? Dann bestaunen die Eltern ihre Kinder gemeinsam, und ich darf mich nur allein an unserer Süßen freuen. Aber die Zeit geht ja auch vorbei. Am Freitag so gegen 11.00 Uhr fahren wir schon nach Hause, und im September gibt es dann ja ein Freudenfest, davon träume ich jetzt schon jeden Tag. – Gestern war Mutter hier, und Peter und Vater warteten draußen. Peter darf ja noch nicht mit hinein – zu schade ist das ... Post bekommen wir jetzt stapelweise, besonders von Geschäften ... *Dienstag, 30.VII.:* Nun sind Brigitte und ich schon vier Tage zu Hause, und es geht uns bestens. Acht Tage lag ich nur im Krankenhaus, und es geht mir jetzt viel besser als nach der ersten Entbindung. Am Freitag um 11.00 Uhr nahmen Peter, Mutter und Vater uns mit Blumen in Empfang, als wir dort mit der Taxe ankamen ... Ich legte Brigitte im Kinderzimmer aufs Bett, da nahm Peter ihre kleine Hand und sagte: „Guten Tag, Schwesterlein!" Das war wirklich süß. Dann wollte er ihre Füße sehen, und als ich sie ins Körbchen legte, holte er gleich ein Bilderbuch, das sollte sie angucken. Er hat es ja so wichtig mit seiner kleinen Schwester. Nur zu schade, daß er sie nicht mal so richtig drücken und ganz allein auf den Arm nehmen darf! – Vorgestern weinte sie etwas beim Baden, da sagte er von sich aus: „Wein' doch nicht, dein Bruder ist doch bei dir!" Brigitte ist wirklich ein sehr artiges Baby, trinkt prima, bekommt einmal am Tag zusätzlich Alete und macht immer schön „Bäuerchen". Mir geht alles so schön schnell von der Hand, daß ich selbst erstaunt bin ... Am Sonnabend war Frauke hier und war restlos begeistert von Brigitte. „Du tust Mama ja weh", sagte Frauke zu Peter, als er zu

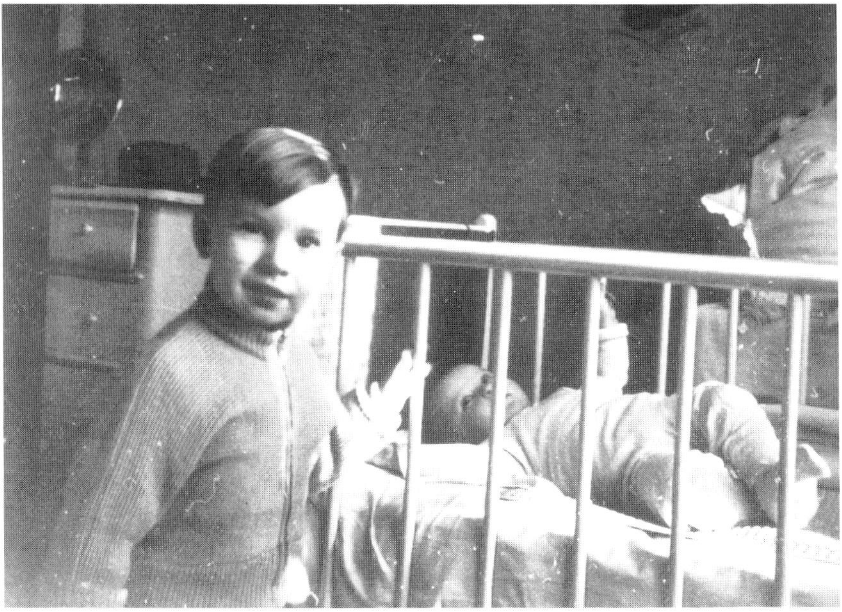

„Guten Tag, Schwesterlein!“

mir ins Bett kletterte und sich auf meinen Bauch warf. „Da ist ja kein Schwesterlein mehr drin“, meinte Peter ganz entrüstet ... Ist das nicht süß?

Buenos Aires, 31.VII.1957 (Hans)
Gestern abend haben wir bis 1 Uhr nachts in meiner Kammer gefeiert: Kapt. Meyer, Herr Rodegerts, Herr Dosse und ich. Es war sehr gemütlich und eigentlich das erste Mal, daß wir so richtig mit dem „Alten“ beisammensaßen. Auf solche Weise lernt man sich immer mehr kennen und verstehen. Natürlich wurde bei dieser Gelegenheit auch oft auf Dein Wohl angestoßen, mein liebes kleines Brigittchen! ... Ich soll von sehr vielen meiner Kameraden recht vielmals grüßen und gratulieren: Rodegerts, Schnur, Johannsen, Melzer usw. usw.! Sie alle haben sich aufrichtig mit uns gefreut. Einer von unseren Passagieren schenkte mir in Santos ein kleines Hündchen aus Stoff für Brigittchen. War das nicht niedlich von ihm? Es war ein Amerikaner, der die Reise von Hamburg bis Buenos Aires mitmachte. In Montevideo hatte ich Besuch von Frau Haag. Ihr Mann war ja damals gleichzeitig mit mir auf der SANTA INÉS und ist jetzt Kapitän. Er hatte mir 1000 Mark für sie mitgegeben. Sie freute sich mit uns über Brigittchen, und ich soll Dich schön grüßen. Frau Haag fährt nächste Woche mit der BELMONTE nach New York, wo ihr Mann ja jetzt Inspektor geworden ist. Die haben es also geschafft. Na, bei uns wird es bis dahin hoffentlich auch nicht mehr lange dauern ... *6.VIII.:* Bekam Besuch von Siegfried Martins! Wir haben bis 1 Uhr nachts bei Gin-Tonic beisammengesessen und hatten uns viel zu erzählen. Er ist jetzt I. Offz. auf FRANZ OHLROGGE. Sollte eigentlich eine Zwei-Monats-Reise machen, aber sie haben nun ein Telegramm bekommen, daß sie

nach Korea, Japan, USA usw. usw. sollen. Nun hat er natürlich die Nase voll und will mit allen Mitteln versuchen, in Kapstadt abgelöst zu werden . . . Selbst ein halbes Jahr COLUMBUS-Dienst ist seiner Ansicht viel eher zu ertragen als die Trampfahrt! Wahrscheinlich werden sie uns mal in Hamburg besuchen. Ich soll Dich recht vielmals grüßen und Dir herzlichst gratulieren. Man merkte ihm richtig an, wie sehr er sich mit uns freute! Heute sind sie ausgelaufen. Wollten uns eigentlich nochmals treffen, aber gestern hatte Kapitän Meyer Geburtstag, den wir zusammen mit Melzer, dem Doktor und einer Dame von der Agentur (66 Jahre alt!) gefeiert haben. – Leider werden wir noch mehrere Tage hier in Buenos Aires liegen müssen. Die Arbeiter streiken noch immer. Wir haben zum Löschen und Laden nur Militär an Bord oder Leute, die noch nie ein Schiff gesehen haben. Du kannst Dir sicher vorstellen, wie langsam wir unter diesen Umständen von der Stelle kommen. Vor dem 9. oder 10. ist nicht mit unserer Abfahrt zu rechnen. Na, wenn wir dann wenigstens entsprechend länger in Hamburg bleiben, wollen wir zufrieden sein. Ändern können wir ja doch nichts . . . Wie glücklich war ich, als ich gestern abend Deinen lieben Brief mit den Bildern in Händen hatte! Kann gar nicht mehr zählen, wie oft ich ihn durchgelesen habe und wie oft ich Brigittchens Bild bestaune! Habe Rodegerts einige Stellen von der Begrüßung in der Bussestraße vorgelesen und konnte einfach nicht weitersprechen, so ergriffen war ich! . . . Vielleicht haben wir ja bald die Gewißheit, daß es mit dem Ausbildungsoffizier klappt! Kaum auszudenken, nicht wahr? . . .

Hamburg, 8.VIII.1957 (Erika)
Entschuldige bitte, daß Du in Montevideo und Santos keine Post bekamst, aber der Tag ist jetzt bei uns von 5.30 bis 23.00 Uhr ausgefüllt, so daß ich nicht dazu kam. Jede „freie Minute", wenn davon überhaupt die Rede sein kann, habe ich mich hingelegt, denn ich benötige doch noch sehr viel Ruhe und Schlaf. – Brigitte steht hier neben mir und schläft ganz süß! – So, inzwischen hat sie „Flasche getrunken", wir haben gegessen, Peter liegt im Bett, Hildi macht die Abwäsche, und ich will schnell weiterschreiben. Bis vor einer Woche waren Deine Eltern hier – ich bin ihnen so dankbar für alle Hilfe, das kann ich nicht oft genug sagen. Nun hat Hildi Mutter abgelöst. Sie bleibt diesen Monat über hier, worüber ich sehr froh bin! Sie ist sehr hilfsbereit, macht die Wohnung, Wäsche, Einkäufe usw. – das ist eine große Erleichterung für den Anfang. Papa und Mama wohnen seit einigen Tagen möbliert in Lübeck. (Anm.: Wegen beruflicher Verbesserung des Schwiegervaters.) Sie haben es ganz prima getroffen – für 60,– DM Wohn- und Schlafzimmer, Küche und Bad, das ist doch sehr günstig . . .

Ilheos, 21.VIII.1957 (Hans)
Ja, Du hast wirklich am laufenden Band das Haus voll Besuch gehabt. Es freut mich, daß Du auf diese Weise recht viel Abwechslung hattest. Möchte auf der anderen Seite hoffen, daß es für Dich nicht zuviel wird mit der Unruhe. Nun fehlt also nur noch der Papa – dann haben Dich wirklich alle gesehen und bewundert, mein liebes kleines Brigittchen! *Bahia, 22.VIII., 11.00 Uhr:* Liegen wieder auf Reede. Es war nämlich kein Liegeplatz für uns da, so daß wir wahrscheinlich erst gegen Nachmittag einlau-

M.T. RUDOLF OETKER

fen . . . 21.00 Uhr: Liegen inzwischen im Hafen und sollen etwa um 2 Uhr nachts auslaufen. Dann können wir Gott sei Dank dem „sonnigen Südamerika" den Rücken zukehren, und es geht mit Riesenschritten der Heimat entgegen . . . *Auf See, 28.VIII.:* Nun ist bald der Tag da, an dem ich Dich stolz und glücklich auf den Arm nehmen und bestaunen kann, meine liebe kleine Brigitte! Kann mir kaum vorstellen, daß Du nun schon fast 1 1/2 Monate alt bist! Auf den Moment unserer ersten Begegnung freue ich mich, seit Du das Licht der Welt erblickt hast! . . . Wenn es doch was werden würde mit dem Ausbildungsoffizier! Falls wir uns in finanzieller Hinsicht nur einigermaßen durchsehen können, werde ich auf jeden Fall zugreifen! Das ewige Getrenntsein können wir beide auf die Dauer nicht ertragen. Und die Lütten kennen den Alten praktisch auch nur vom Hörensagen. So darf es auf die Dauer einfach nicht weitergehen, es wird höchste Zeit, daß ich alle Hebel in Bewegung setze! . . . Unsere CAP BLANCO ist prima in Farbe, und ich glaube wohl, daß wir uns in Hamburg damit sehen lassen können! . . . *Las Palmas, 31.VIII.:* Sehr in Eile, da wir nur ganz kurz (zwei Stunden) hier liegen. Wenn Du diese Zeilen liest, dauert es nur noch ein paar Tage bis zu unserem glücklichen Wiedersehen!

Als sie dann schließlich von Rotterdam kommend in den Heimathafen Hamburg einliefen, ahnte Hans in keiner Weise, welche kurzfristigen Veränderungen sich ergeben sollten. Schließlich galt es zunächst, die glücklichen Wiedersehensstunden mit Erika und Peterle auszukosten und insbesondere das kleine Prinzeßchen glücklich in die Arme schließen zu können. Das Vorstellungsgespräch verlief sehr harmonisch und fand seinen Abschluß in dem völlig unerwarteten Angebot, Hans könne dort jetzt gleich seinen Dienst antreten. Nach dessen Gegenargument, daß dies ja keinesfalls möglich sei, allein schon wegen der einzuhaltenden Kündigungsfrist, ergriff Kapt. W. den Telefonhörer, setzte sich kurzerhand mit der HAMBURG-SÜD in Verbindung und erwirkte eine „Sondergenehmigung". Allerdings war der angestrebte „sofortige Dienstantritt" trotz guten Willens nicht organisierbar. Aber Hans wurde „Hals über Kopf" am 15.IX.1957 von CAP BLANCO abgemustert und musterte am 16.IX. auf dem Tanker RUDOLF OETKER (gleiche Reedereigruppe) für eine Reise zum Persischen Golf an . . .

Hamburg, 26.IX.1957 (Erika)
Heute erhielt ich von Oetker den Fahrplan. Ich will nun gleich schreiben, damit Du auf dieser „letzten Fahrt" wenigstens noch in jedem Hafen (!) Post bekommst. Hoffentlich geht es Dir gut und hast Du Dich einigermaßen dort eingelebt! Wie kommst Du mit dem Kapitän zurecht? . . . Am Dienstag war Mama hier und ich unterwegs, um einige Einkäufe für mich zu erledigen. Leider nichts gefunden, so können meine 350,– DM wenigstens noch Zinsen tragen! . . . Heute war ich mit Peter und Brigitte beim Arzt. Er war erstaunt über diese enorme Gewichtszunahme: „Das hat man nur ganz selten", sagte er. Ihr Appetit ist aber geradezu beängstigend. Sie kriegt jetzt täglich eine halbe Banane, das schmeckt vorzüglich und bekommt ihr gut. Der Arzt war sehr zufrieden mit ihr – ebenfalls mit Peter. Mit seinem Essen soll ich mir keine Sorgen machen, er ist bestens ernährt und darf keinesfalls schwerer sein . . . Anschließend waren Peter und ich dann hier im Stadion zum Sportfest. War ganz prima und sehr interessant . . . Hoffentlich kannst Du die Hitze dort unten vertragen und nachher den Klimawechsel!

Auf See, 2.X.1957 (Hans)
Übermorgen Port Said. Inzwischen hatte ich Zeit, alles in Ruhe zu überdenken . . . Bezüglich der Arbeitszeit sieht es auch günstiger aus, wie mir jetzt von zwei Jungen bestätigt wurde: Um 7.30 Uhr (zum Frühstück) muß ich dort sein. Von 11.30 bis 14.00 Uhr ist Mittagessen und Mittagspause und um 17.30 Uhr Abendessen (etwa bis 18 Uhr), so daß ich etwa um 20 Uhr zu Hause sein kann. Frühstück kriege ich ja in der Seemannsschule. Abends muß ich auch dort essen, so daß Du nachher in dieser Beziehung keine Extraarbeit haben wirst . . . Ich bin tüchtig dabei, mich auf meine neue Beschäftigung vorzubereiten. Werde jedenfalls so weit kommen, daß ich vor den ersten Unterrichtsstunden keine Angst zu haben brauche! . . . Hier an Bord habe ich mich eingelebt. Mit dem Alten und den Kameraden läßt sich gut auskommen. „Er" ist sehr offen und häufig recht drastisch in seinen Ausdrücken, aber das ist ja besser, als wenn er falsch wäre . . . Es gibt wieder so viele glückliche Augenblicke, die ich mir dauernd in die Erinnerung zurückrufe: Brigittes erstes Lächeln, den Stadtparkspaziergang mit Peterle, unseren gemeinsamen Besuch auf „Papas neuem Schiff" und viel, viel mehr . . . Den Bordbetrieb könnte man tatsächlich in ein paar Worte kleiden: „Wache, Wasser, Schiffe, Wärme, Essen, Lernen, Schlafen." Gott sei Dank wird es hier mit der Uniformierung nicht so genau genommen. Wir laufen alle sehr leicht bekleidet herum: mit kurzen Hosen und oft auch mit freiem

Oberkörper. Aber anders wäre es bei der Hitze auch kaum auszuhalten. Im Moment trage ich das schöne gelbe Hemd, welches Du mir geschenkt hast. Gefällt mir ganz prima, und ich fühle mich „sauwohl" darin. Wir kriegen hier kalte Getränke, soviel wir haben wollen. ... Mir läuft im Moment das „Schweißwasser" vom ganzen Körper ... *Suez-Kanal, 5.X.:* Gleich sind wir in Suez, und ich möchte dem Lotsen diesen Kartengruß mitgeben (= Schnellaufnahme von Port Said mit Chief, einem ägyptischen Soldaten und mir ...). Leider war für mich kein Fez mehr da. Schade, nicht? Bin gespannt, was Du zu meinen Einkäufen sagen wirst. *Auf See, 12.X.:* In zwei Tagen Ras Tanura – Aufenthalt ca. zehn Stunden. Vor einigen Tagen erhielten wir einen Funkspruch: Es geht nicht nach Hamburg, sondern nach Rotterdam. Kapt. Spitz hat mir zugesagt, daß ich von dort aus sofort nach Hamburg fahren kann. Hoffe, spätestens am 5. November. – Habe der Reederei geschrieben, daß ich Anfang November probeweise eine Stellung als Ausbildungsoffizier antreten werde. Meine eventuelle endgültige Kündigung habe ich mir bis zum Urlaubsende vorbehalten. Auf diese Weise bleibe ich über Weihnachten Angestellter der Reederei.

14.X.1957, Hamburg (Erika)
In einigen Tagen bist Du nun schon zu Hause. Komisch, ich habe diesesmal direkt Angst vor unserem Wiedersehen ... Du darfst mich nun nicht falsch verstehen – ich freue mich trotzdem ganz doll, denn ich hatte noch nie soviel Angst um Dich, wie gerade diese Reise. Auf der Hinfahrt müßt Ihr fürchterlichen Sturm gehabt haben, davon war ich direkt krank ... Ich male mir aus, wie herrlich es sein muß, wenn Du jeden Abend da bist! Leider habe ich von der Seemannsschule noch nichts gehört. Schicke das Verspätungstelegramm nur nicht zu früh ab, sonst suchen sie sich doch noch einen anderen ... Herzlichen Dank für Deinen lieben Kartengruß. „Welcher ist denn dein Papa", fragte die Postbotin Peterle, und er zeigte prompt in die Mitte ... Übrigens spielt Peter jetzt oft „Papa" ... Dann geht er auf sein Schiff und macht eine Reise. Ist das nicht niedlich? Über das in Aussicht gestellte Kamel freut er sich sehr, aber er möchte doch lieber die Tasche haben, weil sie für Brigitte sein soll! ... Über Deine schönen Einkäufe freue ich mich ganz doll – wird mir schon alles gefallen ... Brigitte lacht jetzt schon ganz laut, das ist zu goldig! Bald kannst Du sie ja mit genießen und wirst viel Freude an unseren Süßen haben! ... Gute Heimreise – voller Sehnsucht warten auf Dich Deine Brigitte, Peter und Erika.

Auf See, 20.X.1957 (Hans)
Morgens um ca. 7.30 Uhr fährt ein Zug von Rotterdam direkt nach Hamburg, der schon am frühen Nachmittag da ist. Holt mich bitte nicht extra ab, denn das wäre doch sehr umständlich für Euch, zumal man nicht weiß, wie das Wetter sein wird. Mein Gepäck werde ich per Gepäckwagen schicken (Zollabfertigung während der Fahrt im Zug). Bevor ich es in Hamburg am Gepäckschalter abhole, rufe ich schnell bei Euch an. Anschließend nehme ich mir eine Taxe, so daß ich wohl ca. ¾ Std. nach Ankunft des Zuges bei Euch sein kann ... und dann laßt uns unser Glück mit beiden Händen festhalten! ... Am darauffolgenden Tag muß ich wohl früh in Blankenese sein, denn Kapt. Wagner wird sicher schon auf mich warten. Werde von Suez

„Peter zeigte prompt auf die Mitte ...“

aus mit gleicher Post nochmals an ihn schreiben, besonders wegen der verspäteten Ankunft. Viel mehr in wenigen Tagen mündlich ... In Liebe und Sehnsucht, Euer Hans und Papa.

Diese Planungen ließen sich dann tatsächlich verwirklichen: Am 5. November 1957 wurde Hans in Rotterdam abgemustert, traf am Nachmittag des gleichen Tages in Hamburg ein und konnte am Morgen des 6. November seinen Dienst bei der dortigen Seemannsschule antreten.
Das war das vorläufige, aber nicht endgültige Ende der „Großen Fahrt“.
Damit war nun die Erfüllung ihrer Wunschträume erreicht. Hans übernahm seinen „Landjob mit maritimen Aufgaben“ bei ausreichender Heuer, und die kleine Familie konnte regelmäßig in glücklicher Eintracht Freud und Leid miteinander teilen, was bisher ja meist nur brieflich möglich gewesen war. So verschwanden schließlich mehr und mehr die belastenden Gedanken an durchlittene Schattenseiten der Großen Fahrt, und an die Stelle traten zusehends Erinnerungen an schöne Erlebnisse während der gemeinsam an Bord verbrachten Wochen.
Wenn Hans allerdings, fast täglich, mit den jungen, begeisterten Nachwuchsseeleuten beim Bootsdienst die Elbe überquerte und dabei die stolzen Überseeschiffe passierte, dann schlich sich doch, trotz glücklicher Zufriedenheit, ein wenig Sehnsucht nach „damals“ ein ... am meisten natürlich, wenn sie ein Schiff seiner alten HAMBURG-SÜD sichteten. Doch Erika konnte das aus eigener Erfahrung nachempfinden, und wenn er abends mal etwas mißmutig nach Hause kam, dann sagte sie mitfühlend: „Na, seid ihr heute mal wieder einem SÜD-Dampfer begegnet?“

Bootsdienst auf der Elbe (Sehnsucht nach „Haßliebe" spürbar)

Wie glücklich war Hans daher, als er während seiner späteren Bundesmarinezeit endlich auch wieder etliche Große-Fahrt-Reisen als „Supercargo" (Ladungsbeaufsichtiger) mitmachen konnte, auf gecharterten (gemieteten) Handelsschiffen: nach England, ins Mittelmeer und nach den Vereinigten Staaten. Und da die Mitfahrbestimmungen für Frauen auf Handelsschiffen in späteren Jahren wesentlich erweitert worden waren, gelangten sie schließlich, während seines Jahresurlaubs, er als angemusterter Nautiker, bis nach Brasilien bzw. Honduras, aus Liebe zu ihrer gemeinsamen Haßliebe.

Damals und heute

Einige Fakten, Daten und Zahlen, alphabetisch zusammengestellt

Ausflaggung
In den fünfziger Jahren fuhren praktisch alle deutschen Schiffe unter deutscher Flagge.
Der ständig zunehmende Preisdruck jedoch veranlaßt die Reeder aus Kosten- und Konkurrenzgründen, nach und nach immer mehr Schiffe auszuflaggen („Billigflaggen“).
Hierzu nachfolgend einige Zahlenangaben des Verbandes deutscher Reeder (Stand 1.X.1994):

Deutsche Seeschiffsreedereien (ohne Küstenschiffahrt und Fischerei)
288 Handelsschiffe unter deutscher Flagge = 4,36 Mio. BRT

davon
257 im Zusatzregister (siehe „Zweitregister“) = 3,45 Mio. BRT

dazu unter ausländischen Flaggen (deutsches Management)
414 Schiffe = 4,66 Mio. BRT

Ausländer
Beim Bordpersonal auf deutschen Schiffen gab es früher so gut wie keine Ausländer. (Eine der Ausnahmen bildeten die in den Briefdialogen erwähnten chinesischen Wäscher.)
Heute hingegen ist der Ausländeranteil relativ hoch, wie aus der folgenden Aufstellung des Bundesministers für Verkehr zu ersehen ist:

Seeleute auf Schiffen unter deutscher Flagge[1]

Seeleute[2]	*1986*	*1989*	*1991*	*1992*	*1993*	*1994*
Deutsche	18240	11816	18687	16661	14446	11689
Ausländer	4783	3261	4802	4807	4301	4509
gesamt	23023	15077	23489	21468	18747	16198

1) Quelle: Bundesminister für Verkehr mit Verweis auf die Seeberufsgenossenschaft
2) 1986, 1989 und 1993 jeweils am 1. Januar, 1991 30. Juni einschließlich neue Bundesländer, 1994 30. September
Quelle: OTV-Report Dez. 1994
Im Oktober betrug der Ausländeranteil gemäß Verband Deutscher Reeder = 27,8 %.

Autos
Die Zahl der Kraftfahrzeuge hat seit den fünfziger Jahren überwältigend zugenommen! Während heute der Besitz eines Pkws nahezu selbstverständlich ist, war dies damals eine seltene Ausnahme! Fast alle waren auf öffentliche Verkehrsmittel angewiesen, auch Hans, welcher für die einfache Fahrt zur Seemannsschule zwei Stunden benötigte, insgesamt vier Stunden (drei versch. Verkehrsmittel täglich).
Heute hat die enorme Anzahl von Pkws allerdings im Stadtverkehr neben den bekannten Umweltproblemen zu ständigen Staus während der Hauptverkehrszeiten geführt, so daß der Zeitbedarf für eine Pkw-Fahrt nicht wesentlich geringer sein dürfte – ganz zu schweigen vom Streß für den Fahrer ...
Nachfolgende Zahlen des Kfz-Bundesamtes Flensburg dokumentieren beeindruckend die Situation:
1955 waren in Deutschland 6,3 Mill. Kraftfahrzeuge zugelassen, das bedeutet 120 pro 1000 Einwohner, *darunter 33 Pkws.*
1994 waren in Deutschland 39 Mill. Kraftfahrzeuge zugelassen (1.VII.), das bedeutet 597 pro 1000 Einwohner, *darunter 507 Pkws.*

Autoverladung
Damals erfolgte die Verladung von Kraftfahrzeugen in einem sehr zeitaufwendigen und nicht ganz ungefährlichen Verfahren, unter Verwendung eines sog. „Autogeschirrs" (siehe Foto S. 79).
Heute bedient man sich für größere Transporte dieser Art der „Autotransporter", die bis zu 6 1/2 Tausend Kraftfahrzeuge übernehmen können und gemäß „Bremer Lagerhaus-Gesellschaft" etwa 2000 Stück in einer Schicht (= 7 1/2 Stunden) entladen oder laden können.
Für die Verladung solcher Stückzahlen hätte man seinerzeit ein Vielfaches an Zeit und Personal benötigt! Teilweise werden die Autos heute auch in Containern verladen.

BAFÖG (Bundesausbildungsförderungsgesetz)
Zur damaligen Zeit gab es keinerlei staatliche Unterstützung für das Studium. Alle Studierenden hatten sich die notwendigen Geldmittel selbst erspart! So war es eine große Hilfe, daß die Reederei einen Vorschuß nebst Treueprämie gewährte:
„Durch unsere Nautisch-Technische Abteilung haben Sie inzwischen Nachricht erhalten, daß Ihnen ein Vorschuß in Höhe von DM 500,– gewährt wird. Der Betrag geht Ihnen in den nächsten Tagen durch die Post zu. Was nun die Treuprämie anbelangt, so teilen wir Ihnen mit, daß Sie dieselbe ebenfalls erhalten, aber es ergibt sich nur eine Summe von DM 365,– brutto. Wir werden diesen Betrag – wenn Sie später wieder zu uns zurückgekehrt sind – auf Ihren Vorschuß in Anrechnung bringen.

Heute erhalten alle Absolventen eine angemessene Unterstützung nach den Bestimmungen des Bundesausbildungsförderungsgesetzes (Höchstsatz bei eigener Wohnung = DM 750,– gemäß FHS Elsfleth).

Autotransporter

Damals und heute – ein etwas längerer Zeitsprung:
Gegen Ende der 20er Jahre: wetterabhängige, umständliche und arbeitsintensive Entladung von unverpackten Bananenstauden

Bananenumschlag

Auch bei der Bananen-Be- und -Entladung blieb die Zeit nicht stehen, wie die hier abgebildeten Fotos eindrucksvoll dokumentieren. Gezeigt werden einerseits das geradezu vorsintflutlich wirkende Löschen von unverpackten Bananenstauden im Jahre 1925 und andererseits eine heutige Entladung von Bananenkartons mit Elevatoren (und dann weiter über wettergeschützte Förderbänder bis in den Lagerschuppen bzw. bis zu den Waggons). Nach Angaben der Bremer Lagerhaus-Gesellschaft können jetzt je Elevator etwa 18 000 Kartons in 7 1/2 Stunden gelöscht werden. Und das mit wesentlich weniger Personal.

Besatzungsstärke

Aus Rationalisierungsgründen wurde die Besatzungsstärke zunehmend verringert. Siehe hierzu unter „Schiffsgröße“.

Heute: Mit Elevatoren werden die in Kartons verpackten Bananen über wettergeschützte Förderbänder zum Lagerschuppen befördert – mit wenig Personal (lt. Bremer Lagerhaus-Gesellschaft: 18 000 Kartons in 7 1/2 Stunden!)

CAP POLONIO (Hamburg-Süd) passiert die Hamburger Landungsbrücken

Containerfracht

In den fünfziger Jahren steckte die Containerschiffahrt noch in den Kinderschuhen. Es kam lediglich manchmal vor, daß einzelne, *kleine* Container zusammen mit der übrigen Ladung verschifft wurden. Heute dagegen wird der überwiegende Teil der Ladung (mit Ausnahme von Massengütern und Tankladungen) in Containern befördert, was weltweit ein enormes Anwachsen der Container-Schiffsflotten zur Folge hatte.

Diese Entwicklung führte, abgesehen von extrem stürmischen Tagen, zur völligen Wetterunabhängigkeit! Daher nimmt heute die Be- und Entladung durchweg nur wenige Stunden in Anspruch, während es früher, wie auch vielfach aus der Briefdokumentation ersichtlich, oftmals etliche Tage waren.

Entbindung

In damaliger Zeit war es weder üblich, noch meist statthaft, daß die Ehemänner während der Geburt ihrer Kinder zugegen waren. Daß Hans dies ausnahmsweise ermöglichen konnte, war eine besondere Ausnahme! Heute ist es nahezu eine Selbstverständlichkeit, daß Geburten zusammen erlebt werden! Auch werden die Ehepartner sehr oft gemeinsam auf dieses Ereignis vorbereitet.

Container-Terminal Bremerhaven (wird z. Zt. verlängert)

Empfangsbescheinigung ist erst nach Richtigbefund dieser Abrechnung zu leisten.

Stellung und Name: 2. Offz. Hans Constabel ledig, verh. ...... Kinder

Bezüge für die Zeit vom 1.2. bis 31.3.57

2 Mt. — Tg., mtl. DM 740.–	= DM	1.480.	–
,, ,, ,, ,,	= DM		
Überstunden	,,		
Schmutzgeld	,,		
Kostgeld für 1 Tage	,,	4	50
Ausgleichsbeträge für Seesonntage	,,	70.	–
Kompetenzen	,,	90.	–
Trampzulage Ladungsbonus	,,	100.	–
Auslagen Kühlbonus	,,	75.	–
	,,		
	,,		
Gesamtbezüge DM		1.819	50

M.S. **Cap Blanco**

Abzüge:

Lohnsteuer	DM	179	50
Kirchensteuer	,,	14	40
Sozialbeiträge	,,	127	75
Versorgungskasse	,,		
Vorschußzahlungen im Büro	,,	100.	–
Vorschußzahlungen an Bord	,,	76	30
Ziehscheine 4 x 220.–	,,	880.	–
Darlehn	,,	100.	–
ex 9. R.	,,	8	80
	,,		
Gesamtabzüge DM		1.486	75
Endbetrag .... DM		332	75

Hamburg, den 2. Apr. 1957

Hamburg-Südamerikanische Dampfschifffahrts-Gesellschaft
Eggert & Amsinck
Personalabteilung

Als Nachweis für Steuerangelegenheiten und Arbeitslosenversicherung aufbewahren.
Die Steuerkarte für das laufende Jahr ist umgehend einzureichen.

Heuer
Die Bezüge *einschl. Zulagen* betrugen im April 1957 gemäß vorstehender Zwei-Monats-Abrechnung für einen II. Offz. = 1819,50:2 = 909,75 DM
(einschl. Haustarif)
Dies entspricht nach heutiger Kaufkraft = 2856,– DM
(gem. Unterlagen des Stat. Bundesamtes)
Tatsächlich jedoch verdient ein II. Offz. heute nach Heuertarif = 5638,– DM. Das bedeutet nach Kaufkraft eine Verbesserung auf *nahezu das Doppelte!* Ähnliche Heuer- bzw. Lohnverbesserungen haben sich innerhalb des angeführten Zeitraumes für alle Beschäftigten ergeben.

Kapitäne auf großer Fahrt (A 6 bzw. AG)
Nach einem Gutachten des Instituts für Entwicklungsplanung und Strukturforschung (Band 153) wurden an A-6-Patenten (später „AG") nach abgelegter Prüfung ausgestellt:
1957 = 679
1961 = 1318 (höchste Jahreszahl!)
dann bis 1965 jährlich über 1000!
1991 = 71
Weiter (lt. Bundesminister f. Verkehr [AGW und AG])
1992 = 104 (darunter 52 in Warnemünde)
1993 = 104 (darunter 32 in Warnemünde)
Dem gegenüber ist der jährliche Bedarfswert im o. a. Gutachten (Seite 117) für AG mit 136–233 angegeben (einschl. öffentlicher Dienst und Lotsenwesen).
Die etwas höheren Absolventenzahlen in den Jahren 1992 und 1993 sind auf (kurzfristige) Auswirkungen der deutschen Wiedervereinigung zurückzuführen. Es ist zu hoffen, daß es durch gemeinsame Bemühungen letztendlich gelingen wird, die Bedarfszahlen wieder zu erreichen! – Was die „Seefahrerstadt" Elsfleth anbetrifft, so zeichnet sich dort in jüngster Zeit eine beachtenswerte Zunahme der Studentenzahlen ab!

Kommunikation
Die diesbezüglichen Möglichkeiten waren noch sehr begrenzt. Telefongespräche von Bord oder von Übersee gab es so gut wie gar nicht, so daß wichtige Mitteilungen durchweg per „Seetelegramm" übermittelt werden mußten. Im Gegensatz dazu ist es heute kein Problem, seinen Gesprächsparter von jedem Punkt der Erde zu erreichen.

Ladung

Wenn sie von Südamerika heimkehrten, so brachten sie fast ausschließlich Agrarprodukte der verschiedensten Art mit.

Als Beispiel hier eine Aufstellung der wichtigsten Ladungen während unserer 9. Heimreise (CAP BLANCO):

Salzfelle	=	40 037	St.	=	794	to
Mehle/Expeller	=	21 897	Sack	=	1073	to
Sisal	=	461	Ball.	=	101	to
Reis	=	4 483	Sack	=	250	to
Kakao	=	1 500	Sack	=	91	to
Kaffee	=	10 909	Sack	=	660	to
Div. Fette	=	762	Faß	=	159	to
Fleisch	=	13 146	St.	=	749	to
Wolle/Felle	=	1 468	Ball.	=	582	to
Tabak/Rolltabak	=	314	Ball.	=	24	to
Div. Fleischmehl	=	9 153	Sack	=	419	to
Baumwolle	=	189	Ball.	=	34	to
Mamona	=	3 388	Sack	=	205	to
Linsen	=	877	Sack	=	44	to
Div. Öle	=	(Tanks)		=	820	to

Für die Ausreise wurden unsere Schiffe mit Unmengen von Industriegütern der verschiedensten Art beladen. Nachfolgend dazu ein Ausschnitt der Ladeliste für Buenos Aires (die Gesamtliste dieser 10. Ausreise umfaßte 17 Seiten!):

LUKE II / 1. DECK

v. Hamburg	M A N	2 St.	LKW-Fahrgestelle S	10,615	TO
v. Hamburg	C M 119 1	1 St.	Fahrgestell	2,6	TO
v. Antwerpen	GENERAL MOTORS	3 St.	PKW OLYMPIA RECORD	2,0	TO
v. Antwerpen	R P R	5 St.	LWK-Fahrgestelle	21,0	TO
			T O T A L =	36,215	TO

LUKE II / UNTERRAUM

v. Bremen	BORGWARD A 12298	1 Coll.	Autoteile	0,145 TO
v. Bremen	S I C A R 529	60 Coll.	Fittings	13,593 TO
v. Bremen	C C 8700	34 Faß	Fittings	6,274 TO
v. Bremen	A S O	59 Faß	Fittings	10,130 TO
v. Bremen	S I C A R	42 Faß	Fittings	10,994 TO
v. Bremen	S I C A R	42 Faß	Fittings	11,270 TO
v. Bremen	S I C A R	86 Faß	Fittings	11,259 TO
v. Bremen	S I E M	73 Coll.	Stabstahl	17,953 TO
v. Bremen	A L & CO	11 Coll.	Ketten	2,278 TO

v. Bremen	C D 1103	6 Coll.	Kreissägen	0,707 TO
v. Bremen	08/56/645/1—2	2 Coll.	Ersatzteile	0,321 TO
v. Bremen	COMP.REG. 1536	3 Coll.	Autoteile	0,265 TO
v. Bremen	I P 1139	1 Coll.	Stahlwaren	0,069 TO
v. Bremen	D L H 1—4	4 Coll.	Reklame	1,340 TO
v. Bremen	H V 6283	1 Coll.	Schläger aus Holz	0,075 TO
v. Bremen	S & H SIEMENS	1 Coll.	Maschine S	7,310 TO
v. Bremen	E N TEL 8488/140	1 Coll.	Werkzeug	0,025 TO
v. Bremen	I P 1152/1—2	2 Coll.	Schraubenschlüssel	0,190 TO
v. Bremen	A O 12492/1—3	3 Coll.	Rollenlager	0,330 TO
v. Bremen	C I R A	12 Coll.	Rollenlager	1,277 TO
v. Bremen	D & CIA	38 Coll.	Motorräder	9,118 TO
v. Bremen	D & CIA	38 Coll.	Motorräder	9,015 TO
v. Bremen	N G F 8705	1 Coll.	Kaltwalze	0,091 TO
v. Bremen	EN TEL 8388	9 Coll.	Werkzeuge	0,971 TO
v. Bremen	F & G 15—20	6 Coll.	Kupferdraht	0,488 TO
v. Bremen	A B A 83546	2 Coll.	Werkzeuge	0,191 TO
v. Bremen	M 1459	1 Coll.	Werkzeuge	0,032 TO
v. Bremen	RK 4110	1 Coll.	Kugellager	0,065 TO
v. Bremen	I P 1139	3 Coll.	Büroartikel	0,197 TO
v. Bremen	1526	25 Coll.	Kupferdraht	1,442 TO
v. Bremen	L A M E T A L	2 Coll.	Koffer/Umzugsgut	0,123 TO
			T O T A L =	117,538 TO

LUKE III / 1. DECK

v. Antwerpen	GENERAL MOTORS	1 St.	PKW OLYMPIA REKORD	1,00 TO

LUKE III / 2. DECK

v. Hamburg	188 Z 3313	1 St.	PKW OPEL-REKORD	0,900 TO
v. Hamburg	DKW	2 St.	DKW-Fahrzeuge	1,900 TO
v. Hamburg	M - DT 829	1 St.	PKW-MERCEDES-BENZ	1,200 TO
v. Hamburg	M - DP 367	1 St.	PKW-MERCEDES BENZ 180	0,900 TO
v. Antwerpen	GENERAL MOTORS	13 St.	PKW OLYMPIA-REKORD	12,000 TO
v. Antwerpen	DROGUERIA FR.-INGL.	2 St.	PKW OPEL-REKORD	1,700 TO
			T O T A L =	18,600 TO

Im Gegensatz zu den 50er Jahren sind die Ladungen heute durchweg in Containern verpackt, was zu einer erheblichen Reduzierung der Hafenliegezeiten meist auf nur wenige Stunden geführt hat!
Festzustellen ist auch, daß heute im Gegensatz zu früher auch schon zahlreiche Industriegüter von Übersee nach Europa transportiert werden.

Landpositionen
Das Streben nach einer angemessenen, eine nautische Ausbildung voraussetzenden Landstellung wurde und wird von zahlreichen Studierenden von vornherein einkalkuliert. Nach z. T. unterschiedlichen Studien, die der Autor ausgewertet hat, liegt die Abgangsrate von Schiffsoffizieren allein innerhalb der ersten fünf Jahre zwischen 50 % und 73,3 %. Die gleiche Quelle (Institut für Entwicklungsplanung u. Strukturforschung Hannover) enthält zu diesem Thema den nachfolgenden Kommentar: „Die geringe Verweildauer von Patentinhabern in der Handelsschiffahrt hat eine Fülle von Gründen! Der Arbeitsplatz ist zwar vielseitig und zweifellos interessant, bringt aber eine hohe Isolation mit sich. (Anm. des Autors: Heute bedeutend mehr als früher.) Die langen Zeiten an Bord führen zur Entfremdung von Familie und Freunden an Land, wobei kürzere Ablösungsintervalle hier bedingt Abhilfe schaffen. Schließlich vermindern sich die Gehaltsvorteile für Schiffsoffiziere an Bord weiter gegenüber vergleichbaren Positionen an Land."
Erfahrene Nautiker werden auch an Land benötigt. Daher werben die Fachhochschulen mit dem Hinweis auf spätere Landpositionen für die Ausbildung zum „Kapitän auf großer Fahrt". So heißt es in der neuesten Studiengang-Beschreibung der Fachhochschule Oldenburg: „Nach einer mehr oder weniger langen Fahrtzeit eröffnen sich weitere, vielfältige Berufsmöglichkeiten an Land bzw. landgebunden: als Lotse (See- und Revierlotse, Hafenlotse), in Behörden (Wasserschutzpolizei, Zoll, Wasser- und Schiffahrtsämter, Bundesgrenzschutz, Bundesministerium für Verkehr), in seefahrtbezogenen Landbetrieben (Reedereien, Versicherer, Hafenämter, Hafenumschlagbetriebe, Ladungssachverständige, Maklereien, Seehafenspeditionen). Der Bedarf an gut ausgebildeten Nautikern ist zur Zeit sehr groß und kann auch auf absehbare Zeit nicht gedeckt werden!"

Mitfahrgenehmigungen
Anfang der 50er Jahre durften nur die Kapitäne, ltd. Ingenieure und I. Offiziere ihre Ehefrauen einmal jährlich vom ersten europäischen Hafen ab bis Hamburg mitnehmen (galt für die HAMBURG-SÜD). Wie auch aus den Briefdialogen hervorgeht, wurde diese Regelung nach und nach immer mehr erweitert!
Die Genehmigungen werden je nach Reederei unterschiedlich erteilt. Wie die Bestimmungen heute bei der SÜD aussehen, ergibt sich aus dem folgenden Briefauszug:
Auszug aus einem Schreiben der Hamburg-Südamerikanischen Dampfschifffahrts-Gesellschaft (11.I.85), welches gemäß tel. Nachfrage (IX/94) auch heute noch aktuell ist: ... Sie werden sich noch daran erinnern, daß unsere Schiffe in Hamburg bzw. in den südamerikanischen Häfen eine längere Liegezeit hatten. Die Containerfahrt hat ein neues Zeitalter eingeläutet, und die Liegezeiten sind dementsprechend auch kürzer geworden. Aufgrund dieser Tatsache wollten wir die Lebensbedingungen unserer Mitarbeiter an Bord verbessern, und wir haben die Mitreisemöglichkeit erweitert. Demnach ist es den *Kapitänen und allen übrigen Besatzungsmitgliedern* nach einer sechsmonatigen Firmenzugehörigkeit gestattet, ihre Ehefrauen mitzunehmen. Darüber hinaus können Kinder ab dem 3. Lebensjahr ebenfalls mitgenommen werden. Die Mitfahrtdauer erstreckt sich innerhalb eines Kalenderjahres auf

vier Monate. Darüber hinaus können unter bestimmten Voraussetzungen die Lebensgefährten ebenfalls mitfahren. Es ist auch interessant zu wissen, daß die Ehefrauen bei Flugreisen von uns einen finanziellen Zuschuß erhalten.
Sie sehen, sehr geehrter Herr Constabel, daß sich doch einiges in der deutschen Schiffahrt getan hat und insbesondere bei der HAMBURG-SÜD.

Mitbringsel
Die in den Briefen immer wieder erwähnten „Mitbringsel" wie Apfelsinen, Bananen, Fleisch, Kaffee, Konserven u. a. waren in der damaligen Zeit eine begehrte Seltenheit! Heute kann man sie problemlos überall relativ preiswert erwerben!

Navigation
Die Schiffsortsbestimmung war in der damaligen Zeit gewissermaßen eine „feierliche Handlung", wie man auch aus den Briefdialogen und Fotos entnehmen kann. Heute ist es mit Hilfe der Satellitennavigation problemlos möglich, den genauen Schiffsort in kürzester Frist zu ermitteln! Dennoch erfolgt die Berechnung der „Mittagsbreite" auf vielen Schiffen übungshalber, als Alternativmöglichkeit.

Schiffsgrößen
Aus Rationalisierungsgründen haben die Schiffsgrößen der Handelsflotten von Jahr zu Jahr zugenommen, während die Anzahl der Besatzungsmitglieder aus der gleichen Ursache immer mehr reduziert wurde.
Als kleines Beispiel für diese Entwicklung wurden nachfolgend die Schiffe, von denen der Autor berichtet, zwei modernen Containerschiffen der HAMBURG-SÜD gegenübergestellt. Dazu ist anzumerken, daß die Reduzierung der Besatzung *teilweise* auf eine geringere Anzahl der Passagiere zurückzuführen ist.

Vergleich Schiffsgröße, Passagiere, Besatzung

Schiffsname	BRT	Passagiere	Besatzung	
SANTA INÉS	8 995	28	54	
BABITONGA	4 609	8	35	
CAP BLANCO	5 899	12	45	
GUSTAV PISTOR	5 879	–	33	
CAP FINISTERRE	28 000	—	25	(seit 1991 in Fahrt)
COLUMBUS QUEENSLAND	21 872	8	27	in Fahrt

Die zuletzt aufgeführten zwei Schiffe sind Containerschiffe.

Seefahrtschulen (heute = „Fachhochschulen")
An den Seefahrtschulen erfolgte seinerzeit (nach 48monatiger Fahrtzeit „vor dem Mast", auch als Matrose und auf Segelschiffen) zunächst die Ausbildung zum „A 5" = „Seesteuermann auf großer Fahrt" (siehe Briefdialoge). Erst nach dieser Prüfung *und* zweijähriger Tätigkeit als Wachoffizier begann eine erneute Ausbildung zum „Kapitän auf großer Fahrt" (A 6). Der Lehrkörper (meist Kapitäne) bestand aus erfahrenen „Seefahrtoberlehrern" – die Studierenden nannten sich schlicht „Seefahrtschüler".

Die neue Fachhochschule, Fachbereich Seefahrt, in Elsfleth

Heute sind die „Seefahrtschulen“ zu Hochschulen geworden. So entstand aus der „Seefahrtschule Elsfleth“ jetzt die *„Fachhochschule Oldenburg, FB Seefahrt in Elsfleth“.* Selbstverständlich haben sich durch die zunehmenden Modernisierungen und Rationalisierungen unserer Zeit auch manche Veränderungen der Studienpläne ergeben. Als Dozenten wirken – z. T. mit Borderfahrung – Professoren, und die (jetzt durchgehende) Studienzeit bis zur Erlangung des Titels „Diplom-Wirtschaftsingenieur für Seeverkehr“ = „Diplom-Nautiker“ beträgt sechs Semester. Nach zwei Jahren Fahrzeit als Wachoffizier kann dann das Patent zum „Kapitän auf großer Fahrt“ („AG“) beantragt und zuerkannt werden.

Für das Studium gelten heute folgende Zulassungsvoraussetzungen: der Besitz des Schiffsmechanikerbriefes oder Matrosenbriefes – *oder* 24 Monate Fahrzeit als Offiziersassistent, davon 18 Monate vor Beginn des Studiums – *oder* der Besitz eines Befähigungszeugnisses für „MITTLERE FAHRT“ (AM bzw. AMW = Wachdienst) bzw. „KÜSTENFAHRT“ (AK bzw. AKW = Wachdienst). Ferner ist das Zeugnis über die Fachhochschulreife (oder Gleichwertiges) vorzulegen.

Während der Studienzeit steht den zukünftigen Kapitänen in Elsfleth der 3-Mast-Gaffelschoner „Großherzogin Elisabeth“ für Ausbildungsreisen zur Verfügung (siehe auch unter „Seemannsschulen“).

Hochschulen/Fachhochschulen für die o. a. „Großen Patente“ sind heute neben Elsfleth noch in Bremen, Hamburg, Flensburg, Leer und Wismar vorhanden.

Was die „Seefahrerstadt Elsfleth“ anbetrifft, so hat die Zahl der Studierenden in den vergangenen Jahren erfreulicherweise erheblich zugenommen!

Segelschulschiff GROSSHERZOGIN ELISABETH, Heimathafen Elsfleth/Unterweser

Die Verbindung riß nie ganz ab … und Jahre später trafen sie sich als inzwischen „Alte Herren" zusammen mit ihren Frauen in Elsfleth wieder (5. v. l. u. ihr ehem. Klassenlehrer [A 5] Kapitän [später Prof.] Georg Baake)

Seemannsschulen

In vielen Küstenstädten gab es während der 50er Jahre in Fortsetzung alter Traditionen die sogenannten „Seemannsschulen". Davon allein drei im Hamburger Bereich (diese unter der Federführung des „Curatoriums der deutschen Seemannsschule") – wo Hans seine Tätigkeit aufnahm –: in Blankenese, in Finkenwerder und in Bremervörde. Diese Schulen dienten dem Zweck, die angehenden Seeleute in dreimonatigen Lehrgängen auf ihre zukünftigen Aufgaben als Schiffsjungen vorzubereiten und ihnen eine Grundlage für den weiteren Decksdienst auf Seeschiffen zu vermitteln. – In der Zeit von 1958 – 1961 einschl. (also während der Jahre des rasanten Wiederaufbaues) wurden *allein in den erwähnten drei Hamburger Schulen* 4101 Schüler ausgebildet – davon später 3811 vermittelt! (Gem. Festschrift „Hundert Jahre Deutsche Seemannsschule in Hamburg", 1962 von Prof. Otto Steppes.)

An die Stelle der Seemannsschulen sind inzwischen – nach Änderung der Ausbildungsverordnungen – die „Seemännischen Berufsfachschulen" getreten.

Im Gegensatz zu damals stirbt der Beruf des „Matrosen" nach und nach aus! An dessen Stelle ist seit Mitte 1994 der „Schiffsmechaniker" getreten, welcher in drei Jahren sowohl im Decksdienst als auch im Maschinendienst ausgebildet wird (an Bord sowie an Land während drei zehnwöchiger „Schulzeitblocks"). Diese dreijährige Ausbildung kann – je nach Vorbildung – verkürzt werden. Während einer Übergangszeit wird der Beruf des (auslaufenden) Matrosen noch anerkannt (= „Facharbeiter Matrose mit Brief").

Anm. des Verfassers: Die vielen, gerne gesungenen Matrosenlieder bedürften also eigentlich einer „Umtextung" . . . aber vielleicht sollte – zumindest im Lied – die alte Romantik doch lieber erhalten bleiben!

Was Elsfleth angeht, wo Hans seinerzeit die Seefahrtschule besuchte, so wird dort der 3-Mast-Gaffelschoner „Großherzogin Elisabeth" (Schulschiffverein Großherzogin Elisabeth e.V. zu Elsfleth/Weser) als Internatsschiff für die auszubildenden Schiffsmechaniker während des Schulzeitblockes genutzt.

Urlaub

Bezüglich der Urlaubsregelungen ergaben sich seit den fünfziger Jahren für die Besatzungen vielfache Verbesserungen, die nachfolgend für interessierte Leser durch Auszüge aus den jeweiligen Tarifen dokumentiert werden sollen:

Aus Manteltarifvertrag f. d. deutsche Seeschiffahrt vom 19.X.1954

§ 41 – Urlaubsanspruch

(1) Jedes Besatzungsmitglied hat Anspruch auf Jahresurlaub. Scheidet das Besatzungsmitglied vor Ablauf eines Dienstjahres aus dem Arbeitsverhältnis aus, so ist ihm der Urlaub anteilig für jeden *vollen* Dienstmonat zu gewähren.

(2) Mehrere Partenreedereien, die von ein und demselben Korrespondenzreeder geleitet werden, gelten als ein Betrieb im Sinne dieser Bestimmungen.

§ 42 – Urlaubsdauer

(1) Die Dauer des Urlaubs beträgt im ersten Beschäftigungs*jahr* zwölf Werktage.
(2) Der Urlaub erhöht sich nach jedem Beschäftigungsjahr bei der gleichen Reederei um einen Tag bis zu einer Höchstdauer von 20 Werktagen.
(3) Der Urlaub kann für zwei Jahre zusammen gewährt werden.
(4) Der Urlaub für Jugendliche unter 18 Jahren mit Ausnahme der Vollgrade beträgt 24 Werktage *jährlich*.
(5) Schon erworbene höhere Urlaubsansprüche werden durch diese Bestimmungen nicht eingeschränkt.

Sonn- und Feiertage auf See

(2) Hat ein Besatzungsmitglied mehr als zwei Sonn- oder Feiertage im Monat auf See verbracht, so wird ihm für jeden dieser *weiteren* Sonn- und Feiertage gewährt
a) ein halber freier Werktag, wenn es an einem dieser Tage auf See mehr als vier Stunden gearbeitet hat,
b) ein viertel freier Werktag, wenn es an einem dieser Tage auf See vier Stunden, weniger als vier Stunden oder nicht gearbeitet hat.

§ 48 – Freier Tag

(1) Während des Aufenthaltes des Schiffes in einem Hafen ist den Besatzungsmitgliedern mindestens einmal im Monat ein freier Werktag oder zweimal im Monat ein halber freier Werktag zu gewähren.

Aus Manteltarifvertrag in der geänderten Fassung vom 20.XII.1990

§ 57 – Urlaubsanspruch

(1) Das Besatzungsmitglied hat für jedes Beschäftigungsjahr Anspruch auf bezahlten Urlaub.
(2) Leistet das Besatzungsmitglied Dienst an Bord, befindet es sich auf der An- oder Abreise oder hält es sich auf Weisung des Reeders abrufbereit, so erwirbt es einen Gesamturlaubsanspruch. Dieser setzt sich zusammen aus dem Jahresurlaub und dem Ausgleich für die Sonnabende, Sonn- und Feiertage während der Zeiten nach Satz 1. Mit dem Gesamturlaubsanspruch sind alle Ansprüche auf Urlaub und für auf See verbrachte Sonnabende, Sonn- und Feiertage – auch für Jugendliche – abgegolten. Der Anspruch beträgt *je Monat* auf Schiffen bis zu 1000/1600 BRT

im 1. bis 5. Beschäftigungsjahr	10,3	Urlaubstage
im 6. bis 10. Beschäftigungsjahr	11,1	Urlaubstage
ab 11. Beschäftigungsjahr	12	Urlaubstage

auf Schiffen über 1000/1600 BRT

im 1. bis 5. Beschäftigungsjahr	11,5	Urlaubstage
im 6. bis 10. Beschäftigungsjahr	12,5	Urlaubstage
ab 11. Beschäftigungsjahr	13,5	Urlaubstage.

In dem nach dem 1. Mai 1986 erworbenen Urlaub gelten als Urlaubstage alle Tage von Montag bis Freitag. In dem nach dem 1. Mai 1988 erworbenen Urlaub gelten als Urlaubstage alle Tage von Montag bis Freitag mit Ausnahme der gesetzlichen Feiertage.

Abgesehen davon, daß den Besatzungen heute wesentlich mehr Urlaub zusteht, war es seinerzeit in der Praxis oft nicht möglich, den zustehenden geringeren Urlaub überhaupt voll zu gewähren (Aufbau der Flotte und damit verbundener Nautikermangel). – Auch Hans ließ sich damals den größten Teil seines zustehenden Urlaubs auszahlen.
Gerade jetzt läuft der Versuch für einen Reformtarifvertrag. Danach sollen Containerschiffe evtl. zukünftig mit zwei Besatzungen gefahren werden, die sich nach jeder Reise ablösen, so daß im Prinzip 182,5 Tagen Bordarbeitszeit 182,5 Tage an Land gegenüberstehen. Die Tage an Land würden sich aus 141,5 Kalendertagen Urlaub und 41 sogenannten Dispositionstagen zusammensetzen.
Für diesen Test sind z. Zt. sechs Containerschiffe eingesetzt (drei = HAMBURG-SÜD und drei = HAPAG LLOYD). Der Versuch soll bis Ende März 1996 laufen.
Quelle: ÖTV REPORT Nr. 3, September 1994.

Vereinsamung
War früher an Bord der „Große-Fahrt-Schiffe" kein bedeutungsvolles Thema, wie auch aus den vorstehenden Briefen ersichtlich ist. Heute ist eine Vereinsamung oft gegeben, was insbesondere auf die immer geringer werdenden Besatzungsstärken sowie auf den zunehmenden Ausländeranteil zurückzuführen ist. Seitens der Reedereien wird manches unternommen, um die Freizeitangebote zu erweitern (z. B. Schwimmbäder, Video und Fernsehen, Radio, Spiele u. a. m.).

Verkehrsverbindungen
Mitte der fünfziger Jahre waren die „Normalbürger" noch nahezu ausnahmslos auf öffentliche Verkehrsmittel angewiesen, was insbesondere bei ungünstigen Verbindungen einen erheblichen Zeitaufwand bedeutete. Außerdem kam es an Wochenenden und Feiertagen oft zu hoffnungslosen Überfüllungen, weit mehr, als dies heute der Fall ist! Siehe vorstehende Beispiele. Heute benutzt der überwiegende Teil der Reisenden den eigenen Pkw. Es werden z. Zt. große Anstrengungen unternommen, um wieder eine größere Auslastung der öffentlichen Verkehrsmittel zu erreichen.

Wäsche
Wäsche wurde damals noch durchweg „per Hand" gewaschen. Das galt natürlich auch für die vielen benötigten Windeln und für Taschentücher. So gesehen waren Erikas „Schwedenerfahrungen" mit einer Waschmaschine bahnbrechend! . . .
Als die Autoren sich Anfang der sechziger Jahre eine Waschmaschine leisteten, erregte das geradezu Aufsehen, und Eigentümer nebst Nachbarn bewunderten voller Staunen, wie „die automatische Minna" ihre Arbeit tat!
Heute gehören derartige „Wunderdinger" zum Allgemeingut, und die Papiertaschentücher und -windeln wandern angesichts unserer „Wegwerf-Gesellschaft" nach einmaliger Benutzung auf den großen Müllhaufen . . .

Wiederaufbau
Der Wiederaufbau der deutschen Handelsflotte ergibt sich in beeindruckender Weise aus den folgenden Daten (heutiger Stand siehe unter „Ausflaggung"):

Jahr	*Zahl der Schiffe*	*BRT*
1950	182	149 000
1952	465	964 000
1954	713	1 692 000
1956	902	2 600 000
1958	1106	3 548 000

Quelle: Verband deutscher Reeder.

Wohnungsamt
Wegen der in vielen Orten noch katastrophalen Lage auf dem Wohnungsmarkt (Bombenschäden, Flüchtlingsströme aus den östlichen Teilen Deutschlands) hatten die zuständigen Wohnungsämter seinerzeit erhebliche Vollmachten. So gesehen war es geradezu ein Wunder, daß Hans und Erika – trotz der geschilderten Verzögerungen und Schwierigkeiten – sowohl in Meldorf als auch in Hamburg schließlich erfolgreich waren!
Heute sind Probleme dieser Art nicht mehr aktuell, aber dennoch besteht einerseits ein erheblicher Bedarf an kostengünstigen Wohnungen, während andererseits etliche teure Wohnungen leer stehen. Wohnungsämter der dargestellten Art gehören der Vergangenheit an. Die Nachfrage auf dem Markt bestimmt die Mieten im Rahmen gesetzlicher Auflagen.

Wohnungseinrichtung
Wie bei vielen Anfängern oder Neuanfängern der damaligen Jahre war ihre Freude riesengroß, als sie sich ihr erstes Zuhause mit Hilfe von geliehenen oder aufgearbeiteten Möbelstücken für die seinerzeitigen Verhältnisse wohnlich und nett einrichten konnten! In der heutigen Zeit findet man „Altmöbel" dieser Art (und bessere!) regelmäßig in Mengen beim „Sperrmüll" unserer Wohlstandsgesellschaft. Auch Menschen, welche als Asylsuchende in unser Land gekommen sind, haben meist in Sachen Wohnungseinrichtung gewisse Auswahlmöglichkeiten.

Zweitregister
Um die ständig fortschreitende Ausflaggung deutscher Schiffe zu stoppen, wurde am 5. April 1989 das sogenannte „Zweitregistergesetz" in Kraft gesetzt (= Gesetz zur Einführung eines zusätzlichen Registers für Seeschiffe unter der Bundesflagge im internationalen Verkehr – Internationales Seeschiffahrtsregister = I S R). Danach können auf Schiffen mit deutscher Flagge ausländische Seeleute unter sogenannten „Heimatbedingungen" (d. h. auch -bezahlung) beschäftigt werden. – Diese Möglichkeit führte zwar einerseits zu finanziellen Erleichterungen für die Reeder, aber andererseits natürlich zu einer zunehmenden Arbeitslosigkeit deutscher Seeleute, die immer mehr durch Ausländer ersetzt wurden.

Anfang 1995 lehnte das Bundesverfassungsgericht die gegen das o. a. Gesetz eingereichten Normenkontrollklagen von Bremen und Schleswig-Holstein sowie die Verfassungsbeschwerden der Gewerkschaften ÖTV und DAG ab. Somit ist das Zweitregister mit dem Grundgesetz vereinbar.
Der Verband Deutscher Reeder hofft nun u. a., mit Hilfe des Zweitregisters auf weite Sicht qualifizierte Arbeitsplätze für das deutsche Fach- und Führungspersonal zu deutschen Bedingungen und unter deutscher Flagge erhalten zu können. – Die Gewerkschaften hingegen urteilen aufgrund bisher gemachter Erfahrungen kritischer.
Auf alle Fälle bleibt nach dieser richterlichen Entscheidung im Interesse der deutschen Handelsschiffahrt zu hoffen, daß seitens des Bundes durch spürbare finanzielle Fördermaßnahmen und durch steuerliche Entlastungen doch noch eine optimale Verbesserung der bestehenden Verhältnisse erreicht werden kann!

Schlußbetrachtung

Infolge der Kriegs- und Nachkriegsereignisse wurden die Welt-Schiffahrtslinien fast 1 1/2 Jahrzehnte lang unter Ausschluß der deutschen Flagge bedient, und der eigentliche Wiederaufbau unserer Reedereien konnte erst beginnen, nachdem Anfang 1951 die einengenden Bestimmungen des sog. „Alliierten Kontrollrates“ aufgehoben worden waren. Dies hatte in den ersten Nachkriegsjahren natürlich größtenteils zur Abwanderung des bisherigen Personals geführt und zu einem Mangel an geeignetem Nachwuchs! In solcher Lage befand sich die deutsche Schiffahrt, während sie mit ihren Linien- und Trampschiffen darum bemüht war, ihre alte Bedeutung auf dem Weltmarkt zurückzuerlangen. Um das zu erreichen, waren günstige Frachtraten, besonders fachgerechter und gewissenhafter Umgang mit der Ladung, erstklassiger Service für die Passagiere und regelmäßige, pünktliche Bedienung der Häfen zwingend erforderlich! Wie auch aus dem vorstehenden Bericht ersichtlich, führte diese Situation einerseits zu vergleichsweise guten Aufstiegschancen für das Personal, andererseits zu ständigen Engpäßen, auch in Urlaubsfragen, die oftmals für die Betroffenen sehr belastend waren. Hierzu bleibt jedoch festzuhalten, daß die Reedereien, so auch die HAMBURG-SÜD, darum bemüht waren, durch eine Lockerung ihrer strengen, nicht mehr zeitgemäßen Vorschriften nach und nach immer mehr Erleichterungen für das Personal zu schaffen, was bei der Lektüre der Dokumentation ebenfalls erkennbar ist. – Festzustellen ist auch, daß die Linienreedereien zum Erhalt und Ausbau ihrer Position, und somit der Arbeitsplätze, genötigt waren, sich auf dem Weltmarkt nach guten und sicheren Entfaltungsmöglichkeiten umzusehen (so COLUMBUS-LINIE), was natürlich für das Personal zu enormen weiteren Belastungen führte (Beispiel Wellershaus, S. 107). Wie aus dem vorstehenden Vergleich ersichtlich und wie der Autor auch aus eigener Erfahrung weiß, haben sich in der Zwischenzeit manche Verhältnisse in der Großen Fahrt wesentlich verbessert, während sich allerdings auch einige nicht positiv zu beurteilende Veränderungen ergeben haben, wie z. B., aus mancherlei Sicht, die wesentlich kürzeren Liegezeiten.

Es muß hervorgehoben werden, daß unser dokumentiertes, im Liniendienst erlebtes Beispiel aus den 50er Jahren sehr oft weit übertroffen wurde durch die Erfahrungen, welche die in der Trampschiffahrt tätigen Kollegen machen mußten (Beispiel Martins, S. 114). Andererseits gab und gibt es auch Liniendienste – je nach Fahrtgebiet –, deren Schiffe in regelmäßigen, kurzen Abständen in ihre Heimathäfen zurückkehren.

Erwähnenswert ist, daß es neben dem Seemannsberuf viele andere Erwerbszweige gibt, welche den Betreffenden erhebliche, gleichartige und zum Teil schwerere Entbehrungen auferlegen. Stellvertretend seien hier genannt: Reporter, Fernfahrer, ein Teil der Forscher, Garantieingenieure, Künstler . . . Diese Aufzählung ließe sich erweitern! – Auch sollten die Millionen von Soldaten-Ehepaaren nicht vergessen werden, die während der Kriegs- und Nachkriegszeit monatelange und oft jahrelange Trennungszeiten erdulden mußten! – Schließlich muß darauf hingewiesen werden, daß manche Probleme von alleinerziehenden Müttern mit denen der Seemannsfrauen übereinstimmen.

Der Konkurrenzdruck wird auf weite Sicht gesehen in allen Berufsgruppen immer

mehr zunehmen, denn die Entwicklungsländer drängen mit aller Kraftanstrengung (und Billigangeboten) auf den Markt! Aus ihrer Sicht befinden sie sich etwa in der gleichen Situation wie Deutschland nach dem Zweiten Weltkrieg, und die notwendige Beherrschung des „Know-how“ (bei geringeren Ansprüchen) ist lediglich eine Frage der Zeit. Gegenwärtig haben die deutschen und europäischen Reeder mit ihrem gut ausgebildeten und zuverlässigen Personal auf verschiedenen Spezialgebieten noch einen Vorsprung, den es zu nutzen und zu halten gilt. Und obwohl auch viele andere Wirtschaftszweige ständig Subventionen anmahnen, wäre eine Fortführung der geleisteten Finanzbeiträge des Bundes (1995 = 100 Millionen) dringend vonnöten! – Es bleibt zu hoffen, daß es durch eine trotz aller Kontroversen und trotz Anspruchsdenkens harmonische, die Grenzen des Machbaren berücksichtigende Zusammenarbeit von Reedereien, Gewerkschaften und Staat letztendlich weiter gelingen wird, den Erhalt des deutschen Platzes auf den Weltmeeren (auch personalmäßig!) sicherzustellen!!
Was nun Hans anbetrifft, so denkt er, trotz aller geschilderten Nachteile, immer noch gerne an jene Große-Fahrt-Jahre zurück, und Erika kann dies nachempfinden. Last, not least sei an dieser Stelle der Hinweis gestattet, daß es auf unserem Globus mit absoluter Sicherheit keinen Beruf gibt, der sich rühmen könnte, nur Vorteile, aber keinerlei Nachteile zu bieten!

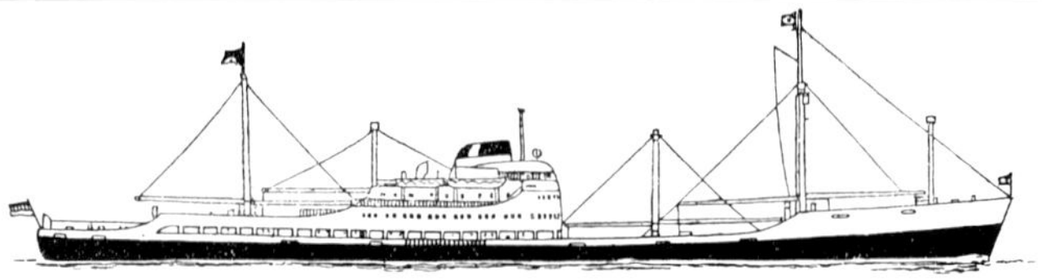

Technische Einzelheiten

SANTA INÉS

Bauwerft: Howaldtswerke A.G., Hamburg
Länge über alles: 146 m
Breite: 18,7 m
Tiefgang: 8,3 m
Registertonnage: 9000 BRT
6700 NRT
Tragfähigkeit: 11 700 Tonnen à 1000 kg
Gewicht des leeren Schiffes: 5200 Tonnen à 1000 kg
Antrieb: Einfach wirkender MAN-Zweitakt-Motor mit 4000 Pferdestärken effektiv
Stundengeschwindigkeit: 13 Seemeilen
Bunkeröltanks für 900 cbm Öl
Süßöltanks für 1300 cbm Öl
Gesamte Laderäume: 16 920 cbm
Proviantträume: insgesamt 280 cbm
Trinkwassertanks für 265 Tonnen = 265 cbm Wasser
19 Ladebäume mit einer Hubkraft von 3—10 Tonnen je Baum

Besondere technische Einrichtungen:
Radargerät: Modell Mariners Pathfinder „Senior"
Projektionskompaß
Philips Wechselsprechanlage
Funktelegrafie, Funktelefonie
Funkpeiler
Echolot
Selbststeueranlage
Automatische Rauchmeldeanlage
Klimaanlage

CAP BLANCO

Bauwerft: Lübecker Flender-Werke Aktiengesellschaft, Lübeck-Siems
Länge über alles: 150 m
Breite: 18,7 m
Tiefgang: 7,6 m
Registertonnage: 5900 BRT
3416 NRT
Tragfähigkeit: 8300 Tonnen à 1000 kg
Gewicht des leeren Schiffes: 5060 Tonnen à 1000 kg
Antrieb: Einfach wirkender MAN-Zweitakt-Motor mit 7200 Pferdestärken effektiv
Stundengeschwindigkeit: 17 Seemeilen
Bunkeröltanks für 900 cbm Öl
Süßöltanks für 800 cbm Öl
Gesamte Laderäume: 12 650 cbm
Kühlräume: 2830 cbm
Trinkwassertanks für 265 Tonnen = 265 cbm Wasser
15 Ladebäume mit einer Hubkraft von 3—40 Tonnen je Baum

Besondere technische Einrichtungen:
Radargerät: Modell DECCA 45
Projektionskompaß
Philips Wechselsprechanlage
Funktelegrafie, Funktelefonie
Funkpeiler
Echolot
Selbststeueranlage
Automatische Rauchmeldeanlage
Klimaanlage
Mac Gregor-Luken

Quellenverzeichnis

1. Hamburg-Süd 1871–1990	Herausgeber: Reederei HAMBURG-SÜD
2. Preisindex für die Lebenshaltung	Herausgeber: Statistisches Bundesamt Wiesbaden
3. „Der Bedarf an Schiffsoffizieren in der Handelsschiffahrt“	Herausgeber: Institut für Entwicklungsplanung u. Strukturforschung Hannover
4. „Herzlicher Empfang für die weiße CAP BLANCO“	Flensburger Tageblatt v. 29.XII.1956
5. „Seemannserinnerungen“ Beitrag „Dein glücklicher Hans“ v. Hans Constabel	NWD-Verlag Bremerhaven
6. Zeitschriften „Kehrwieder“ 12/94 und „Deutsche Seeschiffahrt“ 1/95 sowie Tel. Verband deutscher Reeder	Verband deutscher Reeder
7. Zeitschriften „ÖTV-Report“ 4/93, 1/94, 3/94, 4/94 sowie Tel. mit ÖTV	Gewerkschaft ÖTV
8. „Alles über ein Schiff“	Herder-Verlag

Fotos und Dokumente

Verfasser
HAMBURG-SÜD
Flensburger Tageblatt
Bremer Lagerhaus-Gesellschaft
Deutsches Schiffahrtsmuseum
Schulauer Fährhaus
Deutsches Zollmuseum
Förderverein „Rettet den Leuchtturm Roter Sand“
Photo Jugler
Moldenhauer
Buchholz
Baake
Hero Lang
Nordsee-Zeitung

Die Autoren bedanken sich bei den o. a. Personen und Institutionen für die Hilfsbereitschaft!